Ana Marwan

Verpuppt

Ana Marwan

Verpuppt

Aus dem Slowenischen
von
Klaus Detlef Olof

Roman

OTTO MÜLLER VERLAG

traduki

Die Herausgabe dieses Werks wurde gefördert durch TRADUKI, ein literarisches Netzwerk, dem das Bundesministerium für europäische und internationale Angelegenheiten der Republik Österreich, das Auswärtige Amt der Bundesrepublik Deutschland, die Schweizer Kulturstiftung Pro Helvetia, die Interessengemeinschaft Übersetzerinnen Übersetzer (Literaturhaus Wien) im Auftrag des Bundesministeriums für Kunst, Kultur, öffentlichen Dienst und Sport der Republik Österreich, das Goethe-Institut, die S. Fischer Stiftung, die Slowenische Buchagentur, das Ministerium für Kultur und Medien der Republik Kroatien, das Ministerium für Gesellschaft und Kultur des Fürstentums Liechtenstein, die Kulturstiftung Liechtenstein, das Ministerium für Kultur der Republik Albanien, das Ministerium für Kultur und Information der Republik Serbien, das Ministerium für Kultur Rumäniens, das Ministerium für Bildung, Wissenschaft, Kultur und Sport von Montenegro, die Leipziger Buchmesse, das Ministerium für Kultur der Republik Nordmazedonien und das Ministerium für Kultur der Republik Bulgarien angehören.

Die Drucklegung dieses Buches wurde gefördert von:

STADT : SALZBURG LAND SALZBURG Stadt Wien Kultur KULTUR NIEDERÖSTERREICH

Die slowenische Originalausgabe erschien 2021 unter dem Titel *Zabubljena* bei Beletrina in Ljubljana.
www.beletrina.si / www.beletrina.com

www.omvs.at

ISBN 978-3-7013-1302-0

Lektorat: Christine Rechberger, Ludwig Hartinger
Satz: MEDIA DESIGN: RIZNER.AT
Druck und Bindung: FINIDR, s.r.o. (Čestý Těšin)
Cover: Una Rebić
Gestaltung: Leopold Fellinger

1

Es dauerte eine ganze Weile, bis die Einsamkeit, die Jež umgab, auch in sein Inneres eingedrungen war und die Boshaftigkeit fast vollkommen aus ihm vertrieben hatte. Er selbst würde, obwohl sie weg war, noch immer nicht zugeben, dass es sich um Bosheit gehandelt hatte. Wut, Hass, Schadenfreude – das hätte er akzeptiert. Aber wenn diese aus dem Widerstand gegen das menschliche Böse entstehen, kann doch von Boshaftigkeit keine Rede sein.

Wie dem auch war, in seinen vier Wänden wurde Jež wieder unschuldig, unschuldig wie im Mutterleib. Es half, dass er still war. Normalerweise sagte er auch während des Arbeitstages nicht mehr als Guten Tag, Guten Appetit, Frau Lah, Bitte sehr, Entschuldigen Sie, Danke, Macht nichts, Erlauben Sie, Zum Wohl, Auf Wiedersehen. Nur schöne Worte.

So lässt sich allerdings nicht lange leben, in der Haltung eines Fötus, in Unschuld. Aber warum sollte er mit dem Kopf durch die Wand, er würde sich dem natürlichen Lauf der Dinge überlassen, dachte er sich jeden Tag aufs Neue, wenn er vom Dienst kam, den Morgenmantel überzog und auf der Couch und später im Bett las, bis er einschlief, oder einfach aus dem Fenster auf die Pappel starrte, die manchmal unter seinem Blick erzitterte.

Ja, es war eine Pappel. An einem Punkt ihres Wachsens, vor langer Zeit, hatte Jež zu seiner Frau gesagt: „Wie schnell der Baum wächst! Wie ein Vogel steigt er auf zum Himmel“, und seine Frau hatte geantwortet: „Pappeln wachsen schnell.“ Daraus hatte er geschlossen, dass dieser Baum eine Pappel war. Andere Bäume blieben Bäume. Seine Mutter hatte ihm nie beigebracht, zwischen Bäumen zu unterscheiden, so wie Mütter kleinen Inuitkindern beibringen, zwischen den Schneearten zu unterscheiden. Ježens Mutter hatte Bäume nicht für das gehalten, was sie am meisten umgab. Alles andere eher als Bäume. (An erster Stelle vermutlich menschliche Unzulänglichkeiten; so würde man wenigstens meinen.) Aber seine Frau war eine Meisterin im Differenzieren, nicht nur bei den Namen, die für sie sogar von nebensächlicher Bedeutung waren, sondern auch bei den Gefühlen, die sie weckten beziehungsweise wecken sollten. Ein wenig lernte er von ihr über Blumen. Orchideen solle er ihr nicht schenken, denn als Geschenk seien sie kleinbürgerlich, und Rosen seien ein leeres Klischee. In einem Strauß Blumen lauerten unzählige Gefahren. Wenn er sie selbst auf der Wiese pflückte, machte er in der Regel keinen Fehler, aber als er zu dieser Erkenntnis kam, war der Wille, sie zu pflücken, bereits verflogen. Je mehr er wusste, desto weniger wollte er sein Wissen nutzen; überhaupt war Wissen für ihn nur in einem Zustand der Wissbegierde attraktiv – ein Ziel an sich, niemals ein Werkzeug. So wenig bereit war er, nach einem Werkzeug zu greifen, und er wunderte sich, wenn die Dinge zu zerfallen begannen.

Nun verdeckte diese Pappel direkt vor dem Fenster, an dem er stand, die Sicht so vollkommen, dass es unmöglich war, etwas anderes zu sehen. Aber sie störte nicht, im Gegenteil – sie verbarg sehr schön. Außerdem konnte auch niemand mehr Jež sehen, denn durch dasselbe Fenster, durch das er auf die Welt geblickt hatte, hatte die Welt auf ihn geblickt.

Sie wird vielleicht noch ein Stockwerk höher wachsen, mehr vermutlich nicht – Jež hatte Glück, dass er nicht weiter oben wohnte. Oft hatte er Glück, oft begann er einen Satz mit „Ein Glück, dass …“.

Trotzdem blieb sein Blick traurig.

*

Sie sahen sich an, wie ich mit Über Jež *angefangen hatte, und sagten, ich solle weitermachen. Sie legten sich nicht fest, ob der Anfang gut oder schlecht war, weil sie sich an ihre Prinzipien halten und Werturteile vermeiden. Alles, was ich von ihnen über mich weiß, ist das, was ich so mithöre. Was aber nicht schwer ist, denn sie vergessen sich oft, sie vergessen meine Anwesenheit. Vermutlich deshalb, weil ich meistens still und friedlich bin, an der Schwelle zur Welt der Dinge, mit einem Fuß schon in ihr. Die Aufgabe, die sie* Über Jež *nennen, haben sie mir gegeben, weil sie der Meinung sind, dass die Sprache mein Anker ist und Jež der feste Grund, auf den ich ihn werfen kann. So wird mein Frieden, wenn alles gut läuft, ein innerer statt eines äußeren sein. Das ist meine Zusammenfassung, sie selbst drücken sich nicht so aus, sie selbst drücken sich so sachlich wie möglich aus. Mich stört der gemeinsame Ursprung der Sachen (die ich gut nachahme) und des Sachlichen (das ich schlecht nachahme). Andererseits weiß ich, dass alles seinen Ursprung in ein und demselben Urknall hat und dass deshalb Missverständnisse unausweichlich sind. Alle ihre Aufgaben nehme ich an, das heißt, liefere ich ab. Dass Abgeben und Annehmen bei einer Aufgabe dasselbe ist, obwohl verkehrt, ist eine weitere Erinnerung an den Urknall. Den Auftrag* Über Jež *habe ich mit mehr Enthusi-*

asmus angenommen als andere, weil ich hoffte, er würde mich von der Angst befreien, die sich meiner immer wieder bemächtigte – von der Angst, die menschliche Sprache zu vergessen. Die Angst überwältigte mich zwischen zwei Stillen mit solcher Wucht, dass ich immer wieder in kurzen Schreien möglichst unterschiedliche Wörter absonderte. Was nicht sachlich war. Sie ermahnten mich auch, ich solle „der Versuchung der Selbstreflexion widerstehen", weil ich selbst kein so fester Grund sei wie Jež, weil ich bei mir selbst nie bis auf den Grund kommen werde, schon gar nicht mit einem so kurzen Anker wie der Sprache. Ich aber, gleich zu Beginn …

*

Das letzte Mal war Jež am achtundvierzigsten Geburtstag von Frau Klammer in Gesellschaft.

Er wollte nicht hingehen, aber seine Wünsche hatten keinen allzu großen Einfluss auf die Ereignisse. Diese Lektion hätte er schon als Kind lernen können, sie wurde ihm nicht vorenthalten, aber damals dachte er, dickköpfig wie er war, dass alles anders sein würde, wenn er groß wäre. Es stellte sich aber heraus, dass er sich umso weniger wünschen durfte, je größer er wurde. Wenn es so weiterging, würde er sich am Ende nur noch eines wünschen können.

Die Einladung kam vier Monate vor dem Ereignis mit der Post, sie war mit Tinte geschrieben, die Handschrift war gekünstelt, aber es war keine Schönschrift, sie war schwer lesbar, sie verlangte Aufmerksamkeit und Mühe.

Auf der einen Seite stand:

Ich bin schon vierundzwanzig Jahre, ich arbeite nun schon so lange, und was hab ich erreicht? Mein Gehirn ist wie ausgetrocknet, ich bin abgemagert, verdummt, gealtert […]. (Tschechow, *Drei Schwestern*)

Und auf der anderen:

Auch wenn ich selbst doppelt so alt werde, würde ich trotzdem gerne mit Ihnen feiern! Ich lade Sie herzlich zu einem Abendessen mit meinen engsten Freunden am 16. März um 19 Uhr ein. Bitte bestätigen Sie Ihr Kommen schriftlich – ich würde ungern vergeblich auf Sie warten.

Ich freue mich!

Mathilde Klammer

Die Einladung zeigte das Wesen der Klammer besser, als es jedes noch so gelungene Porträt hätte tun können, wenn auch ein Bild mehr als tausend Worte sagt und eine Einladung nur ein paar Dutzend.

„Du sprichst, als ob das etwas Schlimmes wäre. Ich wäre froh, wenn alles, was ich tue, mich so treu repräsentieren würde", sagte seine Frau.

Sie unterstützte ihn bei seiner Ablehnung der Klammer nicht. Sie habe auch gute Seiten, stellte sie fest, niemand sei perfekt und sie sei eine treue Freundin. Jež sagte etwas über Treue als Mangel an Wahlmöglichkeiten und kam sich klug vor, ohne sich bewusst zu sein, bis wohin diese kleine Wahrheit reichte. Später, wenn er alles bedauern wird, wird ihn alles ärgern, auch dass sie sich an diesem Tag nicht geschämt hatte, zweimal hintereinander „treu" zu sagen. Daran erinnerte er sich gut. Es kann dir ein Mal aus Versehen aus dem Mund fallen, aber dem müssen in Zukunft Scham, Reue und Vorsicht folgen. Vieles wäre Jež erspart geblieben, hätte er nicht ein so gutes Gedächtnis gehabt.

Als sie warteten, dass ihnen Frau Klammer die Tür öffnete, wusste keiner von ihnen, dass es das letzte Mal sein würde, und so warteten sie ohne Gefühle. Einige Dinge wurden Jež von Zeit zu Zeit doch für einen Moment erspart. Aber alles ist nur eine Frage der Zeit.

„Oh, willkommen!“, freute sich die Klammer in dem schreiend roten Kleid theatralisch und umarmte die Frau, dann näherte sie ihre linke Wange Ježens linker Wange und ihre rechte seiner rechten, wobei es zu keiner Berührung kam, aber das brauchte niemand zu wissen.

Alle Eingeladenen waren bereits in dem Zimmer versammelt, das die Klammer als Empfangszimmer bezeichnen musste, damit der Ausdruck mit dem Erscheinungsbild und der Besitzerin harmonierte.

Das Zimmer war wie ein Salon aus dem vergangenen Jahrhundert eingerichtet. Es gab auch ein Klavier, obwohl sie nicht spielen konnte. Ab und zu drängte jemand sie, etwas zu spielen, sie aber wehrte verschämt ab, von wegen, sie könne nichts, gar nichts, im Wissen, wie kostbar alles Ungesehene und Ungehörte in dieser Welt ist, und in der Tat waren auf diese Weise alle davon überzeugt, dass sie ausgezeichnet spiele und nur die Bescheidenheit ihr verbiete, es zu zeigen; und das sind zwei Eigenschaften, die den Preis eines Klaviers wert sind.

Die Gäste standen und klammerten sich an ihre Gläser. Unter ihnen war ein Mann, den sie nicht kannten, was nach fünfzehn Jahren ständiger Besetzung ungewöhnlich war.

„Das ist meine liebe Freundin Agata Jež, Staatsanwältin, und das ist ihr Mann, Ivo Jež“, stellte sie ihm die beiden vor.

„Bürokrat“, ergänzte Jež und schüttelte dem neuen Gast, August Černe, einem Galeristen, die Hand, und alle lachten, vor Unbehagen – ein Bürokrat kann bei einem Gesellschaftsabend viel verderben, ein Bürokrat hat nichts zu verlieren, es braucht viel Lachen, um den negativen Einfluss eines Bürokraten auf eine Gesellschaft wettzumachen.

Die Frau überreichte ihrer Freundin sofort danach als Entschuldigung ein Geschenk und eine Glückwunschkarte, auf der stand: Alles Gute wünschen dir Agata und Ivo Jež. Ein matter Glückwunsch, der in keiner Weise den Kampf gegen Agatas *Nach Moskau, nach Moskau, nach Moskau* verriet, den Jež mit einer Vehemenz geführt hatte, die ihn – wie so oft – überrascht hatte. Im Allgemeinen war er davon überzeugt, dass ihn nichts mehr berühren konnte, dass er zu einem harten Felsen geworden war, der stumm allem trotzte, und dennoch war er bereit, sich bei der erstbesten Gelegenheit auf die sinnlosesten Diskussionen einzulassen und seiner Frau hartnäckig zu trotzen. „Nein, nein, nein“, hatte er gesagt und erklärt und am Ende noch hinzugesetzt, dass das „außerdem sicher alle schreiben werden“, was seine Frau zum Lachen brachte, natürlich tat es das, aber sie hatte nachgegeben und geschrieben *Alles Gute wünschen dir Agata und Ivo Jež.* Sie gab immer erst nach, nachdem sie sich über ihn lustig gemacht hatte. Nie nach seiner Erklärung, immer erst nach ihrem Lachen – kein Sieg war ohne Makel, jeder wurde ihm aus Reue geschenkt.

„Oh, Ingeborg!“, rief die Klammer begeistert, als sie das Geschenk auspackte und ihre alte Bekannte erblickte. Alle großen Namen der Literatur rief sie beim Vornamen. Anders war es mit den Philosophen, war Jež aufgefallen, dem nichts entging, da er sich ständig auf der Lauer befand. Heidegger war nie Martin, Hegel nie Georg.

Jež hatte dafür die entsprechende, aber falsche Erklärung gefunden.

Das seien unfertige Entwürfe für einen Romanzyklus, hatte seine Frau erklärt, und welches Buch solle man einem Menschen schenken, der schon alles gelesen hat? Eines, das niemand gelesen hat, habe sie gedacht, und außerdem wisse sie, wie vertraut Ingeborg ihr war.

„Wundervoll, danke dir, euch beiden“, grinste die Klammer, schickte jedem ein Küsschen durch die Luft und legte das Buch auf den Kaffeetisch, auf den Haufen mit den anderen Geschenken. „Ich bringe es später in meine Bibliothek“, fügte sie hinzu.

Eine nackte Provokation, die ausschließlich gegen Jež gerichtet war, glaubte Jež.

„Ach, Sie sind aus Kärnten?“, hatte der neue Gast die Vertrautheit mit der Bachmann falsch verstanden.

„Ich bin aus Ljubljana ...“

August Černe spürte, dass er einen Fehler gemacht hatte.

„Ich meine, weil Sie das rr so charmant aussprechen. Als Sie das erste Mal *Grüß Gott* zu mir sagten, bevor ich Sie sprechen gehört habe, war ich mir sicher, dass Sie Französin sind“, versuchte der Neuling unbeholfen sich aus der Affäre zu ziehen, indem er anfängerhaft auf seinem Fehler beharrte, anstatt sich von ihm zu distanzieren, aber ihm lächelte das Anfängerglück:

„Französin? Oh, danke schön“, lachte die Klammer fröhlich.

Bei diesem *danke schön* fühlte sich Jež genötigt hinzuzufügen, dass auch er Sprachfehler charmant finde, genauso wie Zahnlücken, aber heutzutage werde ja alles repariert, alle Kinder hätten Metall im Mund, es sei wirklich eine Schande.

Wieder einmal war es die Bosheit, die sich seiner bemächtigt und ihn zu dieser Bemerkung gezwungen hatte, ein unschuldiges Opfer der reinen Bosheit, das war er. Mochte er sich noch so sehr bemühen, angenehm zu klingen – sobald er die Türschwelle der Klammer überschritten hatte, wurde er zu einer Violine in den Händen eines Anfängers. *Les sanglots longs des violons,* fiel ihm dabei ein, wie er sie mehrmals hatte rezitieren hören, wenn sie zeigen wollte, was für eine poetische Sprache das Französische war. Immer derselbe Vers und die obligatorische rhetorische Frage: „Haben Sie jemals etwas Melodiöseres gehört?", auf die Jež nicht antwortete, obwohl er einmal mehrere Verse in anderen Sprachen vorbereitet, aber im letzten Moment erkannt hatte, dass er sich so auf ihr Niveau hinabbegeben würde.

Aber jetzt war er bei Frau Klammer noch tiefer in Ungnade gefallen, nicht nur, weil er ihren Fehler aufgedeckt hatte, der sie zu einer Ausländerin gemacht hätte, sondern weil er sie nicht in den Genuss der Verkleidung kommen ließ, in der sie sich gefiel – wenigstens ein- oder zweimal hätte sie sich gern darin vor dem Spiegel gedreht, bevor sie sie abgelegt hätte. „Aber ich habe tatsächlich Französisch studiert", hätte sie gesagt und vermutlich hinzugefügt: „Ausschließlich Paul zuliebe, muss ich zugeben", und auf eine Art, auf ihre Art gelacht, die nicht die Möglichkeit zuließ, dass es sich um einen Scherz handeln könnte, oder sie hätte gesagt: „Ich habe einen Sommer in Paris gelebt." Jedenfalls war er überzeugt, dass sie nicht mehr sagen würde: „Ich habe einen Sommer in Paris verlebt", denn einmal hatte er ihr dazu schon gratuliert. „Ich gratuliere", hatte er gesagt, „den Sommer in Paris zu verleben, ist nicht leicht." Ein paar Gäste hatten gelacht, vermutlich um die Stichelei in einen Scherz zu wenden, aber die Klammer erwiderte auf eine gestellt verträumte Weise, was bei ihrer Stimmung gar nicht so einfach war: „Es war wunderbar", aber Jež hörte nicht auf: „Im Sommer flüchten alle Pariser an die Küste", wobei er nicht wusste, ob es stimmte oder nicht, und die Klammer widersprach: „Das ist nicht wahr", sagte sie, aber der Zweifel blieb in der Luft, und die Klammer, die in der Luft rings um ihre Person nur Zweideutigkeit duldete, keinerlei Zweifel, presste ihre Lippen zu einer Zornesfalte zusammen.

„Ich kann in Verbindung mit Frau Klammer nicht von Fehlern sprechen", bemühte sich Černe galant weiter um Korrektur.

„Ach, kommen Sie", lachte Frau Klammer wieder, „an Fehlern mangelt es mir nicht, aber Fehler sind das Salz des Lebens, finden Sie nicht auch?"

„Ich finde sie charmant", mischte sich Jež erneut ein, woraufhin seine Frau ihm streng zuflüsterte, er solle sich zügeln, und er: „Was habe ich denn gesagt, charmant habe ich gesagt." Er würde am liebsten nach hinten ausschlagen, so gefangen zwischen Zaumzeug und Sporn.

„Darf ich euch zu Tisch bitten?", breitete die Klammer die Arme aus.

Jež wurde zwischen seine Frau und ein Kind gesetzt, eine Freundin der Tochter von Frau Klammer.

Er wusste, dass Frau Klammer ihn absichtlich so setzte, damit er nicht überheblich wurde. Alles, was Frau Klammer tat, geschah mit Absicht. Es würde ein langer Abend werden.

Sie würde den ganzen Abend wieder Kant und Augustinus und andere im Munde führen, davon war er überzeugt. Es würde klug klingen. Aber ihre Zitate waren leer, sie waren, so dachte Jež in seiner Boshaftigkeit, wie die Flüche einfacher Leute, die ihnen aus Gewohnheit aus dem Munde kommen, nicht aus Zorn. Sie kommen ihnen aus Gewohnheit aus dem Mund, so wie er jeden Tag von der Arbeit kommt, ohne sich dabei irgendwas zu denken. Überhaupt sah er die Klammer immer so völlig veräußerlicht, dass er überzeugt war, sie habe keine Tiefe. Als er die Idee von ihrer Seichtheit zum ersten Mal mit seiner Frau teilen wollte, wusste er, dass er auf ein Hindernis stoßen würde: Denen, die ständig von Tiefe reden, sitzt man leicht auf, im Seichten sitzt man überhaupt leichter auf. Die Seichten geben keine widersprüchlichen Signale von sich, sie kennen keinen Raum für den inneren Konflikt. Wer täuscht, ist vorsichtig, er achtet darauf, dass die Täuschungssignale eindeutig sind. Und der Wahrheit zuliebe muss man zugeben, dass Jež seine Anschuldigungen nicht geschickt formulierte, er hätte sich vorbereiten müssen. Der Vorwurf, dass alles, was aus ihr herauskommt, von außen in sie hineingekommen war, war viel zu unausgeformt, und auch der Vergleich mit einem Hund, der zwar gelehrig ist, dessen Unterscheidungsvermögen zwischen gut und schlecht aber doch von seinem Herrn abhängt, dem er blind vertraut, hatte nicht einmal ihn selbst überzeugt. Er hatte vergessen, dass ein Hund bei gutem Futter seibert, egal ob es erlaubt ist oder nicht, der Klammer gestand er aber keinerlei Fähigkeit zu verbotenem Genuss zu, die Klammer war völlig veräußerlicht. „Völlig veräußerlicht“, hatte er sie seither immer wieder vor seiner Frau verurteilt, ohne sich noch jemals um eine Erklärung zu bemühen.

„Und wie heißt du?“, fragte er das Kind, während man auf das Essen wartete.

Er hatte das Gefühl, als Erwachsener die Anwesenheit des Mädchens aus Höflichkeit bestätigen zu müssen. Aber er spürte sofort, dass das Mädchen zu alt war, um mit ihm auf kindliche Art und Weise zu reden, und er fürchtete, dass er nur einen mit der Verachtung einer jungen Frau ausgesprochenen Namen als Antwort bekommen würde, der in ihm schmerzhaft nachklingen würde, aber seine Befürchtung verflog sofort, das Mädchen räusperte sich, es hauchte „Julia“, wurde rot und senkte den Kopf. Ah ja, ein kleines, schüchternes Mädchen, wie angenehm, dachte sich Jež. Er war zufrieden, dass sein Alter und seine Reife offiziell bestätigt worden waren. Er wusste nicht, dass das Erröten von einer Lüge herrührte, Ritas Name war nicht Julia, sie trug diesen neuen Namen linkisch wie ein neues Kleid, das nicht ihr Stil war, und es war ihr unangenehm vor ihrer Freundin, obwohl die sie unterstützte, nicht nur aus Gleichgültigkeit – sie verstand, dass Rita momentan alles ablehnen musste, was ihre Mutter ihr je gegeben, angeboten oder aufgezwungen hatte, angefangen beim Namen, der am Anfang war und nach Ritas Meinung als Quelle allen Übels galt. Aber Jež schrieb das Verdienst am Erröten sich zu, denn es ist vermutlich nicht ungewöhnlich, dass wir alles mit uns verbinden, wenn wir uns mit anderen verbinden, und setzte die Unterhaltung aus Zufriedenheit fort: Wie alt sie sei?

„Wie Anja“, antwortete das Mädchen und zeigte auf die Freundin, ein Bild der Vollkommenheit, unveränderlich, nie errötend, in der Hoffnung, dass sie das Gespräch mit dem Erwachsenen übernehmen werde. Und tatsächlich tat sie es, wieder erwies sie ihr einen jener großen Dienste, die sie nichts kosteten – an Jež erinnerte sie sich noch aus Zeiten, als sie auf seinen Knien gesessen hatte, so wie bei allen Besuchern ihrer Mutter, die ihr übers Haar gestreichelt und zu ihr gesagt hatten: Oh, was für ein schönes Mädchen!, als wäre sie ein Spielzeug. Sie übernahm das Gespräch, antwortete auf dieses und jenes, und nein, sie wisse noch nicht, was sie *werden* wolle, dass sie wahrscheinlich einen Fleck in Physik haben werde, weil sie nicht so büffele wie *Julia*, aber dass sie hoffe, an der Kunstakademie angenommen zu werden. Jež wusste, wie begabt sie war, drückte seine Überzeugung aus, dass sie es ohne Schwierigkeiten an die Akademie schaffen werde, und wünschte ihr Glück bei der Ausbesserung des Flecks. Bei „Fleck“ streifte er mit einem Blick seine Frau, die ihn aber entweder nicht hörte oder so tat, als hörte sie ihn nicht – und Jež war beides recht. Er empfand allerdings Genugtuung bei den ungeschliffenen Worten von Fräulein Klammer: Sie wuchs in Opposition zu ihrer Mutter auf, sie war seine Verbündete.

Ihm kam der Gedanke, dass das Mädchen auf eine Weise schön war, die kein geneigtes Auge brauchte, weder das der Mutter noch eines nach Liebe Dürstenden, sie wurde mit Sicherheit von allen gemocht. Ihre Freundin musste sich neben ihr unbeholfen unerwachsen fühlen. Während sich Anja ohne Stockungen oder grobe Unterbrechungen schrittweise vom Mädchen zur Frau entwickelte, war sie selbst offenbar von jener Art Frau, deren Entwicklung wie bei einem Schmetterling oder einer Fliege eine *vollständige Metamorphose* darstellt. Jetzt war sie noch immer eine Puppe. Jež bemerkte den Flaum auf ihrer Oberlippe. Sie ist schwarzhaarig, der Flaum ist künstlich gebleicht, damit er zum Weiß ihrer Haut passt. Eine seltsam rührende Korrektur war das, ausgeführt von einer Hand, die unvergleichlich ungelenker war als die der Natur, die ein großzügigeres Schaffen gewöhnt ist. Aber vielleicht wird auch sie einmal eine schöne Frau werden, alles ist möglich.

„Und woran denkst du?", fragte er sie.

Das Mädchen wurde steif.

„An welchen Beruf", erklärte Jež rasch.

„Ich weiß nicht. Ich suche noch", sagte Rita leise. Trotzdem klang es erprobt, schon mehrmals gesagt, anders als „Julia".

„Sie kann sich nicht entscheiden, weil sie überall ausgezeichnet ist", sprang Anja lauter ein.

Überall ausgezeichnet. Eine schöne und zudem unwiderlegbare Tatsache, die vor fremdem Urteil sicher ist, weil sie schwarz auf weiß im Notenbuch steht. Auch ihre Mutter darf diese Worte benutzen, um ihre Tochter zu beschreiben, wenn sie sich in der Jausenzeit mit ihren Kolleginnen vergleicht, und wenn sie sie ausspricht, ist sie stolz. Diese Worte repräsentieren die Tochter sehr schön, sie sind gute Repräsentanten, sie bringen sie ihrer Tochter näher, die in der Abwesenheit immer an Wert gewinnt, sie ist gerade in dieser schwierigen Phase des Heranwachsens, während die Anwesenheit ihr nicht zum Vorteil gereicht, aber das wird sich später schon ändern, ihre Mutter ist bereit, der Zeit Zeit zu lassen.

Im Wissen, dass ausgezeichnete Mädchen ein fruchtbarer Boden sind, der sich danach sehnt, dass der Keim einer erlösenden Pflanze in ihn eingesetzt wird, sagte Jež, dass er sie verstehe. Dass er sich selbst auch lange gesucht habe. Dass er aber nie das Gefühl gehabt habe, sich in etwas so recht gefunden zu haben – er habe sich einfach überall von selbst wiedergefunden. Und habe sich wieder zurechtfinden müssen. Dass ein junger Mensch, der sagt, er suche sich, noch nicht wisse, dass er bei allem, was er tut, nur beobachten könne, bis er entdeckt, welcher Art er sei. Dass wir alle aus einem Samen gekommen seien und dass wir alle eine Knospe bekämen und nur darauf warten können, dass sie sich öffne. Aber wir würden uns nie von außen sehen, und es könne passieren, dass wir ein Veilchen sind, das glaubt, es sei eine Primel.

Er konnte mit seinem Auftritt nicht zufrieden sein. Vielleicht hätte er die Dinge allein für sich aussprechen müssen, bevor er sie in Gesellschaft laut sagte, Ohren sind gute Kritiker, sie können unparteiisch von außen urteilen, während der Mensch sich selbst nur von innen beurteilen kann. Diese These, die in ihrem Kern nicht falsch war, hätte er zunächst aufschreiben und sie dann gereinigt auswendig lernen und als Sprechübung vortragen müssen. Er hatte viel Überflüssiges gesagt, vieles hätte er weglassen können. Was hat zum Beispiel, könnte sich der Fratz denken, jemand zu sagen, der sich mal hier, mal dort wiederfindet. Als ob er keinen eigenen Willen habe. Tatsächlich hat Jež sehr wenig davon, aber das muss man nicht an die große Glocke hängen. Nun, beim nächsten Mal würde er es wissen. Alles weiß man beim nächsten Mal, aber angeblich klappt es erst beim dritten Mal. Andererseits war es völlig egal, was er sagte. Ihr Heranwachsen wird sich nach dem Willen der Natur fortsetzen und sie, das denkende Veilchen, die Primel, das Schilfrohr, wird doch an einem Punkt erkennen: „Ach ja, der ältere Herr damals hatte recht."

Oder auch nicht. Ihm war es egal. All das hatte er genau genommen mehr für seine Frau gesagt, die immer noch so tat, als würde sie ihm nicht zuhören. Und vielleicht tat sie es ja wirklich nicht.

„Vor allem müssen wir uns damit anfreunden, dass uns der Verstand und die Augen um nichts weniger täuschen als die Welt", schloss er, und endlich sah ihn seine Frau an.

Und dann die Getränke und das Essen, und ja, die Klammer hatte selbst gekocht, das Rezept hatte sie von einem syrischen Flüchtling bekommen, der in einem Restaurant arbeitet, das syrische Flüchtlinge beschäftigt, es ist ein gutes Restaurant, in jeder Hinsicht, vor allem bezüglich der Gäste! Toleranz ist heutzutage der wichtigste Wert, sie akzeptiert alles mit offenen Armen, außer was die Laktose betrifft, der Arzt wirft ihr Intoleranz vor *(Lachen)*, sodass sie ihren White Russian jetzt leider mit Sojamilch trinken muss *(Lachen)*.

Seine Frau hatte mitgelacht, die Mädchen hatten ihren eigenen Spaß. Sie hatten gekichert. Ach ja, das mädchenhafte Kichern. Das war eines der Dinge, bei denen Jež wie bei jedem unerreichbaren Vergnügen ein Bedauern verspürte. Er selbst hatte noch nie gekichert. Auch in Gesellschaft nicht.

Er hatte vor, etwas auf dem Teller zurückzulassen als Zeichen, dass es nicht ausgezeichnet war, ein klitzekleines Minus oder wenigstens einen Kreis, und dabei reuig zu sagen, es sei „ausgezeichnet, nur zu viel" gewesen, aber sein Appetit war übermächtig. Und das Lamm war schon geschlachtet, es wäre unsinnig gewesen, es zu opfern.

Das Gespräch lief unvergleichlich schneller als die Zeit.

Das Rouge der Frau Klammer wanderte mehr und mehr von den Lippen ans Glas.

Irgendwann legte Jež seine Hand auf die Rückenlehne des Stuhls, auf dem seine Frau saß, und flüsterte ihr verschwörerisch zu: „Ich kann nicht mehr“, und sie streichelte ermunternd seinen Oberschenkel. Er konnte noch.

Der Mensch hält immer bis zum Ende aus.

*

Sie sind zufrieden mit mir. Sie sprechen von ungewöhnlichem Fortschritt. *Sie staunen über die* Kohärenz. *Wir sind auf dem richtigen Weg, meinen sie, und wenn sie mit mir zufrieden sind, sind sie mit sich selbst zufrieden, denn wir haben einen gemeinsamen Ursprung. Nur eines legen sie mir ans Herz: Jež ist der Schlüssel. So viel wie möglich über diese Person, so wenig wie möglich über mich selbst. Den gemeinsamen Ursprung von Jež und mir erkennen sie nicht an.*

*

Was Jež später das Ermuntern seines Oberschenkels nannte, als er in seiner Einsamkeit begann, Ereignisse anzusprechen und mit Worten zu spielen, indem er Buchstaben zu Mustern legte, wie er einst Klötzchen gelegt hatte, wenn er auf seine Mutter wartete – das war eine der Gesten, die er ihr nicht verzeihen konnte.

Sie streichelt
sie strichelt
sie stichelt
sie stachelt.

Er presste die Augen zusammen.

„Brennen dir die Augen?“, fragte sie dann immer besorgt. Mit den Augen hatte er die meisten Probleme. Sie waren immer rot und brannten. Die Ärztin gab ihm künstliche Tränen und schickte ihn wieder weg. Was völlig unnütz war, denn sie tränten ja schon von selbst. Wenn er sie schloss, wenn sie ihn am meisten brannten, liefen zwei echte Tränen an seinem Gesicht herunter, sie traten aus dem äußeren Augenwinkel aus. Die Menschen konnten sich diese Entzündung nicht recht wegdenken. Sie sahen ihn entweder als Schlaflosen oder als Alkoholiker oder einen jener Hunde mit dem traurigen Blick, den man immer wieder aufmunternd streicheln muss, obwohl er *von solcher Art* ist.

„Ja, sie brennen. Ich müsste nach Hause, langsam.“

Langsam.

Seine Frau trug hohe Absätze, oh, wie hoch. Sie trug Schuhe, die ihr mehr wehtaten, als ihr der Boden wehgetan hätte, wenn sie barfuß gegangen wäre. Denn Damenschuhe sind genau nach dem Maß der Frauen, die nicht immer verstehen, warum Dinge so sind, wie sie sind, d.h. wozu sie gut sind; eine Frau hat oft ihren eigenen Zweck, den sie den Dingen aufzwingt, war Ježens Meinung in diesem Moment. Der Mann entdeckt, entwickelt und vervollkommnet die Werkzeuge der Erleichterungen, die Frau geht dann immer noch einen Schritt weiter, überschreitet die Grenze und verlässt sich darauf, dass ihr das Männchen folgt, in ihrem Tempo, d.h. langsam. Der Mann ist verführt, die freiwillige Entscheidung zum Leiden scheint ihm vielversprechend, er meint, dass die Frau auch das Ehejoch gut ertragen werde, mit einem gewissen Maß an Eleganz sogar, wie Schmuck würde sie es tragen, vielleicht; er merkt zu spät, dass sie alles nur auf den Kopf stellen und der Bequemlichkeit ein Ende setzen wird. In diesem Augenblick hatte Jež auch vergessen, wie sehr ihm die Absätze seiner Frau gefallen hatten, wenn er sie getrennt von den Folgen betrachtet hatte, und dass alles, was wir wollen, von etwas begleitet wird, was wir nicht wollen, das heißt, von einer Folge, und dass man sich damit anfreunden muss, aber er sagte nichts, denn angefreundet hatte er sich schon weitgehend.

Als sie nicht mehr konnte, wollte, wurde ein Taxi gerufen. Sie wurde sofort erhört, ohne dass sie zuvor ermunternd gestreichelt worden wäre.

Auf dem Rücksitz des Taxis streckte sie sich dann bequem aus, der Abend stieg ihr wieder in den Mund und sie begann ihn durchzukauen. An einem Punkt meinte sie, dass Ježens Anti-Snobismus die gleiche Art von verbissenem Streben nach schmeichelhafter Selbstkategorisierung sei, die er den Snobs vorhalte. In der Tat sprach sie von „verbissenem Streben" und „schmeichelhafter Selbstkategorisierung". Der Satz war offensichtlich schon vorher vorbereitet worden, gut vorbereitet, und Jež blieb still, um ihn zu verstehen und über ihn nachzudenken, während seine Frau, die einfach glaubte, dass, wer schweigt, zustimmt, aus lauter Freude darüber, dass es ihr gelungen war, den Nagel auf den Kopf zu treffen, verspielt hinzufügte:

„Um ihnen was anzukreiden, isst du selbst Kreide!"

Mit dem Wortspiel hatte sie ihn gekriegt. Als würde man einem Kind einen bitteren Bonbon geben. Und sie war mit sich zufrieden. Nach einer Weile entgegnete Jež:

„Ich werfe ihnen nicht ihr ‚Streben nach schmeichelhafter Selbstkategorisierung' an sich vor, ich hinterfrage nur den Wert dessen, was sie als schmeichelhaft empfinden."

„Du meinst, dass ihre Freunde erfolgreich sind und dass sie intellektuelle Abhandlungen lesen", steuerte seine Frau in konkrete Fahrwasser.

Das war ihr ständiges Manöver – das Ausweichen ins Konkrete.

„Genau so!", stellte sich Jež aus Rache dumm und schaute weg, aus dem Fenster, in die gute Welt der Dinge, deren Konkretheit nicht ihre eigene fragwürdige Wahl war.

Seine Frau war erfolgreich. Er konnte es nicht leugnen. Auch ausdrücken konnte sie sich besser. Und obwohl er zum Beispiel jahrelang mit immer neuem Eifer Italienisch gelernt hatte, bis er schließlich an den Punkt gelangt war, dass er die *Göttliche Komödie* durchlas, das *Inferno*, versteht sich, hatte er doch zugelassen, dass sie die Rechnung verlangte, als sie in Rom waren. Sie, die es nicht einmal gelernt hatte, sondern es einfach nur durch die Ohren hereinkommen ließ, brachte alles glatter heraus als er, der dann gezwungen war, sich mit dem Gedanken zu trösten, dass die Wahl der Worte leichter ist, wenn der Vorrat kleiner ist. Sie wählt aus Hunderten, er muss aus Tausenden wählen. Wenn man ihm Zeit gelassen hätte, hätte auch er um die Rechnung bitten können, musste er sich trösten.

Er hörte, wie sie in ihrer Handtasche kramte. Bevor sie ihr Handy herauszog, spähte er hinein, das war ein Impuls, dem er nicht widerstehen konnte, in jede offene

Tasche warf er einen Blick, in jeden Schlitz eines Dekolletés und sogar, obwohl er das nie zugeben würde, unter die Röcke der Frauen auf Fahrrädern. Das Aufblitzen der Baumwolle oder Seide zwischen ihren Schenkeln brachte ihm nichts, obwohl es das war, was er suchte. Es war, wie es schien, einfach eine triebhafte Reaktion auf das Gähnen von Spalten.

Aber diesmal lief es nicht so wie gewöhnlich. An diesem Abend im Taxi sah er in der Handtasche seiner Frau, völlig klar und deutlich – ein Präservativ.

Manchmal bricht die Nacht so plötzlich über die Erde herein, als würde man die Augenlider schließen.

*

Mein Zimmer ist nicht ohne Fenster. Aber das Fenster ist so weit oben, dass ich nicht nach draußen sehen kann. Wenn ich „draußen" sage, bin ich mir meistens bewusst, dass es sich dabei um die unbegründete Annahme handelt, dass mein Zimmer an die Außenwelt grenzt und sich nicht in einem anderen, größeren Zimmer oder sogar neben einem anderen, kleineren, befindet. Ich weiß nicht, ich kann nicht wissen, ob jemand von der anderen Seite durch dieses Fenster sieht und sich nach den Weiten meines Zimmers sehnt. Das kann und will ich nicht ausschließen.

*

Es wäre die süßeste Rache, wenn er sich in den folgenden Wochen so verführerisch wie möglich machen würde, seinen Körper in Ordnung bringen, seine Anzüge herrichten lassen, sein Verhalten korrigieren, sodass sie etwas zu verlieren hätte, wenn er am Ende zu ihr sagte, verzeih mir, ich betrüge dich, ja, es ist vermutlich kein Geheimnis, es ist die Sekretärin, ich verlasse dich, verzeih mir. Vielleicht. Doch vom Moment der Enthüllung an war er zu keiner Geste fähig, die seine Frau nicht in ihrer Überzeugung bestärkt hätte, dass die Zeit ihrer Liebe verflossen war.

Sie selbst war so, wie sie immer gewesen war. Sie redete viel, wie gewöhnlich, aber jetzt schien es Jež zum ersten Mal, dass die Stille um die Worte herum überwog. Sein Zorn, der von Tag zu Tag zunahm, wurde blind, so blind wie die Liebe.

Am achten Tag maß sie ihre Körpertemperatur und verkündete wie gewöhnlich, es sei *Zeit*.

Sie erwartete, dass er sie wieder wie ein Kaninchen umarmen und ins Loch schlüpfen würde, damit sie endlich ein Junges bekäme, denn irgendjemanden muss man lieben, und den Nächsten lieben wie sich selbst ist einfacher, wenn er aus einem selbst kommt, und dann würde sie wahrscheinlich den Liebhaber um der lieben Familie willen laufen lassen, Ivo hat auch seine guten Seiten, er ist ein treuer Ehemann und ein wunderbarer Vater, würde sie sagen.

Am achten Tag explodierte Jež, und der Zorn ließ auch lange nicht nach, nachdem seine Frau gegangen war.

Die schönsten Jahre hatte sie ihm gestohlen, als er dachte, sie würde sie ihm schenken. Mit der Wut der Hilflosigkeit erfüllte ihn auch, dass sie ihm so wenig offenbart hatte, selbst ihr Geständnis war irgendwie nur ein halbes gewesen. Sie nannte die Dinge nicht beim Namen, obwohl sie wusste, dass er immer *alles* wissen wollte. Aber ein wenig Wahrheit hatte er ihr doch abgepresst, ein paar bittere Tropfen. Aus schlechter Gewohnheit nannte er alles, was bitter war, Wahrheit und sah auf alles Süße mit Misstrauen.

Wütend war er auch auf sich selbst, weil er ihr immer so hündisch treu gewesen war. Es hätte Gelegenheiten gegeben. Noch immer hat er die Frau im Hotel Belvedere in Bologna nicht vergessen, die ihn vom Nachbarbalkon aus so frech angesehen hatte, als ihr Bedürfnis nach einer Zigarette zur gleichen Zeit erwacht war wie bei ihm. Einmal hatte er sie ihr angezündet, und sie hatte nach seiner Hand gegriffen, die das Feuerzeug hielt. Mehr brauchte man nicht zu sagen.

Auch die Nachbarstochter hatte ihn im Aufzug angesehen. Aber er hatte sich gedacht, was bildet sich das Gör ein, dass die Welt nur deshalb ihre Auster ist, weil sie jung ist, und dass auch er ihr sofort zur Verfügung steht, weil er ein verstaubter Bürokrat ist, bei den meisten Genüssen zu kurz gekommen, verknöchert zwischen den dicken Schwarten seiner Akten, nein, ihn kann sie nicht haben, sie soll ruhig lernen, dass sie nicht immer alles haben kann, manchmal nicht einmal das Minderwertige.

Kurz scheint der Weg vom Blick zum Bett, bevor man ihn mit dem ersten Schritt abmisst.

Aber das Schöne an verpassten Gelegenheiten ist, dass uns nichts hindert, sie Gelegenheiten zu nennen.

*

Schon als Baby zeigte Jež einen Zorn, der allumfassend, unermesslich zu sein schien. Er heulte geradezu animalisch, bis er nicht mehr konnte. Dass sie mit Ivo ins Babybecken gehe, sagte seine Mutter zum Beispiel zu ihrer Freundin, und er, zwei Jahre alt, unkundig der menschlichen Sprache, heulte Worte, die bedeuteten, ich bin kein Baby, und obwohl seine Mutter sagte ja, ja, ist ja gut, ich weiß, dass du kein Baby bist, heulte er noch mehr. Aber seine Mutter liebte ihn über alles, mehr als ihre Tochter, die zu deutlich, zu viel redete. „Ich habe dich vermisst, Mama, denn im Kindergarten hat nicht Vera auf uns aufgepasst, sondern Mojca", sagte die Tochter, während der Sohn animalisch heulte und sie besser vermisste. Aber die Kleine plapperte und plapperte, und als das neue Kindermädchen kam und in der Küche ein Büchlein bemerkte, hübsch selbst gemacht, sorgfältig in weiches Leder gebunden, erklärte die Kleine: „Mama kocht jetzt immer nach diesen Rezepten, sie hat das Büchlein selbst gemacht, die Rezepte sind von meiner Oma, die schon längst gestorben ist." Doch es war kaum ein Monat seit dem Begräbnis vergangen, da nahm die Mutter ihren Sohn in die Arme und presste den kleinen Jež an ihre Brust, um nicht ihre Tochter zu ohrfeigen, die dem Kindermädchen noch immer die Küche zeigte und in einem fort plapperte, während der kleine Ivo *schweigend mit ihr litt*. So dachte die Mutter, sie wollte glauben, dass ihr Sohn ihren Schmerz teilte, und das tat er dann auch, er teilte ihn in zwei Hälften, obwohl er selbst gar nichts fühlte. Das war wirklich das Einzige, was er als Kind konnte – schweigen, wenn er nichts zu sagen hatte; das heißt, wenn er nichts wollte und wenn ihn nichts störte.

Jetzt, wo er wieder unlauter behandelt worden war, war der Zorn zurückgekehrt.

Irgendwo (er wollte nicht sagen, wo) hatte er gelesen, dass Zorn eine Abwehr gegen Traurigkeit ist. Zwischen Zorn und Traurigkeit würde er immer den Zorn wählen, war er überzeugt, bis er sich allmählich eingestehen musste, dass ihn diese Belagerung, bei der er ständig auf der Hut sein musste, bis an die Zähne bewaffnet und voller Hass, ihn immer mehr zermürbte. Allmählich musste er sich eingestehen, dass er sich ihr gern ergeben hätte, dass er bereit war, sich der Trauer hinzugeben, aber er wusste nicht, wie. Er musste von einem Überlebenstrieb getrieben werden, dem man sich nicht widersetzen kann, das schien ihm die einzig vernünftige Erklärung zu sein.

Die Freunde hörten sich sein Jammern pflichtschuldigst an, ergeben, geduldig, und sagten am Ende etwas völlig Unangemessenes, etwas, was sich, obwohl es niemanden tröstet, in der Welt seltsamerweise als Tröstung eingebürgert hat – ähnlich wie Baldriantropfen, die von allen gegen Schlaflosigkeit empfohlen werden, obwohl sie noch nie jemandem geholfen haben –, zum Beispiel „sie war dich nicht wert" oder „es gibt noch genügend Fische im Meer", aber er fing immer wieder damit an, wieder und wieder, bis sie eines Tages keine Zeit mehr hatten, ihn zu treffen.

Dann beschloss er, einen neuen Freund kennenzulernen, denn jeder weiß, einen Freund lernt man in der Not kennen, und er hatte schon lange darüber nachgedacht, wie gut ihm ein neuer Freund tun würde, der über die alten Geschichten lachen könnte, noch ungebraucht, unversehrt, vor allem aber maßgeschneidert, denn seine Maßstäbe hatten sich in den letzten Jahren, Jahrzehnten, doch verändert. Aber bald erkannte er, dass einen Freund in reifen Jahren kennenzulernen unmöglich ist, reife Menschen brauchen keine neuen Freunde, weil sie auch für die alten nicht genug Zeit haben, weil sie genau genommen überhaupt keine Freunde brauchen, weil sie reif sind, und der Beweis dafür, wie unreif der Wunsch nach einem neuen Freund ist, ist die Scham, die dich daran hindert, ihn laut auszusprechen.

*

Manchmal füge ich etwas hinzu und erfinde etwas. Sie wissen das. Sie sagen, es sei egal und ich solle nur weitermachen. Ihre Großzügigkeit in dieser Hinsicht erstaunt mich. Ich finde es seltsam, dass „der unwirkliche und schwindelerregende Stoff, aus dem die Träume sind", ihrer Meinung nach nicht die Festigkeit des Fundaments lockert, das Jež ist. Mir ist es recht und ich fahre fort. (Ich weiß, dass ich, solange ich sie sie *nenne, keine von ihnen sein werde, aber ich kann nicht anders, ich spüre den Unterschied zu sehr, um ihn zu ignorieren; der gemeinsame Ursprung ist in der weiteren Entwicklung der Dinge und Ereignisse gegenstandslos, darauf bin ich inzwischen schon gekommen).*

*

Als Jež sieben Jahre alt war, hatte er in der Kinderzeitschrift *Ciciban* ein Gedicht gelesen: „Bin nur ein kleines Stehaufmännchen, / geschnippt vom kleinen Finger. / Schade, dass so ein Stehaufmännchen / Blei in den Füßen trägt. / Lässt du das Stehaufmännchen los, / wenn es auf dem Kopf steht, / stellt es sich von allein / wieder auf die Beine." Es hatte ihm gefallen. Er hatte es auswendig gelernt, nicht nur, weil er auch selbst kurz zuvor ein solches Stehaufmännchen geschenkt bekommen hatte, dessen Wesen hier so geglückt in Reime gegossen war, sondern einfach deshalb, weil er sich in dieser Zeit jedes kurze gereimte Gedicht gemerkt hatte.

Jetzt, plötzlich, fünfundvierzig Jahre später, war er in einer Anthologie slowenischer Poesie auf ein Gedicht von Janez Menart gestoßen, das in ihm die ersten acht Verse erschütternd zart zum Leben erweckte und vier weitere hinzufügte, die der *Ciciban* verschwiegen hatte: „Darin liegt das ganze Unglück, / die ganze Beständigkeit des Nichts, / sonst ginge alles / ganz real zum Teufel."

Jež war verblüfft, geradezu verzückt. „Was für eine schöne Variation", dachte er, und er war dem *Ciciban* dankbar, dass er das Thema eingeführt hatte. Jež liebte Variationen, Wiederholungen von Themen und Zufälle, weil die ihm ein Gefühl eines Sinnes gaben. Sie waren der Abglanz einer höheren Macht, die sieht und leitet, vielleicht sogar beschützt. Ihn erregte auch der Gedanke, dass er mit den Jahren das Gedicht ergänzt, das Ende entdeckt hatte, als er reif dazu war. Möglicherweise wird er mit der Zeit auch die letzten beiden Verse seiner Ehe entdecken. Und vielleicht ist es nicht das Ende der Welt, und vielleicht wird er von selbst wieder auf die Beine kommen.

*

Und dann kam eines Tages die Trauer um seine Frau, ein verspäteter weiblicher Gast, den er schon nicht mehr erwartet hatte. Er zog sich an. Das Wetter war so kalt wie schon lange nicht mehr. Es zog sich zu. In der Sockenschublade fand er ein Paar warme Socken, die er nur ungern trug, weil sie aus Wolle waren, die man nicht umsonst grob nennt, und als er das Knäuel entrollte, zu dem er in seiner Ordnungsliebe die Paare geschickt ineinandergestülpt hatte, entdeckte er einen kleinen weißen Seidenstrumpf.

Er konnte sich nicht erklären, wie er dort hingekommen war. Er begann zu weinen wie schon lange nicht mehr. Und er konnte sich nicht erklären, wie sie ihn hatte verlassen können, wo sie doch immer zusammen gewesen waren, es schien ihm so unmöglich, wie wenn du dein Kind oder deine Mutter verlässt, weil sie nicht völlig nach deinem Geschmack sind, weil du glaubst, Ersatz finden zu können, der besser zu dir passt, der dir mehr auf den Leib geschrieben ist. Und er saß auf der Bettkante mit gesenktem Kopf, die Hände auf den Knien, und weinte, weinte zehn bis fünfzehn Minuten lang, bis er seine ganze Trauer hinausgeweint hatte.

In den nächsten Tagen wartete er angstvoll darauf, dass sich der Anfall wiederholte, angstvoll sah er auf das, was von ihr zurückgeblieben war: ihr Porzellanhund, ihr Brieföffner (beide hatte sie natürlich zurückgelassen, weil sie sie nicht brauchte, was er ihr schon beim Kauf gesagt hatte, worauf Feuer am Dach war), aber sie berührten ihn nicht. Ein Monat verging – ein neuer Anfall kam nicht.

*

Es musste der Mutter erzählt werden. Es musste ihr am Telefon erzählt werden, weil es sich um eine kurze Nachricht handelte und ein Besuch zwangsläufig unverhältnismäßig viel länger wäre als eine Nachricht, weil jeder

Besuch länger ist als ein Satz. Es hätte keinen Sinn gehabt, diese kurze Nachricht auf eine Viertelstunde auszudehnen, und dann noch über etwas anderes zu reden, wäre natürlich unmöglich gewesen.

Jež wusste hundert Wörter zu verwenden, um zum Beispiel kurzlebige, mit Kreide auf den Bürgersteig gezeichnete Bilder zu beschreiben. Er wusste hundert Gründe zu finden, warum *nach Moskau, nach Moskau, nach Moskau* nicht auf eine Geburtstagskarte gehört. Und alles Unermessliche stopfte er in kurze Sätze. Meine Schwester ist gestorben. Meine Frau hatte wieder eine Fehlgeburt. Ich bin geschieden. Warum, warum, warum?

Er zwang sich, zu sagen, ich und Agata, wir sind im Scheidungsverfahren, obwohl es schwierig war, ihren Namen und „wir sind“ zu sagen. Danach ging es leichter. Seine Mutter sagte, o mein Gott, warum denn das, und er, sie hat einen anderen. Sie hat mich betrogen. Sie hat ihre Sachen genommen und ist gegangen. Ich weiß nicht, wohin.

„O mein Gott“, sagte seine Mutter, und dann mit unendlicher Trauer in der Stimme:

„Und was tust du jetzt?“

Sie ließ ihn die Hoffnungslosigkeit seiner Situation deutlich spüren.

Es war schon lange so, dass seine Mutter zu all seinen Lasten die Last ihrer Besorgtheit und ihrer Traurigkeit hinzufügte. Für immer vorbei sind die Zeiten, wo sie noch sagen konnte:

Wo hast du dich denn verletzt?

An ihrem Strumpf.

Nein, nein, ich meine, wo tut es dir weh?

Im Herzen.

Soll ich pusten? Bis zur Hochzeit wird alles wieder gut.

Aber so ist es nun einmal. Bis zur Hochzeit ist alles gut, danach alles schlecht.

Es fiel ihm leicht, das Gespräch nach diesem „Und was wirst du jetzt tun?" rasch zu beenden, aber sein Zorn hielt nicht an. Er stellte sich vor, wie sie mit gesenktem Kopf vor dem Telefon saß und abwesend die Knöchel ihrer Finger massierte, die kleine knorrige Zweige eines alten Baumes waren. Wie sehr seine Mutter ihn auch beleidigte, sie verstand es immer, ihm gleichzeitig leidzutun, bis an den Grund seiner Seele, sodass es ihn durchfuhr, und dann begannen Sedimente vom Grund aufzusteigen, die alles trüben und das Urteilsvermögen vernebeln. Um sich der von seiner Mutter gesandten Trauer zu erwehren, war sein Zorn nie stark genug. Der Naturtrieb schützt nicht vor der Mutter.

*

Samstags, wenn er nicht zur Arbeit ging, stellte Jež den Wert seiner Einsamkeit am häufigsten in Frage. Samstags beschloss er am häufigsten, sich zu ändern.

Aber er schob es vor sich her, bis er eines Samstags, um die Zeitung zu holen, zu Fuß ins Erdgeschoss hinunterging und im Treppenhaus bei den Briefkästen ein Flüstern hörte. Flüstern – Sirenengesang. Unwiderstehlich anziehend wie Spalten. Er näherte sich mit leisen Schritten. Das war nicht schwer in seinen Pantoffeln aus Kaninchenfell.

„Hast du gesehen, wie er sich gehen lässt, der Arme?“, ertönte eine der Sirenen.

Jež dachte sofort, dass sie über ihn sprachen. Ein Mensch kann gleichzeitig denken, er sei ein Nichts und der Mittelpunkt der Welt, warum nicht, die Mitte eines Kreises ist immer ein Punkt. Und die zweite bestätigte sofort seinen Verdacht: „Das letzte Mal habe ich ihn an der Bushaltestelle gesehen. Ausdruckslos hat er vor sich hingestarrt und etwas gemurmelt. Zuerst dachte ich, er betet, aber dann hörte ich ihn deutlich sagen ‚Ich bin nur ein Stehaufmännchen‘.“

„Ach nein, wirklich?“, entsetzte sich die erste.

„Guten Morgen, verehrte Nachbarinnen“, sagte Jež und trat aus dem Hinterhalt hervor.

Er hatte sogar sich selbst überrascht. Die Sirenen sprangen auf.

„Wie ich höre, ist Ihnen Janez Menart nicht allzu vertraut. Sie lesen lieber ... Prospekte“, er zeigte auf die Prospekte, die eine von ihnen ihrem Briefkasten entnommen hatte, „als Poesie, nicht wahr?“

Die Sirenen waren sprachlos. Auch Jež fehlten die Worte.

„Nun, ich wünsche Ihnen beiden weiterhin einen schönen Tag“, sagte er, machte auf dem Absatz kehrt – eine Wendung, die er in der alten Literatur so oft verfolgt hatte und zum ersten Mal nun auch selbst vollzog – und kehrte in seine Wohnung zurück.

Als er im Vorzimmer sein eigenes Bild im Spiegel sah, musste er sich zwangsläufig eingestehen, dass seine Rache eine jämmerliche gewesen war; um ein Uhr nachmittags, in Pantoffeln und Morgenmantel; das konnte jeden nur in der Überzeugung bestärken, dass er sich gehen ließ.

Eigentlich aber ließ er nur seine Frau gehen, bzw. sie hat ihn stehen lassen, er steht jetzt wieder fest auf seinen Beinen!

*

Ja, er würde sich ändern müssen.

Denn, offen gesagt, es stimmte auch nicht ganz, dass er in seiner Einsamkeit so gut war. Als er sich der Gesellschaft entledigt hatte, war er zwar ihrer Sünde ledig, aber auch ihrer Pflichten; so beschleunigte er zum Beispiel in einem Geschäft den Schritt und überholte gern Leute, die auf die Warteschlange zugingen, was man einfach nicht tut, eine ungeschriebene Regel ist das, die er zuvor respektiert hatte, jetzt aber freute er sich, dass sie ungeschrieben war und dass ihn niemand schalt, sondern sie ihn nur zornig ansahen. In der Schlange selbst überholte er natürlich nicht, er achtete darauf, dass er nicht gescholten wurde. Aber ungescholten und unschuldig ist nicht ein und dasselbe.

Er würde sich ändern müssen.

Vor allem würde er öfters ausgehen. Im Inneren herrschen immer die gleichen Bedingungen, und dann bist du, wie du bist.

In Restaurants würde er nicht gehen. Er hat Angst vor Kellnern; dass sie ihm keine Beachtung schenken und ihn ihre Missachtung verletzen könnte. Oder dass sie ihn, selbst wenn sie ihn beachten, sofort wieder vergessen. Dass sie vergessen, seine Bestellung an den Koch weiterzugeben – das könnte er nicht ertragen. Dass er in der Ungewissheit des Wartens bei den Stücken im Brotkorb auf der Tischmitte Zuflucht sucht und die Brotmitte zu

Bällchen drückt und immer bedrückter dasitzt, allein, und mit Worten spielt.

Am besten beginnt er mit dem Besuch von Buchhandlungen, wo er auf heimischem Terrain ist. Er würde sich ein Buch empfehlen lassen, von dem er sagen könnte, dass er es schon gelesen habe, wenn es gut ist, oder dass es nicht seinem Geschmack entspreche, wenn es schlecht ist. Wenn ein Angestellter etwas nicht wissen sollte, obwohl es zum Kanon gehört, würde er den Kopf schütteln und so verächtlich schauen wie ein Kellner, aber schnell würde er auch verzeihen, weil schließlich nicht jeder alles wissen kann, alles kann vermutlich nur er wissen, Jež.

Am besten wäre ein Zeitplan. Weil er, seit er in der Einsamkeit lebt, in allem, was er tut, nie wirklich an die Grenzen des Hinnehmbaren gestoßen ist, würde er all seine Handlungen zeitlich beschränken.

*

Am darauffolgenden Samstag betrat er im vollen Bewusstsein seiner Fremdheit vorsichtig den Bürgersteig. Schon diese Vorsicht verrät mich, dachte er sofort und schritt entschlossen weiter.

Er wusste nicht, dass der Schritt von Menschen ohne Ziel oft zu schnell, zu entschlossen ist, dass sich die meisten Einzelgänger ihrer Unzulänglichkeit durchaus bewusst sind und sie durch Schnelligkeit zu kaschieren versuchen; er hielt sich für besser als die anderen Einzelgänger.

Er war viel gegangen, ohne durch Reibungswiderstand abgebremst zu werden. Die Dunkelheit der durchwachten Nacht begleitete ihn wie ein Schatten. Dann sah er auf dem Bürgersteig ein Bild, vor dem er anhalten durfte.

Es war die Kreidezeichnung eines Gottesbildes, Maria mit dem Jesuskind auf dem Schoß. Daneben saß der Künstler, neben ihm lag umgedreht der Hut. Maria hatte einen spöttischen Gesichtsausdruck, und Jež fragte sich, ob das die Absicht des Künstlers gewesen sei, und wenn ja, was er damit bezwecke. Der Jesus war sehr klein. Der Heilige Geist war gezeichnet als Umriss einer Taubenleiche.

Jež kam zu dem Schluss, dass das Lächeln nicht absichtlich so war, grimmig. Lange starrte er auf die Zeichnung, er hörte auf zu denken, schaute nur noch und legte schließlich eine Zweieuromünze in den Hut. Er achtete darauf, sie nicht zu werfen. Dabei sah er den Zeichner aufmunternd an und nickte ihm zu. Er fragte sich, inwieweit ihm sein aufmunternder Gesichtsausdruck geglückt war.

Eine halbe Stunde nach ihm gingen Anja und Rita an demselben Bild vorüber. Anja stolperte über das Schild, das Jež übersehen hatte:

Ich wäre gern ein Künstler, aber ich habe kein Geld.

Anja ist jetzt Studentin der Kunst, wie sie es sich gewünscht hat. Sie hat einen richtig umgedrehten Hut und Geld von ihren Eltern, sodass sie zur Schule gehen kann, wo man während des Unterrichts zeichnet, was sie bisher, unfähig sich zu konzentrieren, in allen Klassen getan hat. Tadel hat nicht geholfen. Aber Übung macht den Meister, und jetzt kann sie wenigstens zeichnen, und

Gott sei Dank haben wir eine Schule für solche, die dann akademische Maler genannt werden, und die Lehrer der unteren Klassen sagen dann immer stolz: „Ach ja, Anja Klammer, sie war meine Schülerin, schon als Kind war sie außerordentlich kreativ", obwohl sie früher nur den Kopf geschüttelt haben und „sie soll sich zusammenreißen" und „das Leben ist kein Spiel".

Die kreative Anja runzelt die Stirn über das Schild des Straßenkünstlers, gern regt sie sich über alles auf, weil sie Zeit im Überfluss hat, und bestraft wurde sie auch noch nie, die einzige Lektion, die sie sich bisher angeeignet hat, ist, dass man keine Lektionen ernsthaft lernen muss, wenn der Mensch die *Gabe* hat; auf den ersten Blick überrascht, dass sie die Frucht ihrer Übungen als Gabe bezeichnet, aber wenn wir es recht bedenken, ist jeder Künstler lieber begabt als fleißig, eher ein König denn ein Arbeiter. Sie verzieht das Gesicht und Rita stimmt ihr zu, dass das Schild lächerlich ist, denn ein Künstler kann jeder sein, der die Gabe hat, dazu brauchst du kein Geld, dazu brauchst du nur die Gabe.

Rita wird bald darauf von ihrem Gewissen gequält. Der Selbstbestrafungsmechanismus, den ihr die Mutter eingeimpft hat, funktioniert gut. Damit sie das Gewissen an ihrer statt quälen kann. Natürlich wird sie trotzdem immer das kleine Ferkel bleiben, rosahäutig, wie sie aus ihr herausgekommen ist, aber zumindest an ihr nagen wird es, zumindest hin und wieder wird sie sie durch die Stadt führen und schreien wollen „Das ist meine Mutter", nachdem sie sie verleugnet hat. Und hin und wieder wird sie den Drang verspüren, vollkommen gut zu ihr zu sein – das ist nicht schlecht, mäßig gute Kinder sind nicht fähig, das zu empfinden; ohne Sünde gibt es keine Buße, ohne Buße gibt es keine himmlische Seligkeit. Es war nicht einfach, sie musste konsequent sein beim Aufdecken fremder Schmerzen, die man sehen *lernen* muss, ähnlich wie Staub auf den Möbeln. Aber die Mühe ist nicht umsonst gewesen, sie hat ihr die ganze Erziehung und das Leben überhaupt leichter gemacht, vor allem wird sich die Investition im Alter auszahlen, das war ein guter Pensionsplan. (Ihre Mutter hat immer in die Zukunft geblickt, damit die sie nicht unvorbereitet trifft, und sie trug auch immer schöne passende Unterwäsche, für alle Fälle, auch für den schlimmsten, falls man sie im Krankenhaus ausziehen sollte. Für Rita war die Zukunft nebulös und unvorstellbar, ihre Unterwäsche vernachlässigbar angesichts von Krankheit und Unglück, deshalb blickte sie lieber mit Bedauern auf die Vergangenheit, wenn man sie unvorbereitet antraf.)

Als Rita also nach längerem Weg zurückkehrte und an dem Hut vorüberkam, ließ sie ein paar Münzen hineinfallen. Auch wenn ihre Mutter sagen würde, mit fremdem Geld ist leicht großzügig sein, das zähle also nicht; nur derjenige könne großzügig sein, der es selbst verdient, denn Gutherzigkeit müsse man sich verdienen, sich erarbeiten.

Eine der Münzen stieß im Vorbeirollen scheppernd an die von Jež – einer dieser Zusammenklänge, die nie unser Ohr erreichen, die aber deswegen um nichts weniger vorkommen.

*

Ich weiß nicht, ob mein Haar ungewöhnlich schnell wächst oder ob nur meine Zeit ungewöhnlich schnell vergeht. Es reicht mir schon bis an die Hüfte. Noch ein bisschen, und ich kann es durchs Fenster werfen wie Rapunzel.

*

Wenn man die Einsamkeit verlassen will, genügt es nicht, seine Wohnung zu verlassen; die Einsamkeit des Bücherwurms riecht wie Naphthalin auf zu lange ungetragenen Kleidern und schreckt die Menschen ab. Jeder spürt, dass man den Tag gewöhnlich im Morgenmantel verbringt, Kleider machen Leute in solchem Ausmaß, dass sie sich auch ausziehen können, ohne dass es ihnen hilft, das sieht man am schönsten in den öffentlichen Bädern, zu dem Schluss ist Jež sogar selbst gekommen.

Er rief einen Freund an: Die Freiheit, zu der ihn seine Frau verurteilt hatte, würde er jetzt gerne außerhalb seiner Zelle genießen, und er wäre froh, wenn sie die Freundschaft wieder flicken könnten, das wäre das einzig Richtige, Leute ihres Jahrgangs flicken und reparieren, sie ersetzen nicht durch Neues.

Am Tresen, bei einem Bier, erwähnte er ihm gegenüber das Gedicht aus dem *Ciciban.* Der Freund konnte sich natürlich nicht erinnern, obwohl sie beide den *Ciciban* abonniert hatten. Er zeigte deutliche Anzeichen von Unbehagen, so wie immer, wenn Jež sich in die Vergangenheit verschaute, und Jež hörte bald damit auf und überließ das Steuer ihm, der auf normale Kneipengespräche besser geeicht war.

Die Bedrückung, dass sie in ihren Erinnerungen so weit divergierten, verspürte Jež erst bei der Rückkehr, obwohl er wusste, dass es keine Überraschung war, dass ein und dieselbe Masse unterschiedliche Abgüsse hinterlässt, wenn sie in unterschiedlichen Formen aushärtet.

Er wusste allerdings nicht, ob er sich mehr als andere oder nur anders erinnerte. Auf jeden Fall erinnerte er sich viel. Manchmal saß er vor dem ausgeschalteten Fernseher und starrte in die Vergangenheit. Die Erinnerungen, die ihm ins Bewusstsein kamen, waren häufig komisch fremd. „Du bist kaum aus den Windeln gekrochen und erfrechst dich, mir zu widersprechen", hatte ein Lehrer einmal wütend zu ihm gesagt. Er hatte die Worte genossen, als wären sie ein Lob gewesen. Er war acht Jahre alt und wünschte sich, wieder ein Baby zu sein. Die Last der Sterblichkeit, die er verspürte, seit er sich erinnern konnte, wurde durch die Worte des Lehrers aufgehoben und gab ihm ein Gefühl beschwingter Leichtigkeit. Aber eigentlich war es ihm nicht recht, dass er jetzt mit seiner Erinnerung das damalige Gefühl bis zu dem Ausmaß wieder erwecken konnte, dass er es erneut fühlte.

Manchmal passierte auch das Gegenteil: Er blätterte in alten Familienalben und sah sich selbst als Kind, ohne dass er sich erkannt hätte. Auf allen Fotos strahlt er und seine Mutter, auf deren Schoß er sitzt, macht ein Gesicht, als hätte sie eine Zitronenspalte im Mund. Sein Blick ist voller Vertrauen und begeisterter Erwartung. Für Jež war es einfacher, sich vorzustellen, aus dem Bauch seiner Mutter hervorgegangen zu sein als aus diesem unbefleckten Wesen. Der Gedanke, dass damals alle Wege offen vor ihm lagen, jetzt aber nur einer hinter ihm lag, bedrückte ihn mit seiner Alltäglichkeit.

Manchmal schien es ihm, als wäre alles besser, wenn er eine Frau wäre. In dem Fall könnte er mehr geben, er könnte sich verschenken, die Buße wäre leichter. Ja, der Wunsch, eine Frau zu sein, kam trotz seiner Unvernünftigkeit von Zeit zu Zeit in ihm auf, ebenso der Wunsch, wieder klein zu sein, oder der Wunsch, den Umfang seines Bauches zu verringern. Die Unmöglichkeit, diese Wünsche zu verwirklichen, konnte ihn nie davon abhalten, sie ständig zu formen. Mehr noch: Er nahm sie in Kauf, und zwar so vollständig, dass er die Wünsche nicht als Knospe verstand, aus der eine neue, bessere Zukunft erblühen könnte, sondern als Ausdrucksform der Unzufriedenheit mit der Gegenwart, von der er wusste, dass sie bleibt, wie sie ist, oder sich nur geringfügig ändert.

*

Er solle sich eine Frau suchen, riet ihm sein Freund. Der Gedanke war nicht so verkehrt. Die Liebe ist vermutlich die einzige Ausrede, um neue Bindungen einzugehen. Zwar fehlte schon lange der Glaube daran. Aber auch die Gottlosen gehen in die Kirche oder feiern zumindest religiöse Feste. Und wenn er jemanden neben sich hätte, würde er bestimmt auch besser essen, er würde aufhören, aus der Dose zu essen. Er ist ihrer satt, und auch wenn er Shiitakes, Artischocken und Granatäpfel kauft, werden sie entweder alle schimmelig oder faul oder vertrocknen. Für Abgeschnittenes und Gepflücktes läuft die Zeit eben schneller ab als für Jež, der nicht zwischen heute und gestern und letzter Woche unterscheidet, nur morgen ist noch etwas wert. Die Pilze und Artischocken waren für morgen. Sogar sein Bauchnabel erinnerte Jež nicht daran, dass er auch selbst ein Abgeschnittener war, an seinen Bauchnabel hatte er sich so sehr gewöhnt, dass er ihm keine Beachtung mehr schenkte.

Nicht schlimm, wenn er dort nichts spürt, wo das Herz sein sollte. Wie ein Mann zum Schmied wird, indem er schmiedet, und zum Harfenspieler, indem er Harfe spielt, so wird auch er zum Verliebten, indem er anfängt, sich nach Frauen umzusehen.

Der Plan dünkte ihm zunächst nicht aussichtslos, er hatte schon öfter davon reden hören, dass einem das Gefühl, nichts zu verlieren zu haben, den Mut gibt, mit dem einer viel gewinnen kann. Dass sich Kühnheit bei Frauen auszahlt. Aber es ist auch wahr, dass zu unterschiedlichen Gesichtern unterschiedliche Bilder von Kühnheit passen, und als er selbst einer Frau kühn zuflüsterte, „Ihre Schönheit ist zeitlos“, was an sich schon hätte wirken müssen, trieb es sie zuverlässig in die Flucht. Manchmal fühlt sich ein Mensch getrennt von seinen kleinen Erwerbungen, von seinen Schuhen, von seinem Job, von seiner Adresse, von seiner Couch, von seiner Postleitzahl, von seinem Rang, manchmal sogar von seiner Nase und seinem Muttermal, aber das ist falsch, denn all das bezeichnet und markiert, wie auch ein Hauptwort im Satz oft nicht das wichtigste ist, sondern ganz von Adjektiven und Attributen abhängt und für sich selbst genommen so sinnlos ist wie sein Name. Jež brauchte eine ganze Zeit, bevor er herausfand, wie die Frauen ihn sahen. Er selbst sah sich mit jener Nachsicht, zu der ihn die Gewohnheit zwang, Frauen hingegen wehren sich mit allen Vieren, bevor sie bereit sind, sich an etwas zu gewöhnen. Sechs Wochen, hatte er in einem Artikel gelesen, braucht es, dass etwas in Gewohnheit übergeht. Aber sechs Wochen duldet einen nur eine

Arbeitskollegin, nach zwanzig Jahren kannte er sie jedoch schon alle bis zum letzten Vers und *vice versa.*

*

Auch Anja war in der Liebe auf der Suche nach einem Ersatz für den Sinn. Liebe war das erste, was ihr in den Sinn gekommen war, und das war gut so. Für nicht existente Dinge ist es übrigens viel einfacher, einen guten Ersatz zu finden, als für Dinge, die wir kennen; Elektro-Zigarette, künstlicher Süßstoff und alkoholfreies Bier zum Beispiel sind sehr unbefriedigende Ersatzprodukte, das weiß jeder, ja, wir haben Glück, dass wir den Sinn nicht kennen.

Der neue Kommilitone spricht gern von *seiner* Kunst. Frauen interessieren ihn nicht. Als er die erste kennengelernt hatte, kannte er sie alle. Vorhersehbar sind sie wie Hühner, die immer nach einem Korn suchen, sie kommen von selbst, er muss sie nie jagen, nie aufs Korn nehmen, nie taktisch nachdenken, nie alles ausprobieren, nie die Flinte ins Korn werfen. Ihn interessiert nur, was *seiner* Kunst nützen könnte.

Anja hat ihre vergessen. Im Moment scheint es ihr sinnvoll, eine Muse zu werden. Sie will besser sein als ihre Werke, besser als all diese Werke, die nach Lob gieren und den Menschen Empfindungen, wenn nicht gar Gefühle abzwingen. Sie erzwingt nichts, alle Empfindungen und Gefühle kommen von selbst, im Idealfall sogar gegen ihren Willen, jemanden verrückt zu machen war nie ihre *Absicht,* sie hat nie jemanden irreführen wollen, jeder ist selbst schuld, wenn er sie zur „Leinwand seiner Projektionen“ macht, sie ist nur eine „ganz normale Frau“.

Ein alter Kommilitone, der zum ersten Mal sieht, wie es aussieht, wenn Anja etwas will, muss erkennen, dass sie früher nie etwas gewollt hat, verspürt folglich leichten Groll und beginnt, sich in Ehrlichkeit zu üben. Wenn er nicht küssen darf, wird er schlagen. Lange genug war er freundlich, um ein Freund zu werden, sodass er sich jetzt erlauben kann, die *Wahrheit* zu sagen. Er sagt etwas Wahres über ihre Werke. Glück hat er, der alte Kommilitone, dass die Menschen so bereit sind, Unverschämtheit zu kultivieren und sie, so wie ein besorgter Gärtner ein Beet abdeckt, mit dem schönen Wort „Offenheit" zu verdecken. Also wird er sie offen auf all ihre Schwächen hinweisen, bis er sie so weit heruntergeholt hat, dass sie nicht mehr von oben auf ihn herabschaut und vielleicht in letzter Konsequenz sogar auf festen Boden zurückkehrt und bei ihm landet.

Ach, die Hoffnung, dieses hartnäckige Ding. Hundertmal durchgekaut und an den Boden der Büchse der Pandora geklebt wie einen Kaugummi unter die Schulbank.

Ach, die Büchse der Pandora, geheimnisvoll und unlogisch wie alles, was von Frauen kommt. Die Hoffnung, die in ihr bleiben soll, ist jedoch unter den Menschen weitaus verbreiteter als die anderen Plagen, die beim Öffnen der Büchse entwichen sind. Aber der Freund hat den Mythos ohne nachzufragen akzeptiert, wie er auch den Mythos von der Liebe und alle anderen Unannehmlichkeiten der menschlichen Überlieferung akzeptiert hat.

Sehr wenig wird der alte Freund mit dieser neuen Taktik erreichen, aber er hat seine Angebetete zumindest dazu gebracht, dass sie anfängt, ihre Werke zu verteidigen. Das

Verteidigen passt nicht zu ihr – der Anschein der Muse verschwindet gemeinsam mit der Maske der Gleichgültigkeit. Zumindest entfernt er sie von ihrem Ziel, wenn er sie schon nicht seinem eigenen näher bringen kann, denkt der Freund, das Kleine ehrend, des Großen wert. Er wäre Ritas wert, würde sie aber nicht ehren, fühlt Rita.

*

Zu Anfang genügte es, die Aufgabe abzugeben. Aber die Menschen sind schnell verwöhnt und die hier sind keine Ausnahme. Sie fingen an, meine Aufgaben mit einer geübten Geste anzunehmen, von der ich nicht einmal sagen kann, dass sie Gleichgültigkeit verriet, *denn niemand versuchte, sie zu verbergen. Andererseits muss ich zugeben, dass auch für mich das Schreiben zur Gewohnheit wurde; es gibt Tage, wo mich all das langweilt.*

Ich weiß nicht, ob in dieser Welt jemals etwas Gutes aus der Langeweile geboren wurde. Wenn jemandem etwas Gutes geboren wird, so stelle ich mir vor, werden die Verdienste nie der Langeweile zugeschrieben, die Langeweile ist sofort vergessen, stelle ich mir vor, in der Euphorie des Erfolgs werden sofort hochfliegende Worte geweckt, die der Zeit direkt trotzen, sie sind zeitlos wie Liebe, Mitgefühl, Gerechtigkeit, Wahrheit, Kunst. In ihrem Namen war man schon immer tätig. Deshalb kann ich nicht wissen, wie es mit den Früchten der Langeweile im Allgemeinen bestellt ist, in meinem Fall, muss ich gestehen, waren sie jedenfalls nie viel wert.

Jetzt habe ich zum Beispiel angefangen, mich über sie lustig zu machen. Oft aus reiner Langeweile. Ich habe begonnen, sie in Gespräche zu verwickeln, wenn sie eine Aufgabe abholen. In die Gespräche, die ich so weit wie möglich ausdehne, flechte ich etwas ein wie: „Guten Vorbildern und erhabenen Idealen zu folgen ist überaus bedeutend. Wenig bekannt ist die Tatsache, dass auch Descartes, als er ‚je pense, donc je suis' schrieb, das Verb suivre und nicht être im Sinn hatte. Je suis, tu suis, il suit. *Und nicht* je suis, tu es, il est, *wie es in allen Sprachen falsch übersetzt wird. Wenn der Cartesianismus, wie wir ihn kennen, auf einer Fehlübersetzung beruht, ist es kein Wunder, dass die Dinge so sind, wie sie sind."*

Sie tun so, als hätten sie es überhört, aber ich weiß, dass sie es gut gehört haben. Sie sind kurz zusammengezuckt, bevor sie ihr Gleichgewicht wiedergefunden haben. Sie sind von nichts mehr fest überzeugt, sie haben das Zitat im Original vergessen, sie bezweifeln, dass das Denken ein hinreichender Beweis für die Existenz ist. Meine Befriedigung darüber ist so vielschichtig wie eine Schwarzwälder-Kirschtorte.

Ich hätte ihnen mit einer wahren unbekannten Tatsache aufwarten können, das hätte ich. Zwar nur schwer, weil sie mir mein Handy weggenommen haben, aber wenn ich in meiner Erinnerung gegraben hätte, hätte ich das sicher tun können. Ihre Bewunderung jedoch wäre dabei nur von kurzer Dauer, während die Unsicherheit, ob sie mein Wissen, das das ihre übertrifft, bewundern oder sich eher über meinen Mutwillen ärgern sollen, von langer Dauer wäre. Ich wage nicht zu hoffen, dass sie sie so sehr quält, dass sie sich die Zeit nehmen, es zu überprüfen. Aber wenn sie es tun, wenn es mir gelingt, nicht nur einen Teil ihres Denkens, sondern auch einen Teil ihrer Zeit zu gewinnen, die, wie sie schon oft gesagt haben, kostbar ist, dann wird mein Sieg die Kirsche auf der Sahne sein, so wie es bei einer Schwarzwälder-Kirschtorte sein muss. Keine Sanktion wird möglich sein ohne das Eingeständnis, dass sie es überprüft haben. Was ihren Missmut noch vergrößern wird, stelle ich mir vor. All das kann ich mir nur vorstellen – ich kenne sie noch nicht gut genug.

*

Er solle einen sechswöchigen Kurs besuchen, riet ihm der Freund, was keine schlechte Idee war, und Jež zog einen Italienischkurs in Betracht. Einen Einsteigerkurs, damit er die Anfängerinnen mit Dantes *Inferno* beeindrucken könnte. Und wie man bestellt, würde er auch lernen.

Aber die Trägheit, seine treue Gefährtin, die ihn nicht einmal so weit aus ihren Klauen entließ, dass er sich einen Zeitplan erstellen konnte, umarmte ihn jeden Tag aufs Neue, küsste ihn auf den Mund, nahm ihm den Atem, trank seinen Willen, alles wie zuvor seine Frau. Aber eine Frau wird eher vertrieben, während die Trägheit bleibt, bis sie von der Frau vertrieben wird. *La donna è mobile,* und er ist das Männchen, das nur das auf und ab kennt und ein träges Schaukeln auf der Stelle. Erst die Wiege, dann das liebe Holzpferdchen und jetzt der Schaukelstuhl.

Frau Lah von der Arbeit hatte ihn eingeladen, „mal“ auf Besuch zu kommen, und ihm ihre Adresse gegeben. Warum auch nicht? Frau Lah war immer freundlich und hatte eine schöne Stimme, ein schönes Lächeln. Sehr schöne Schuhe. Jež fuhr sich mit dem Kamm durchs Haar. Es war lang. Wenn er noch etwas zuwartete, könnte er es zu einem Schopf binden. Er überlegte, was er sagen würde. Er würde gern die schönen Worte sagen, die aus den Büchern in ihn eingegangen waren. Wenn ständig etwas zufließt, muss es auch irgendwo abfließen, damit es nicht über den Rand geht, außer er ist unendlich tief, also ein Poet. Aus dem Blei seiner Füße könnte er sich einen Tiefenmesser machen. Oder versuchen, von Liebe zu sprechen. Sehnsucht. Schon lange sehne ich mich nach Ihnen, Frau Lah, mein Herz schlägt im Rhythmus Ihres leichten Schrittes, es bläst sich auf wie ein Ballon, ich steige empor in die Höhen, aber Sie sind höher, und angstvoll sehe ich Ihre Absätze, mein Herz wird an ihnen zerspringen. Schmachten. Begehren. Piedestal. Ewigkeit.

Er hatte so viele Worte, die er nie benutzen würde, wie seine Frau schöne Gegenstände hatte; einen Füllfederhalter zum Beispiel und ein Lorgnon, alles wegen der Ästhetik, der Schönheit des Lebensraums, die nichts anderes war als der Ausdruck eines unmöglichen Wunsches, das zu sein, was sie nicht mehr sein kann, d.h. eine vornehme Dame aus dem vergangenen Jahrhundert zum Beispiel, denn sie wurde zu spät geboren – selten sind die Dinge, die einer Frau erlauben, sich zu jung zu fühlen, und deshalb schätzt sie sie und widmet ihnen einen Ehrenplatz im Regal. So hat Jež magische Worte, die ihn einst *abrakadabra* zu einem *oh, là, là* gemacht hätten, aber jetzt ist die Zeit über sie hinweggefahren und er muss sie durch gewöhnliche Worte von minderer Qualität ersetzen, wie auch seine Frau mit einem Plastikkugelschreiber schreiben musste, um den Stempel zu vermeiden, der der Klammer aufgrund von Tinte und anderer Exzesse aufgedrückt wurde. Das Gebräuchliche ändert sich ständig, nur die Bräuche bleiben die alten. Jež spürte, dass ihm die Flügel gestutzt wurden, aber damit musste er sich eben abfinden. Er holte Luft und legte sich auf den Rücken, bis er seine Lieblingshose wieder zuknöpfen konnte. Die Hose zugeknöpft, die Haare gebunden, klingelte Jež bei Frau Lah, die inzwischen längst an eine andere Adresse umgezogen war.

*

Eine Woche später ging Jež zur Einlaufstelle, um die neue Adresse von Frau Lah zu erfahren. Sie wollte sie ihm nicht geben. Sie schmollte. Noch immer, nach all diesen Monaten! Ich habe mich verändert, Frau Lah, glauben Sie mir. Ich bedaure, was ich war, aber jetzt bin ich ein neuer Mensch, geändert wie Ihre Adresse, erlauben Sie auch mir ...

Den folgenden Monat nahm er sich, um es zu beweisen. Die Menschen glauben Beweisen. Am ersten Tag schickte er ihr dreißig Blumen in die Einlaufstelle, einen bunten Strauß mit saisonalen Blumen, dann neunundzwanzig und so weiter, bis hin zu einer einzigen Sonnenblume, konsequent, seiner Trägheit zum Trotz, und dann ließ er einen Tag Abstand, machte eine Lücke, um sie mit sich selbst zu füllen, als er am ersten des folgenden Monats in die Einlaufstelle kam und fragte: „Frau Lah, darf ich Sie ins Theater einladen?“

Beharrlichkeit ist die, die immer siegt, wenn es nur genügend Zeit gibt. Auch Amors Pfeil durchbohrt manchmal das Herz so, wie ein steter Tropfen einen harten

Stein durchlöchert, wenn die Zeit nur lang und der Stein unbeweglich genug ist.

Die Mitarbeiterinnen kicherten und Frau Lah nahm die Einladung an. Ach ja, den Hof gemacht, das Herz entfacht. So etwas gibt dem heutigen und dem nächsten Tag ausgezeichnet Sinn, und die Alltagssorgen sind so wie bei Hofe von nebensächlicher Bedeutung. Es kam Jež seltsam vor, dass ihm erst jetzt der Gedanke kam, er sei ein Prinz, aber es passte alles zusammen: die finanzielle Versorgung, die fehlende Sinngebung des Alltags ... Vieles passte zusammen. Er ist kein Kauz, er ist ein Prinz.

Er kaufte sich einen Burberry-Mantel. Einen Mantel, der ihn vor Zweifeln schützen würde. Denn auch Kauzigkeit hat in der Gesellschaft ihren Rahmen, in dem sie sich so bewegen kann, dass sie als normal akzeptiert wird. Regeln gibt es auch für Narren. Exhibitionisten tragen Trenchcoats, aber nicht Burberry, niemals Burberry. Den tragen Prinzen.

*

Jedes Mal, wenn Rita ihr weißes Krankenzimmer verließ, war sie weiß von den Wänden. Ihre Lippen rot vom Rouge. Wichtig war, dass das Rouge auf ihren Lippen als Rouge erkennbar war und nicht mit dem natürlichen Rot der Lippen verwechselt wurde, denn das Zeichen, dass sie schön ist, weil sie schön sein will, war wichtig; wichtig war, dass ihre Schönheit nicht mit der natürlichen Schönheit verwechselt wurde. Ob man überhaupt von Schönheit sprechen konnte, wusste sie nicht; aber das machte nichts, wichtig war die Absicht. Der Wunsch nach Schönheit deutet auf den Wunsch nach *Wiedereingliederung in die Gesellschaft* hin, er erzählt von *Kooperationsbereitschaft.* Sie ging im Garten spazieren. Ihr Blick blieb an kleinen Dingen hängen, an einem Blatt, einem Käfer. Manchmal folgte ihm die Hand. Für eine solche Naturliebhaberin sei dieser Ort maßgeschneidert, erfrechte sich eine unbekannte aufdringliche Person in Weiß zu bemerken. Und dann, später am selben Tag – schauen Sie, eine Freundin ist Sie besuchen gekommen. Dieses *Sie*, diese *Freundin* ... Ob sie sich besser fühle, wollte Anja wissen. Aber sie konnte nichts sagen, der Wunsch nach Entlassung war verflogen, sie wollte bleiben, still bleiben, sie war die Worte satt, die sofort im Inneren des anderen verschwanden, in ihr aber ein Loch hinterließen. Sie war still, aber die Stille wurde nicht mit offenen Armen aufgenommen. Aber sie war lange genug still, dass das Loch verheilen konnte, und dann sagte sie dies und das, und sie ließen sie wieder raus. Zwei Monate Einrichtung sind bei Mädchen dieses Schlags, nachdenklich und im Erwachsenwerden begriffen, nichts übertrieben Ungewöhnliches, kein Grund zur Sorge.

Aber es war doch schwierig, sich auf den Alltag einzulassen, über ihn zu sprechen. Warum Ereignisse mit Worten wiederholen? Mehr als genug schien es schon, dass sie sich ereignet hatten. Anja fühlte, dass sie ihrer Freundin beistehen musste, was nicht leicht war, die Geistesstörung war für sie eine ferne, fremde Landschaft, die sie selbst nie betreten würde, das fühlte sie deutlich, ihre Grenzen waren von unterschiedlicher Art – für Rita waren sie in den Sand gezeichnet, für sie waren sie Mauern ohne Türen. Mama Klammer half, sie lud sie einmal zum Mittagessen ein und dann noch einmal ins Theater. Eine

Gestörte ins Theater zu begleiten ist eine mindestens so gute Tat wie Lammfleisch zu essen, das von einem Flüchtling zubereitet wurde.

*

Aber warum sollte der Wohltäter seine Güte nicht genießen, zwei Fliegen mit einer Klappe schlagen dürfen, seien wir nachsichtiger mit dem Wohltäter, setzen wir ihm keine allzu strengen Regeln, entbinden wir ihn hin und wieder von der Selbstbescheidung, seien wir wenigstens so gut.

*

Dass er im Foyer der Klammer begegnete, war kein so merkwürdiger Zufall, wie es Jež schien, denn sie war eine regelmäßige Besucherin des Stadttheaters und hatte sich viele der Aufführungen, die *wunderbar* waren, auch mehrmals angesehen.

Er sah sie zu spät, um ihr ausweichen zu können. Sie wechselten ein paar Worte, obwohl weder ihm noch ihr danach war, aber pflichtbewusst zollten sie den gesellschaftlichen Usancen ihren Tribut, was zweifellos seine guten Seiten hat, zum Beispiel jene, dass er sie nicht vom Balkon ins Parterre stieß oder dass sie ihn nicht mit diesen Nägeln anfiel, die immer so bedrohlich lang und blutrot waren. Einen solchen Schutz muss man mit einer Begrüßung bezahlen und ein paar Sätze hinzufügen. Die Aufführung kam da gerade recht, beide klammerten sich an sie. Beide kannten natürlich die Vorlage, die Klammer im Original, natürlich, es war Racines *Phèdre*, um viel

Unübersetzbares musste Jež leider im Nachteil bleiben, natürlich. Jež war es seltsamerweise egal. Es tat ihm nur leid, dass er seinen neuen Mantel an der Garderobe abgegeben hatte, die Klammer hätte die Marke sicher erkannt und Agata die Nachricht überbracht, dass Jež sich nicht aufgegeben habe, sondern auf großem Fuß lebe und etwas auf sich gebe, in Form eines Burberry-Mantels nämlich.

Er fragte die kleine Anja, ob sie schon an der Akademie sei, und gratulierte ihr. Und die Freundin? Unwillkürlich dachte er, schau, schau, all diese Jahre sind vergangen, sie musste sich entscheiden, was sie werden will, ihre Entscheidung unterschreiben, und sie hat sich kein bisschen verändert, sie ist noch immer eine Puppe. Eine Puppe, dachte er bei sich, kein Gedanke an einen Kokon. Nur das Rouge war neu, er hatte es bemerkt, es war schwer zu übersehen, es drängte über den Rand der Lippen, nach Ježens Meinung überschritt es die Grenze des guten Geschmacks. Aber sie schämte sich nicht dafür, sie trug es hoch erhobenen Hauptes, ihre Augen waren dabei fast ausdruckslos. Einen Moment lang glaubte er, seine Leere spiegele sich in der Leere von Ritas Gesicht, und das Spiegelbild war blendend schön. Aber geblendet war er nur für einen Moment.

Ach, für Geschichte hat sie sich entschieden? Interessant. Die Mutter der Weisheit. Nein, das ist die Vorsicht. Lehrerin des Lebens, ja, ja, so.

Dann stellte er Frau Lah vor, seine Kollegin, und so wurde der Tribut erneut gezollt und es war notwendig, in ihre weiche, schwammige Hand zu greifen, denn auch sie ist eine Unbekannte wie ich und du und wir alle, und man muss sie akzeptieren.

Als alle Platz genommen hatten, suchten sich Jež und die Klammer unwillkürlich im Publikum. Jež fand sie zuerst, denn die Klammer war vorhersehbarer – die erste Loge neben der Bühne. „Da spürt man den Schweiß der Bretter", würde sie sagen. Sagte sie. Vielleicht ist es unfair zu sagen, dass sie vorhersehbarer war: Auch bei Jež hätte jeder erraten können, dass er den besten Sitzplatz nehmen würde, der eine Stunde vor der Vorstellung noch verfügbar war. Unvorhersagbar war also lediglich Ježens Sitzplatz. Diesmal war es die siebente Reihe Parkett links, am Rand. Unangenehm für die Klammer, dass sie den Kopf drehen musste, wenn sie ihn sehen wollte. Unangenehm für Jež, dass er nicht auf die Bühne sehen konnte, ohne dass in der rechten oberen Ecke seines Blickfeldes ihr Kopf herausstach, rot wie eine Stecknadel. Gesprochen wurde ein Vers, den die Klammer so gut kannte, dass sie ihren Mund zeitgleich mit der Schauspielerin öffnete. Jež sah es. Die Klammer schaute, ob er es gesehen hatte, und mit dieser kleinen Erniedrigung, dem kleinen Sieg für ihn, milderte sie die Verachtung, die das Öffnen ihres Mundes in ihm geweckt hatte. Sie kann sich nicht zurückhalten, das ist ihr Problem. Wenn sie sich jemals zurückhalten könnte, würde sie vielleicht anders rüberkommen, als sie in Wirklichkeit war. Gut möglich ist auch, dass Jež, wenn er sich nicht zurückzuhalten wüsste, genauso wäre wie die Klammer. In dieser Hinsicht ist es gut, dass er sich zurückhält, in anderen Hinsichten schadet es ihm sicher auch, dass alles Schlechte in ihm bleibt; dass er *die Klammer* in sich eingesperrt ständig mit herumschleppt.

Rita sah alles. Gut zwanzig Minuten später flüsterte Jež Frau Lah etwas ins Ohr, die auf eine Weise nickte, dass klar war, dass es um die Toilette ging, nicht um Liebe.

Auch Rita kam der Wunsch an, auf die Toilette zu gehen.

„Oh, Sie auch!“, würde sie überrascht ausrufen, nicht wissend, dass die Begegnung vor der Toilette kein Zufall sein kann, der schicksalhaft irgendwohin führen würde. Dass das noch viel weniger ist, als wenn zur gleichen Zeit das Bedürfnis nach einer Zigarette erwacht; wenn du von benachbarten Balkonen eines Hotels wenigstens mit Blick sagen kannst, ach, Sie auch ... Auch Sie pfeifen darauf, dass es schädlich ist, auch Ihnen ist es egal, auch Sie blicken in den Abgrund ... Wie weit reicht Ihre Schwäche? Bis zum Grund?

Nein, nein. Rita weiß noch nicht, dass eine Begegnung niemals genügt, dass ein Augenblick niemals genügt.

„Oh, Sie auch!“, würde sie also ausrufen.

Sie würde denken, dass man nicht sieht, wie sie spielt.

Rita glaubt, dass ihr Körper tanzt, wie sie pfeift.

Rita weiß noch nicht, dass sie beide, sie und ihr Körper, gleichwertige Musikanten sind und einer des anderen Flöte.

„Oh, Sie auch!“, würde sie sagen, und das würde genügen, um ein Gespräch zu beginnen.

Vor der Toilette, ja. Dass er sie fragen würde, ob sie mit Geschichte zufrieden sei, so würde er fragen, ja, und sie würde etwas Schelmisches antworten und er würde laut lachen. Im Stadttheater, vor der Toilette, während der Aufführung, ja.

Gott sei Dank schützt uns die Etikette vor allem, zu was uns der Wunsch zwingen möchte, sie schützt uns wie eine starre Ritterrüstung, und deshalb ist Rita sitzen geblieben. Sie würde es nicht wagen, Frau Klammer ins Ohr zu flüstern, sie würde es nicht wagen, mitten im Akt vom Platz aufzustehen.

Am Ende, während des Applauses, trafen sie sich mit einem Blick. Er dauerte zwei Sekunden.

*

Sie waren einander im Theater begegnet. Jež war geschieden. Rita war in einer Anstalt gewesen. Eine dieser Neonröhren auf dem Gang vor ihrem Zimmer flimmerte, als hätten sich in ihr Motten gefangen, daran erinnerte sie sich am meisten. Warum glaubten sie, dass ihr das Grimassieren auf der Bühne und das Massakrieren der Worte die Freude am Alltag zurückgeben werde? Auch Herr Jež war da gewesen wegen seiner Begleiterin, das war offensichtlich, ihre Schuhe hatten sich nach Ausgehen gesehnt und solche Schuhe kann man nur auf einem Theaterteppich spazieren führen, überall sonst sind sie unpassend und der Lächerlichkeit ausgesetzt, und dann sind sie lieber im Schrank, aber hin und wieder verdienen sie ein Ausgehen, schließlich waren sie teuer. „Bei der Übertragung geht viel verloren", hatte Herr Jež gesagt. Und obwohl er fast nur das wiederholte, was Frau Klammer gesagt hatte, mit einer kaum wahrnehmbaren Variierung, spürte Rita, dass er in ihr eine schon lang schweigende Saite angeschlagen hatte, und der Ton gefiel ihr so sehr, dass sie den Wunsch verspürte, ihn in einer Melodie zu hören.

*

Dagegen hatte Jež nicht den geringsten Wunsch, eine neue Frau kennenzulernen. Geschweige denn ein Mädchen. In letzter Zeit verfolgte ihn ständig der Gedanke, dass er in der Liebe viel geben müsse, wenn er zumindest ein wenig zurückbekommen möchte. Er begann sich über sein Haar zu streichen, offenbar viel zu oft, um sich selbst zu trösten, wie ihn seine Mutter getröstet hatte, weil er „so vernachlässigt, so ungerecht behandelt" worden war. Er hatte auch nicht bedacht, dass von dem *Vielen*, das er gibt, der andere nur Weniges will, und dass auch das Wenige, das er von dem anderen bekommt, seine eigene, starre, enge Auswahl ist. Ausgesuchtes. Wie die Bücher, von denen ihm nicht mehr als ein, zwei Sätze bleiben, obwohl er sie *zur Gänze* gelesen hat.

Frau Lah wollte er behalten, so lange es ging, aber der rechte Wille dazu war schwächer geworden. Agata hatte in hartnäckiger Kleinarbeit alle Kanten abgerundet, die sie störten, hatte Teile seines Wesens ihrem Geschmack angepasst, sodass die Auswölbungen und Einbuchtungen sie weich aufnahmen und sie ohne allzu großes Unbehagen eng beieinander sein konnten. Die Maße der Frau Lah waren völlig andere. Wo Agata ein Bücherregal wollte, wollte Frau Lah ein Gewürzregal. Was für die eine zu leise war, war für die andere zu laut, was für die eine zu viel war, war für die andere zu wenig, wo eine Einbuchtung war, sollte eine Auswölbung sein. Jež vermied ihren Namen, Agata lag ihm noch immer auf der Zunge und er musste aufpassen, dass sie ihm nicht entglitt, denn solche Ausrutscher verzeihen Frauen nur schwer. Sie war ein Schätzchen oder aber ein Eichhörnchen, ein Mäuschen, ein Kaninchen – immer ein Nagetier. Er fühlte sich zu alt, um sich bearbeiten zu lassen. Noch eine, zwei

Frauen und mich gibt es nicht mehr, ein Windhauch werde ich sein, den die Leute vergeblich zu fangen versuchen. Seit er diese Neue bekommen hatte, schienen ihm eine zweite und dritte nicht unmöglich, zusammen mit seinem Unbehagen kehrte seine Zuversicht zurück, der Teufel sch... immer auf den größten Haufen ... Es gab Männer, die Hunderte gehabt hatten. Die waren bestimmt völlig glatt und hart, die erweckten nicht das Bedürfnis nach Bearbeitung, die luden nur zum Spielen ein. „Ach, wenn ich doch selbst auch zum Spielen einlüde“, fing er einen neuen kleinen Wunsch in Worte und entließ ihn sogleich in die Freiheit.

*

Der Frühling war erwacht. Jež verspürte einen Hauch von Glück in der Luft, stark verdünnt, aber doch, und atmete tief ein. Die Menschen begannen aus ihren Löchern zu krabbeln und sich wie andere Kaltblüter an der Sonne zu wärmen. Aber der Mensch ist auch ein Säugetier, er saugt und saugt wie ein Blutsauger, der Mensch ist alles, allgegenwärtig. An einem so schönen Tag konnte Jež seinen Ärger leicht unterdrücken. Er ging in die Natur, d.h. in den Tivoli, denn wohl fühlte er sich nur in einer Natur, die bearbeitet war wie er selbst.

Er setzte sich auf eine Bank. „Ich bin nur ein Stehaufmännchen“, kam ihm wieder in den Mund. Eine schlechte Angewohnheit, die von ihm in der Einsamkeit Besitz ergriffen hatte und zurückkehrte, wenn er allein war. Zuerst betrachtete er den Staub auf seinen Schuhen, dann die kleinen Steine um sie herum. Dann eine Gruppe junger Leute, die sich ein Frisbee zuwarfen. Zum ersten Mal verspürte er den Wunsch, sich ihnen zugesellen zu dürfen.

Dessen Unerfüllbarkeit empfand er diesmal als Neid. Bis dahin war ihm dieses Spiel immer als sinn- und trostlos vorgekommen, jetzt aber erkannte er, dass es dem Menschen etwas gibt, was er am meisten braucht: die Bestätigung, dass er existiert. Das Frisbee wird *dir* zugeworfen, und wir möchten beide, dass du es fängst. Wie ein angenehmes Gespräch, aber ohne die Gefahr eines Konflikts.

„Guten Tag, Herr Jež", vernahm er plötzlich eine Mädchenstimme. Er fuhr zusammen.

„Oh, hallo ... Julia, richtig?"

Seine Erinnerung, die Erinnerung eines Elefanten, hatte nicht selten auch den anderen geschadet, nicht nur ihm selbst – Rita hatte diesen Namen schon längst abgelegt und schämte sich ihrer kindlichen Vergangenheit.

„Ja. Wie geht es Ihnen?"

Wie es ihm gehe, hat sie gefragt. Eine ziemlich freche, eine ziemlich persönliche Frage. Er ist schließlich derjenige, der fragt, wie es den Kindern und jungen Leuten geht, wie geht es dir, das fragt nur die Mutter am Telefon.

„Gut, danke. Und dir?"

„Auch."

Sechs lange Monate hat Rita Tag für Tag auf sein komisch weißwerdendes Haar, auf das Dachsfell gelauert, sich darauf verlassend, wie klein die Welt ist, ganz zu schweigen von Ljubljana. Aber sechs Monate auf der Lauer haben bewirkt, was Jež mit seinem Wunsch, mit seinem schwachen Willen, nie hätte erreichen können. In den sechs Monaten ist die Frucht von Ritas Fantasie, die so beiläufig gezeugte, ausgewachsen. Sechs Monate waren der Grund, dass sie sich zu fragen traute:

„Darf ich mich dazusetzen?"

Er konnte nicht nein sagen. Dieser Bereich des Unmöglichen in der Gesellschaft war eines der Dinge, die sie selbst entdeckt hatte, auch wenn ihre Mutter ihr den Blick verstellt hatte, und sie war stolz darauf, darauf, dass sie nicht nur erkannte, sondern auch zu nutzen wusste, was sich bot. Es war ein großer Fortschritt für sie, die von klein auf ein ängstliches Mädchen gewesen war; sie fürchtete sich mehr als andere, sie fürchtete sich zum Beispiel davor, ins Dunkel des Schlafs zu versinken, das jenem glich vor ihrer Geburt, und aus dem sie nur durch großen Zufall herausfand, und sie befürchtete, dass, wenn die Sommertage ungewohnt lang waren, die Sonne nie wieder untergehen und es das Ende der Welt sein werde.

Rita hatte zwar unter anderem auch gelernt, dass sie als jüngeres Mädchen die Gesprächsführung immer dem älteren Mann überlassen konnte, aber dieses Mal war sie sich bewusst, dass sie sie selbst übernehmen musste, denn sie war der Jäger und Jež war der Dachs, den sie endlich vor Kimme und Korn hatte. Und sie sagte, sie erinnere sich, dass er erwähnt habe, dass ein junger Mensch lange nicht wisse, ob er ein Veilchen oder eine Primel sei, weil er sich von außen nicht sehe. Ihr schien das zu genügen, sie hielt das für eine gute Einleitung, ein Frisbee hält man nicht im Schoß. Aber sie hatte ihn nicht in die richtige Richtung geworfen, oder Jež war nur so ungeübt im Spiel. Er fiel zu Boden und Jež musste sich bücken, er bückte sich ungern, sein Kreuz tat ihm weh, und immer wieder kam ihm dabei ein Laut aus – ein Stöhnen, für das er sich dann schämte, als hätte das Kreuz seinen Mund für die eigene Klage missbraucht, als genügte es ihm nicht, dass Jež schon von allein ständig sagte: „Mein Kreuz tut weh."

Er fragte sie, ob ihr scheine, dass sie noch immer nicht wisse, und dann, warum sie es für so dringend halte, es so schnell wie möglich herauszufinden, und sie begann so ungeschickt zu erklären, dass es Jež peinlich für sie war, aber sie verzweifelte nicht und lief dem Frisbee hinterher, als müsse sie ihn unbedingt fangen, denn das war der Sinn des Spiels, alles muss einen Sinn haben, sie wedelte mit den Armen beim Laufen, sie keuchte und war bald zu weit weg, als dass man noch hätte sagen können, ob sie ihn gefangen hatte oder nicht. Jedenfalls kehrte sie mit ihm zurück. Aber dann sagte sie etwas, was Jež gut verstand, und zwar, wie seltsam es sei, dass die Dinge einem Fremden manchmal auf den ersten Blick klar sind, wir ihm aber trotzdem nicht glauben, weil wir denken, dass er es nicht beurteilen kann, weil er uns nicht kennt, weil er das Geflecht all unserer äußeren Umstände und inneren Gefühle in all seiner Komplexität nicht einmal annähernd kennt. Und das nahm Jež, wie es gemeint war, als Aufforderung:

„Ich denke, du bist ein Veilchen“, sagte er, und das Mädchen nahm es, wie es gedacht war, als Scherz, aber das Lächeln, mit dem sie seinen Blick erwiderte, zeigte deutlich, dass ihr Veilchen lieber waren als Primeln.

Er bemerkte, dass sie aufgehört hatte, ihren Flaum zu bleichen. Ihre Haut war weiß wie Schnee, ihre Lippen rot wie Blut, der Flaum darüber schwarz wie Ebenholz.

„Jetzt habe ich es langsam eilig, ich habe eine Verabredung mit einem Bekannten“, sagte Jež und stand auf. Er war zufrieden mit sich, er hatte zwei Fliegen mit einer Klappe geschlagen, er hatte der Begegnung ein Ende gesetzt, und auch das eigene Bild in den Augen des anderen sagte ihm zu, das Bild eines reifen Mannes, der endlich auch für einen Scherz bereit ist und der noch Bekannte hat, mit denen er mitunter verabredet ist.

Aber da fragte ihn das Mädchen plötzlich, ob es ihm etwas ausmache, wenn sie ihn einmal anriefe, denn er wisse so viel und sie kenne nicht viele Erwachsene, außer ihrer Mutter, die nicht zähle, weil sie sowohl mit der Vergangenheit als auch mit der Zukunft belastet sei, für die sie ihre Pläne und Wünsche habe, Jež aber nicht, das heißt, was sie betrifft, nicht, und ganz zum Schluss sagte sie „bitte", was Jež seltsam ins Mark traf. Ja, „bitte" und „danke" wusste sie schön zu gebrauchen, die Dressur hat sich bezahlt gemacht, sogar das „Na, was sagst du", das regelmäßig alle Freude bei einem Geschenk verdarb, bei den seltenen Gelegenheiten, wenn Besuch kam, hat sich bezahlt gemacht. Sie war gut erzogen. Ungut, aber das Resultat ist, was zählt.

Er hätte nein sagen müssen, aber er konnte es nicht, obwohl er es wollte, ihm schien, dass er es nicht dürfe. Wieder verschob er etwas auf später, wie das Schrubben des Topfes, an dem nichts haften bliebe und nichts eintrocknen würde, wenn er ihn sofort abwüsche, aber das Aufschieben auf später ist so angenehm, dass er bereit ist, dafür zu zahlen, wenn es sein soll, auch teuer. Aber er würde nicht abheben, dachte er bei sich, als er seine Nummer zu Ende gesagt hatte.

*

Er hob ab.

Nein, diese Woche habe er leider keine Zeit.

Auch die nächste Woche sei er sehr beschäftigt.

Wie wäre es, wenn sie einfach am Telefon sagte, was ihr auf der Seele liegt?

Sie redeten zu lange, wovonJežens glühendes Ohr zeugte. In den folgenden Tagen musste Jež mehrmals an das Gespräch denken, das jedenfalls kein alltägliches gewesen war, ja, man könnte sagen, es hat den Alltag *gestört*. Viele Dinge, die sie gesagt hatte, hatte er verstanden, er könnte sogar sagen, alles, alle Dinge. Ist er ein Mädchen, gefangen im Körper eines alten Mannes, oder ist sie ein alter Mann, gefangen im Körper eines Mädchens? Ihre Schnurrhaare und seine Selbstliebe ließen ihn zur zweiten Möglichkeit neigen. Natürlich sind alle Menschen mehr oder weniger gleich, davon war er zutiefst überzeugt, aber warum ist dann ein solches Gespräch nicht alltäglich? Sie hatten Dinge berührt, die schon immer existieren und groß sind, aber im Alltag von den wimmelnden kleinen überdeckt und in den Hintergrund gedrängt werden, sodass die Menschen denken, sie wären zweitrangig. Jedenfalls war die Erinnerung an das Gespräch von Scham begleitet, wie die Erinnerung an eine verbotene Berührung. Bei allem Behagen, das die Harmonie begleitet, schmeichelte es ihm nicht, dass der Zusammenklang mit einer Puppe erfolgt war. Die einzige für ihn annehmbare Erklärung, die vage bleiben musste, um wohltuend bleiben zu können, war, dass sie sich an einem Punkt begegnet waren, an dem sie das wimmelnde Kleine noch nicht sehen konnte und er es bereits verachtete. Vielleicht wäre es doch nicht verkehrt, schloss er, wenn er ihr zur Seite stünde, bis sie sich zu einer lästigen Fliege entwickelt hat.

*

Auch er hätte sich jemanden an seiner Seite gewünscht, damals, als er noch unter Wachstumsschmerzen litt. Vielleicht hatte ihn seine Mutter in der frühen Kindheit schön getröstet, aber bald schon sorgte sie sich nur noch darum, dass er nicht *ungehobelt* sei, das sagte sie immer wieder, und er spürte diese Sorge schmerzlich, als hätte sie ihn mit einem Zimmermannshobel geschliffen. Sie streichelt mich nicht mehr, sondern schleift mich nur noch, dachte er. Er begann sich nach anderen Brüsten, nach anderen Armen umzusehen, die ihn aber nicht annahmen, denn er war noch nicht endgültig abgeschliffen, es war nur allzu offensichtlich, dass er sie brauchte. Und die Menschen, vor allem Frauen, stehen Bedürftigen nicht so gern zur Verfügung wie jenen, die sie nicht wollen, beobachtete der junge Jež, nur darum geht es ihnen, Bedürfnisse zu wecken, dann ist ihre Arbeit getan. Selbst wenn sie so tun, als wollten sie einen zufriedenstellen, achten sie sehr wohl darauf, einen nicht *zur Gänze* zufriedenzustellen. Sie lassen den Samen des Wunsches im Garten, damit er sich wieder zum Bedürfnis auswächst.

Der Physiklehrer hatte ihn damals ermutigt. „Ein erstklassiger Verstand", nannte er seinen Verstand, was Jež so unverdient erschien angesichts des Verstandes von Brkić und von der Vodebova, vielleicht auch von Dobrič und Kos, dass er das Gefühl hatte, sein Lehrer könne ihm zur Seite stehen. Und so sprachen der Lehrer und Jež nach dem Unterricht manchmal über die Naturgesetze, die diese Welt regieren, obwohl sie sich einbildet, sich von ihnen frei gemacht und durch ihre eigenen ersetzt zu haben.

Nach der Matura legte ihm der Lehrer die Hand auf die Schulter, sah ihm fest in die Augen und wünschte ihm alles Glück, wobei er gleichzeitig die Überzeugung zum Ausdruck brachte, dass er das nicht brauche. Da Fortuna weiblich ist, d.h. auf der Seite derer, die sie nicht brauchen, hätte das Jež Mut machen müssen, aber in diesem Moment wurde der Sinn der Worte des Lehrers von gewissen Begleitumständen überschattet, also wand sich Jež unter der Hand hervor, die zögernd über seine Schulter zu gleiten begann, und ging weg, ohne sich umzusehen.

Manchmal, wenn er den Müßiggang an seinem Arbeitsplatz nicht genoss, obwohl er alles tat, was er dazu tun konnte (die Füße auf den Schreibtisch, die Hände in den Nacken und den Cognac in den Kaffee), dachte er daran, dass ihn sein Physiklehrer in all den Jahren vielleicht im Internet gesucht haben könnte. Dabei unterstellte er ihm nicht so sehr ein Interesse, sondern glaubte vielmehr an seine Neugierde. Es ist nämlich interessant zu wissen, wohin das Glück erstklassige Köpfe führt, wenn sie erwachsen werden. Ins Ministerium für Verkehr und Kommunikation, Abteilung Raumfahrt, war die Antwort im Falle Jež. Das machte seinen triumphalen Abgang vom Treffen nach der Matura eher zunichte, dessen war sich Jež wohl bewusst; aber ein Job ist nicht alles – vielleicht hat er viele Freunde und Geliebte und Häuser an der Küste, einen Weinkeller, eine Köchin, einen Swimmingpool, einen Bösendorfer-Konzertflügel, auf dem er an geselligen Abenden auch zu spielen weiß, einen Tauchschein, viele Erstausgaben von Büchern, einige davon signiert, ein Abonnement im Stadttheater; und ganz sicher hat er einen Mantel der Marke Burberry.

*

Die letzten Tage bemerke ich, dass mein Ohr angefangen hat sich zu schälen. Die Haut an meinem Ohrläppchen hat angefangen trocken zu werden und abzufallen. Ich weiß nicht, was das bedeutet, aber das Symptom scheint mir mehr symbolisch als medizinisch zu sein. Als wäre sich das Ohr seiner eigenen Nutzlosigkeit bewusst geworden und hätte angefangen abzufallen. Vielleicht hat es zu wenig Nahrung bekommen und vertrocknet wie eine Blume in der Dürre. Vielleicht ist es aber auch umgekehrt, dass es sich nur häutet wie eine Schlange und ankündigt, dass es größer werden wird, dass es zu größeren Anstrengungen fähig ist, dass es noch mehr Töne aufnehmen kann.

*

Herr Jež hatte sie sehr gut verstanden, dachte Rita. Aber doch nicht so gut wie Doktor Puhar von Abteilung 3C, dachte sie. Doktor Puhar war äußerst feinfühlig, dachte sie. Sie dachte nicht, dass ihre Seele nur richtig unterfächert, d.h. der richtigen Abteilung zugeteilt und lehrbuchmäßig behandelt worden war. Sie dachte nicht, dass es die Krankheit ihrer Seele war, die sie am meisten definierte, und auch wenn sie es getan hätte, hätte sie diesen Gedanken verworfen. Krankheit ist nur eine der Schichten, in diesem Moment sogar eine der vernachlässigbaren Schichten meiner tausendschichtigen Seele, hätte sie gedacht.

Aber Herr Jež spricht schöner als Herr Puhar. Er verwendet Wörter, die in Büchern stehen, die sie geprägt haben und die ihr vertraut sind, alle, auch die Fremdwörter. Ihre Altersgenossen gebrauchen keine Fremdwörter, auch wenn sie ihnen auf die Zunge kommen, sie halten sie zurück und ersetzen sie durch solche, die zu ihnen gehören, das heißt, zu ihrer Generation, zu ihrem Kreis. Rita hat keinen Kreis. Anja ist kein Kreis. Obwohl sie angefangen hat, sich zu wiederholen. Diesen Jungen würde sie nicht kriegen, das war allen klar, außer Anja selbst, dieser Junge wollte keine Frauen, vielleicht nicht einmal Männer, er wollte nur Ehre, die ihn aber mied, weil er sie zu sehr brauchte. Aber sie würde nichts sagen, Aufrichtigkeit schätzt Rita nicht, wenn die bedeutet, Unangenehmes öffentlich zu machen. Hätten Altersgenossen ihre Meinung über ihren Schnurrbart verheimlicht, wie es sich gehörte, hätten sie ihr diese unangenehme Zeit des Rasierens, Zupfens und schließlich Abdeckens mit Bleichmittel, mit Wasserstoffperoxid erspart, unvergleichlich leichter als ein Schnurrbart lässt sich eine Meinung verbergen, überhaupt aber sind beide so marginal, so unbedeutend, der menschlichen Beachtung so unwert.

Ja, Mamas Dressur hat Rita rücksichtsvoll gemacht. Sie ist zu einem jener Menschen geworden, die jeden Stich in der Seele eines anderen spüren, als wäre es die eigene. Sie nähen nicht am Körper, sie verrichten alle Arbeiten, die eine Nadel erfordern, in der Abgeschiedenheit ihrer Schneiderwerkstatt, und was sie herstellen, ob schön oder hässlich, ist maßgeschneidert; für den Menschen erfreulich oder zumindest verwendbar. Jež, der vermutlich schon lange nichts Maßgeschneidertes bekommen hat, wird das sicher bemerken und zu schätzen wissen.

*

Rasch gewöhnte sich das Mädchen an die Gnade, dass er den Hörer abnahm und auch bis zu einer halben Stunde mit ihr sprach, aber dieser Finger genügte ihr nicht, sie wollte die Hand; sie wollte ihn sehen. Sie war zwar neu in der Welt, aber so neu auch wieder nicht, dass ihr die Unangemessenheit ihres Vorschlags nicht zur Gänze klar gewesen wäre. Habe sie schon jemals einen alten Mann unschuldig mit einem kleinen Mädchen Freundschaft halten sehen, fragte er sie mit einer Härte in der Stimme, die diesen Gedanken zurückweisen und nicht zum Überreden auffordern sollte. Dass sie kein kleines Mädchen sei – das sagte sie, das war ihre unbeholfene Antwort, wenn sie wenigstens gesagt hätte, dass *er* kein alter Mann sei. Sie wusste wirklich nicht viel, kein Wunder, dass sie nach Unterstützung suchte. „Du bist jung, du weißt gar nicht, wie sehr. Du bist ja kaum aus den Windeln gekrochen", sagte Jež, und dann sagte er: „Hallo?", und wusste nicht, ob sie das Gespräch sofort abgebrochen oder vorher eine Weile geschwiegen hatte.

*

In dieser ganzen Zeit hätte Jež lernen müssen, dass nicht für alle gut ist, was für ihn gut ist. Frau Lah zum Beispiel wäre nie auf den Gedanken gekommen, eine von seinen Konserven zu probieren. Aber sie kochte, und sie kochte gut, sodass Jež letztendlich zufrieden war. Er aß gut und seine Zufriedenheit war sogar ohne Beimischung von Dankbarkeit oder schlechtem Gewissen, denn Konserven wären ihm ebenso recht gewesen. Aber er hatte zumindest verstanden, in diesem Fall hatte er verstanden, dass das von ihm angebotene Kacki zurückgewiesen worden war. Und er hatte auch verstanden, dass für jemanden, der nicht so sehr mit dem Sterben belastet ist, der ruhiger ist, der mit der Vergänglichkeit im Reinen ist, ein solcher Satz unangemessen, für eine junge Frau vielleicht sogar beleidigend sein könnte. Er hatte das

Gefühl, dass Rita ihn nicht mehr anrufen würde, und was vor nicht allzu langer Zeit noch eine Erleichterung für ihn bedeutet hätte, schmerzte jetzt. Und es schien ihm völlig unangemessen, dass ihre Bekanntschaft mit einer banalen Beleidigung wie „Du bist ja kaum aus den Windeln gekrochen" enden sollte. Das hätte er von selbst nie gesagt, wenn es ihm nicht von außen in sein Gedächtnis eingepflanzt worden wäre, sein Lehrer in der ersten Klasse war generell *gemein* gewesen, auch *gemein* hatte er von ihm gelernt, selbst war er aber in jeder Hinsicht *kultiviert.*

Aber Bekanntschaften *gehen* so zu Ende, so ist es auf dieser Welt. Sogar Freundschaften. Man baut eine Beziehung auf wie ein Kartenhaus, lange muss man vorsichtig sein, damit etwas Schönes entsteht, aber dann eine unbedachte Geste, ein zu tiefer Atemzug, und – aus.

Eine, zwei Wochen lang hoffte Jež noch, entweder auf ihren Anruf oder auf sein Vergessen, doch dann rief er sie selbst an.

*

Den Blick fest auf fremde Gesichter geheftet, verlor Rita manchmal das Gefühl für das eigene. In der Handtasche hatte sie einen Taschenspiegel, um sich von Zeit zu Zeit zu vergewissern, wer sie war. Nicht aus Eitelkeit, wie ihre Mutter angesichts des Spiegels gemeint hätte, sondern einfach als eine junge Frau, die von Zeit zu Zeit die Bestätigung braucht, dass sie eine junge Frau ist, und keine alte Frau oder gar ein alter Mann. Ihr eigenes Gesicht war ihr in dem Ausmaß aus dem Gedächtnis geraten, dass sie immer aufs Neue überrascht war, wenn sie es erblickte. Und jedes ihrer neuen Gesichter akzeptierte sie unverzüglich als ihr eigenes. Manchmal korrigierte sie es von abweisend zu freundlich, öffnete die Augen weit und zog die Mundwinkel hoch, nicht zu sehr, nur so viel, dass sie sich ein wenig mehr gefiel. Die Korrekturen mussten regelmäßig erfolgen, das wusste sie, sonst war der Tag nicht fern, an dem sie schon vom Anblick her so weit weg war, wie sie sich fühlte; unzugänglich oder abweisend – je nach Geneigtheit des Beschreibers.

Ihr Gesicht war nicht das einzige Fremde, an das sie sich gewöhnt hatte; auch das so genannte Schicksal konnte sie mit hinreichendem Gleichmut annehmen, selbst dann, wenn das auf seinem Weg ihre Träume mit Füßen trat. Sie würde sie schon einmal durch andere ersetzen, dachte sie sich. Und wirklich, wenn sie etwas konnte, dann war es, Träume aus dem Stoff ihrer Fantasie zu erschaffen. Und genau deshalb hatte Ježens Unhöflichkeit nicht so sehr sie belastet wie ihn selbst – sie akzeptierte, dass sie diesen Bekannten verloren hatte, wie sie schon so viele Dinge verloren hat, im Bewusstsein dessen, dass es an Dingen nicht mangelt, dass stets neue kommen. Auch dass sie zwei Jahre lang diese Bach-Fuge geübt und trotzdem nicht die letzte Klasse der Musikschule absolviert hat, auch das hat sie akzeptiert, und siehe, wie weit weg ist der Tag. So nahm sie Ježens Anruf mit Überraschung auf.

Mitten während einer Begegnung in einem Café ist es unmöglich, den Spiegel herauszuholen, deshalb geht Rita ein, zwei Mal auf die Toilette, wo es immer Spiegel und Papier gibt, mit dem sie ihr Kreuz abwischen kann. Sie schwitzt immer unten im Kreuz, wenn sie mit Menschen spricht, die nicht ihre Mutter oder Anja sind. Ein sehr unangenehmes Phänomen, das es ihr unmöglich macht, ihre Stimmung zu verleugnen. Sie nennt es ihren „Kreuzweg“, und Jež wäre über diese Bezeichnung erfreut, wenn sie sie mit ihm teilen würde. Aber so etwas mit einem Menschen zu teilen, ist ebenso unmöglich, wie mitten in einem Gespräch den Spiegel herauszuholen. Aber sie teilt viel mit ihm. Das meiste. Noch schöner wäre es, wenn sie gemeinsam mit den Worten spielen könnten.

Bevor sie das Café verlassen, geht sie noch einmal auf die Toilette.

„Kann ich die Rechnung haben?“, sagt sie zum Kellner, als sie zurückkehrt.

„Der Papa hat schon bezahlt“, sagt der Kellner.

Rita sieht Jež an, und Jež bestätigt: „Ja, der Papa hat schon bezahlt.“

Beide wissen, dass nun mit den Treffen im Café Schluss ist.

*

Dass sich Jež vor Ritas Kommen drei Mal vergewissert hat, dass ihm Frau Lah an diesem Tag keinen unerwarteten Besuch abstatten würde, versetzte ihn in schlechte Laune. Er war der Meinung, dass er sich in seiner eigenen Haut schon schlecht genug fühle und nicht vorhabe, ein schlechtes Gewissen zu haben, wenn er nichts Verkehrtes tue; aber wenn so viel Mühe ins Verbergen investiert wurde, denkt das Gewissen automatisch, dass etwas nicht stimmt, und meldet sich, so wie sich Frau Lah gemeldet hätte und auch die Nachbarinnen, wenn Rita nicht verheimlicht worden wäre. Ein Gewissen ist zwar leichter zum Schweigen zu bringen als Klatsch und Tratsch, aber es bleibt die Frage, ob das sein muss. Solche Gespräche führt er mit niemandem sonst. Sie hört ihm zu. In ihrer Gegenwart kommen interessante Dinge aus ihm heraus, von denen er überhaupt nicht wusste, dass sie in ihm stecken. Dass die Leute übereilte Schlüsse ziehen, dass etwas, das quakt wie eine Ente und aussieht wie eine Ente, eine Ente ist, das soll nicht sein Problem sein, er wird diese menschliche Sünde nicht auf sich nehmen, er hat nie übereilte Schlüsse gezogen, alle seine Schlüsse kamen rechtzeitig oder zu spät. Also nicht, als seine Frau sich für Yoga einschrieb, sondern erst danach, als sie angefangen hatte, ein Präservativ mit sich herumzutragen. Er würde gern auf die Welt pfeifen, so wie die Welt auf ihn pfeift. Aber in solchen Fällen ist die Welt ziemlich schnell verärgert und beobachtet dich nicht nur, sie nimmt dich unter die Lupe und quält dich so lange, bis du ihr wieder den gebührenden Respekt entgegenbringst: Du begleichst deine Schuld der Gesellschaft gegenüber, du löst die Kontakte zu dreißig Jahre jüngeren Menschen und findest dich damit ab, dass Frau Lah dich nicht versteht, dafür aber bekocht. Dass der Mensch eben nicht alles haben kann, dass du keine Dinge *sammeln* darfst, die von verschiedenen Frauen angeboten werden, bis du nicht völlig zufrieden bist, sondern dass du *aussuchen* musst, eine Frau, nur eine, die dir das meiste bieten kann, dann die Zurückweisung verschmerzen und schließlich eine akzeptieren, der es egal ist, dass du so wenig zu bieten hast, weil auch sie nicht Gott weiß wie viel gibt, und dass du einen zu großen Bauch hast, verzeiht am leichtesten eine Frau, die ansonsten gut kocht, das ist aber auch alles.

Rita trug ein baumwollenes T-Shirt mit dünnen Trägern. Jež fand es geschmacklos. Nicht, weil sie zu viel Haut zeigte, sondern weil es von einem Mangel an Kleidergeschmack zeugte. Über schlecht gekleidete Frauen hatte Jež schon die Nase gerümpft, bevor er Besitzer eines Trenchcoats Marke Burberry geworden war. Damit hat er schon vor Jahrzehnten angefangen. Die Tatsache, dass er selbst überaus dürftig gekleidet war, nahm ihm nicht das Recht zu urteilen. Wenn er urteilte, verurteilte er einfach, ohne auch nur daran zu denken, wie weit er von der Fähigkeit entfernt war, gleich welcher Frau den Geschmack zu korrigieren, sie in die Welt der Schnitte und Textilien einzuführen, ihr ein Stück zu kaufen, das ihrer Figur schmeicheln würde, nein, nein, das konnte Jež nicht, er war sich seiner Unfähigkeit aber auch nicht bewusst, obwohl er in mehreren Romanen Herren begegnet war, die das getan hatten, nachdem sie verurteilt hatten, aber die gehörten einer anderen Epoche an, heutzutage tut man das nicht mehr, sodass er eigentlich ganz im Einklang mit der Zeit steht, dass er nur an Frauenkleidern Anstoß nimmt, während er selbst einen synthetischen Rollkragenpullover aus den Neunzigerjahren trägt, der „noch tadellos" ist.

Vermutlich braucht nicht betont zu werden, dass Jež trotzdem immer aufbrauste, wenn er bemerkte, dass die Menschen eigene Fehler nur bei anderen zu erkennen vermögen; und das bemerkte er oft. Aber so ist es. Und wenn ein Mensch ein Teilchen des Ganzen sieht, hilft es ihm gar nichts, so wie es auch nicht hilft, wenn er, wenn er eine Fremdsprache lernt, im neuen Wort *Traum* das ihm bekannte *Raum* erkennt, oder ihn der schöne Klang des Wortes *Rohr* an *Ohr* erinnert; Näherungen bringen ihn der Wahrheit überhaupt nicht näher, ebenso gut könnte er sich im Ganzen irren.

Er sah auf Ritas bloße Hände, die mit ihrer milchigen Kindlichkeit, ihrer kindlichen Milchigkeit, unerwartet Abneigung in ihm hervorriefen. Sie störte ihn, sie war ihm fremd. Sie selbst war sich allerdings ihrer Jugend überhaupt nicht bewusst, sie kannte ihre Haut noch nicht so, wie sie eines Tages sein würde, sodass sie ihre jetzige mit Stolz tragen könnte, sie trug sie, ohne sich ihrer bewusst zu sein, achtlos, wie kleine Mädchen ihre Kleider tragen, völlig ohne Gespür für ihr Äußeres. Wenn bei einer Gelegenheit das Kleidchen rosa und weit ist, drehen sie sich zwar wie Brummkreisel und finden sich schön, neigen das Köpfchen und lächeln dich an, obwohl der Schnitt verunglückt und der Stoff billig ist. In den meisten Fällen jedoch, wenn der Anlass nichts Besonderes hergibt und sie Hosen tragen, denken sie eher an alles andere als an ihr Aussehen. Das Glas Wasser hielt sie dabei vorsichtig, unbeholfen, als ob sie das zum ersten Mal tun würde. Also Nachlässigkeit, wo Sorgfalt geboten war, und umgekehrt. Ihr ganzes Auftreten zeugte von einer mangelnden Weltgewandtheit, als wäre sie in die falsche Welt hineingeboren, im Gegensatz zu Anja, die mit Sicherheit immer am richtigen Platz war. Also nicht beim alten Jež, sondern bei ihrem jungen Freund.

Und in diesem kleinen Gesicht, in das keine Linie als Zeichen der Erfahrung eingeritzt ist, kann Jež nichts anderes sehen als den Spiegel ihrer Seele, ihres unerfahrenen Seelchens, das ihn genauso viel interessiert wie ein unbeschriebenes Blatt.

Seine Aufmerksamkeit erhaschte sie unverhofft mit: „Damals, als wir Sie im Theater getroffen haben, als Sie sagten: ‚Bei der Übertragung geht viel verloren' – daran habe ich mich später oft erinnert."

Mit den Jahren wird Rita lernen, dass man nur über die Person sprechen muss, mit der man spricht, und schon ist sie da, die Aufmerksamkeit, ungeteilt. Aber in der Lehrzeit muss man viele Köder ausprobieren, bevor man weiß, worauf die Fische anbeißen, und man muss viele Fische probieren, bevor man weiß, welcher der köstlichste ist. So kerben sich die Linien ein.

Jež erschütterte vor allem, dass er sich nicht erinnerte, es gesagt zu haben. Er, der Elefant, hatte etwas nicht nur vergessen, sondern sogar vergessen, dass er es vergessen hatte. Er war so entsetzt über dieses Loch in seinem Gedächtnis, dass er es einfach „das schwarze Loch" nannte, denn es war eine zu ernste Entdeckung, um mit Gleichklängen zu spielen.

Als er aus der Kontemplation seines Bewusstseins erwachte, das ihm unendlich erschien, obwohl ihm klar war, dass es Anfang und Ende hatte, auch wenn beide unklar waren, vorstellbar nur als schwindelerregende Schwärze, und die Unendlichkeit dazwischen nichts anderes als eine Vorstellung und eine Erinnerung, durchsetzt mit unzähligen schwarzen Löchern, die ihn verwirren, denn wie soll er wissen, dass es den Augenblick gegeben hat, wenn er nicht im Bewusstsein verzeichnet ist, wie soll er wissen, dass der Baum, der im Wald umfällt, wenn niemand da ist, der ihn hört … plapperte Rita noch immer.

Sie liebte es, Dinge miteinander zu vergleichen und nach Ähnlichkeiten zwischen ihnen zu suchen. Manchmal nannte sie sie gemeinsame Punkte, manchmal Parallelen, wobei sie ein und dasselbe meinte, und Jež verstand sie, obwohl Parallelen keine gemeinsamen Punkte haben.

In diesem Moment kam ihr ein Vergleich zwischen Menschen und Verkehrsmitteln sinnvoll vor.

Anja zum Beispiel war etwas Modernes, Schnelles, Effizientes, etwas, das einen zuverlässig von A nach B brachte. Ein Flugzeug, würde sie sagen. Rita selbst hingegen konnte nie garantieren, dass sie nach B gelangen würde, und wenn doch, welche Buchstaben sich noch dazwischenschieben würden. Nichts beugte sich ihrem Willen, es war offensichtlich, dass sie sich ziehen ließ, wie es ebenso offensichtlich war, dass sie zur Gänze einer vergangenen Periode angehörte, sie würde also sagen, dass sie entweder ein alter Eisenbahnwaggon war oder sogar eine Kutsche.

Wie seltsam, dass ich in meinem Wohnzimmer ein Kind habe, das nicht meines ist, dachte Jež von Zeit zu Zeit.

Trotzdem fragte er sich in den nachfolgenden Tagen mehrmals, welches Verkehrsmittel er war, und fühlte eine Verwandtschaft mit jemandem, der wie er ohne Motor war.

*

Beide hatten also ein für menschliche Verhältnisse ausgezeichnetes Gedächtnis. Das Kennzeichen von Einsiedlern. An ihren Höhlen kommt nur selten etwas vorbei und in ihrer Aufregung fangen sie das dann ein und bewahren es in Formaldehyd auf, *zur Erinnerung*. Andere, die von immer frischem Leben umgeben sind, brauchen keine Erinnerungen.

So setzte Jež ihrer beider Erinnerungen gleich, aber das war nicht richtig. Angemessener wäre zum Beispiel Ritas Vergleich zwischen Personen und Räumen gewesen. Er war ein trockener Raum, wo alles schön getrocknet und damit konserviert wurde, er presste alles wie für ein Herbarium, er beschriftete auch alles wie für ein Herbarium, mit Datum und vollem Namen, nur die Farben verblassten mit der Zeit ein wenig und die Frische war weg. Sie war eine feuchte Stube, in ihr konnte nichts trocknen, alles wurde schimmelig, es war zwar noch irgendwie erkennbar in seiner ursprünglichen Form, der Schimmel hatte sich seiner noch nicht zur Gänze bemächtigt, aber es war alles ekelhaft, ungeeignet für Betrachter, um in ihren Sammlungen wie in einem Herbarium zu blättern. Aber Menschen sind keine Halme, ihre Stube, obwohl dem Anschein nach schlechter, respektierte ihren Gegenstand mehr als die von Jež und ließ ihn leben und überließ ihn auch ehrlich dem Verfall, der in seiner Natur liegt, denn bewahren, was gewesen ist, in einer Form, in der es nie gewesen ist, ist falsch und gegen die Natur.

Und obwohl ihre Erinnerungen nicht von der gleichen Art waren, *gab* es sie doch wenigstens. Beiderseitige Erinnerung ist etwas, das sich wie Liebe anfühlt. Wenn du dich darauf verlassen kannst, dass der andere dich versteht, wenn du anfängst, dich auf etwas zu beziehen, ist das schwer zu ersetzen.

Es wird der Tag kommen, an dem ihr Gespräch nur noch aus lauter Bezügen besteht – aus lauter Sichverlassen auf die Erinnerung. Sie werden die Einzigartigkeit und Unwiederholbarkeit der Erfahrung schätzen, nicht wegen der Erfahrung selbst, sondern wegen ihrer Einmaligkeit und Unwiederholbarkeit; wie der Kiwi, ein relativ hässlicher Vogel, der wegen seiner Seltenheit gepriesen wird, während wir Taubenhälse, die wie Perlmutt glänzen, wegen ihrer Vielzahl überhaupt nicht bemerken.

*

Rita ist wieder zu einer Geburtstagsfeier bei Mathilde Klammer eingeladen. Jež wird nicht dabei sein, wie schon in den letzten drei Jahren nicht mehr. Ihn hat Dragovič ersetzt. Anja hätte vermutlich lieber eine ihrer neuen Freundinnen mitgebracht, aber Rita ist bereits Teil des Kreises, der versucht, ein ständiger zu sein, sodass es bei ihr geblieben ist.

Diesmal darf auch Rita Wein trinken, weil sie alt genug ist und keine Tabletten mehr nimmt. Sie trinkt ihn schnell, wie sie es vom Himbeersaft gewohnt ist. Schon bald überkommt sie ein angenehmes Schwindelgefühl, wie sie es vom Karussell her kennt. Anja widmet sich ihrem Handy, also den anderen Freundinnen, die neu, hübscher und unverbraucht sind. Rita überlässt sich der Benommenheit. Sie lässt den Abend ohne ihr Zutun ablaufen. Während sich die Welt dreht. Sie verfolgt sie nur vom Rand aus, von ihrem schwarzen Holzpferd. So dreht und spult sie sich ab, dreht sich und spult sich ab, immer weiter, bis sie das Lachen von Frau Klammer hört, die vergeblich versucht, fröhlich zu sein:

„Gut, dass Ivo nicht hier ist“, sagt sie etwas zu laut.

Vermutlich hätte sie sich in Dragovičs Anwesenheit dieser Bemerkung enthalten, die ihn daran erinnert, dass er nicht der erste und einzige ist, was er als Mann gern wäre, wenn ihr infolge ihrer Cocktails nicht ein wenig die Bremsen versagt hätten. So aber fährt sie fort:

„Sicher würde er wieder Anstoß nehmen, weil ich Dichter zitiere ...“

„Er würde Anstoß nehmen, weil Sie immer ein und denselben Dichter zitieren, während er hundert kennt“, platzt Rita unerwartet heraus.

Die Gesellschaft ist fassungslos. Es herrscht eine Stille, in die zuvor nur Rita gehüllt war.

„Du erinnerst dich offenbar sehr gut an Herrn Jež“, reagiert Frau Klammer schließlich.

„Ja, ich habe seit letzter Woche nicht viel vergessen“, antwortet Rita mit einem seltsam hartnäckigen Triumph in der Stimme, den sich niemand so recht erklären kann.

*

Natürlich war die Klammer *indigniert.* Indignation wusste sie bis zur Perfektion zu empfinden, denn die hatte sie in den letzten paar Jahrzehnten fleißig geübt. Sie spürte, dass etwas unternommen werden musste, unverzüglich, das Kind, das per definitionem unschuldig ist, beziehungsweise das junge, seelisch labile Mädchen, per definitionem unschuldig, kurzum, dieses engelhafte Wesen vor dem gefährlichen, dicken, rotäugigen alten Mann zu schützen. Sie rief ihn gleich am nächsten Tag an und er hob ab, nicht nur, weil er ihre Nummer nicht gespeichert hatte, er hatte keine einzige Nummer in seinem Telefon gespeichert, alles nur in seinem eigenen Gedächtnis, weil er nicht verstand, mit der Zeit zu gehen, sondern auch, weil er immer abhob, wenn es klingelte, es war eine Art bedingter Reflex; viel Animalisches steckte in Jež.

Sie habe gehört, dass er sich Rita *genähert* habe, sagte sie aggressiv. Was für eine Rita, sagte Jež, er kenne keine Rita. Es habe keinen Sinn zu leugnen, sagte sie und ihre Stimme zitterte vor aufgestauter Wut, das Mädchen habe alles *zugegeben*. Und er solle nicht denken, dass sie vergessen habe, dass sie sie vor vier Jahren neben ihn gesetzt habe. Sie meine wohl *Julia*?, war Jež bereit zu kooperieren. Oh, *Julia* nennt er sie, natürlich, natürlich, der Name tut nichts zur Sache, *a rose by any other name would smell as sweet,* nicht wahr? Die Klammer hatte total das verloren, was sie gern als *contenance* bezeichnete. So hatte das Mädchen sich ihm vorgestellt, er hat sie sicher nicht umbenannt, er hat noch nie im Leben jemandem einen Namen gegeben, außer *Jež* für Agata Jež, und selbst das war ihr eigener Entschluss gewesen, sie hatte ihn sich selbst genommen, so wie sich Agata die Dinge immer selbst zu nehmen gewusst hat. Und Jež weiß nicht, was das Mädchen gesagt oder was die liebe Mathilde verstanden hat, aber das Mädchen hat ihn um Unterstützung und Rat gebeten, und er, der nie nein sagen kann, sie kennt ihn doch, warum glaubt sie wohl, ist er Jahrzehnte lang zu ihren Partys gekommen, er bietet diesem verwirrten Mädchen Unterstützung und Rat an. Lieber wäre es ihm natürlich, sie kennt ihn doch, dass ihn alle in Ruhe ließen. Aber was denkt sie sich eigentlich? Sie soll doch ein wenig aufpassen, was sie ihm da unterstellt, sonst soll sie sich in acht nehmen. Er ist vollkommen glücklich mit Frau Lah, und wenn ein Kind unter seine Fittiche krabbelt, was soll er tun? Den kleinen Kuckuck aus dem Nest stoßen? Soll er zu ihm sagen, schau, Schätzchen, ich bin nicht schuld, dass deine Mutter ein Kuckuck ist, ich habe nicht vor, dich aufzuziehen, wenn ich schon keinen eigenen Nachwuchs habe, unfruchtbar wie ich bin, ich habe auch nicht genügend Erfahrung. Dieses Schätzchen und diese Unfruchtbarkeit hätte er sich sparen können. Aber er war wütend und sein Urteilsvermögen war getrübt. Dass er nicht normal sei, erwiderte die Klammer kühl, die ihre *contenance* angesichts eines Menschen, der noch mehr aus dem Gleis geraten war, wiedergefunden hatte. Dass ein so cholerischer und verwirrter Mann nicht die richtige Adresse war, um einem Mädchen Ratschläge zu erteilen, das bis vor Kurzem *institutionalisiert* war. Das hat Jež nicht gewusst. Nun, jetzt weiß er es. Ja, jetzt weiß er es. Er wird ihr sagen, dass sie sich eine andere Vertrauensperson suchen soll. Denn er will nichts anderes als seine Ruhe. Und dass Frau Klammer ihn nicht mehr anrufen soll. Frau Klammer hofft, dass sie das nicht muss. *Muss!*

*

Jež wird den Kontakt abbrechen müssen. Das ist das Beste für alle. Sie wird es vermutlich nicht gleich einsehen, Kinder sind Megalomanen und wollen, was sie wollen, und glauben nicht, dass Erwachsene besser wissen, was das Beste für sie ist, aber mit der Zeit ...

Zuerst würde er ihr ein Loblied singen, damit sie es sich weniger zu Herzen nimmt. Wenn er ihr sagte, dass sie etwas Besonderes sei, würde sie es glauben. Zufrieden und bescheiden würde sie zu Boden blicken. Sie hat noch rein gar nichts von dieser Frau Klammer an sich, die ihm vor zwanzig Jahren auf etwas Ähnliches mit einem pfiffig gemeinten Lächeln: „Ach ja, die Einzigartigkeit, ein Kompliment nach dem Maß *jeder* Frau ..." geantwortet und sich zufrieden zurückgelehnt hatte, sodass sie ihn mit halb geschlossenen Augen betrachten konnte, die weit entfernt waren von gleich welchen neugierigen Mädchenaugen, die die ganze Welt in sich aufnehmen wollen, bald werde ich sie ganz schließen, drohte sie, und dich ausschließen. Aber sie hatte sich trotzdem gern verführen lassen. Zwei Monate lang. Interessant fand Jež, dass die Klammer mit den Jahren tatsächlich einzigartig geworden und dass er sogar bereit war, es ihr gegenüber zuzugeben, was aber nicht als Kompliment gedacht wäre. Denn Männer mögen nur die Art von Einzigartigkeit, die sie dem Gewöhnlichen durch ihre Leidenschaft selbst verliehen haben.

Dann würde er Rita sagen, dass er einfach wisse, welch wunderbare Zukunft sie vor sich habe, und dass sie wissen solle, dass sie in dieser Welt alles haben könne, was sie wolle. Außer natürlich dreißig Jahre ältere Freunde, die ihre Väter sein könnten, und ähnliche gesellschaftlich inakzeptable Dinge, weil man sich der Gesellschaft beugen muss, wenn man nicht geschlagen werden will, denn sie wisse ja, wie Wilde sagt, beziehungsweise Oscar, wie ihn die Klammer nennt: „Wenn ein Sklave den Rücken hinhält, wer würde dann schlagen?" Das heißt, er wünsche ihr alles Glück, das einem proaktiven Sklaven zur Verfügung steht. Dass jede Freiheit illusorisch sei, das brauche er vermutlich nicht extra zu betonen, das habe sie vermutlich schon selbst erkannt, gefangen in diesem ihrem Körper, wenn wir beim Offensichtlichsten beginnen. Vielleicht würde er das weglassen.

Er würde ihr auch sagen, dass er ihr alles Gute wünscht, und mit dem Versprechen schließen, sie nie zu vergessen. Mit Sicherheit würde er den Nachsatz „Und vielleicht, in zwanzig Jahren ...“ weglassen, den er damals zu der Klammer gesagt hatte. Dieser Satz war verbraucht.

Der Plan war gut, aber Rita rief ihn nicht an, und als er sie anrief, hob sie nicht ab, und was nützt dir ein guter Plan, wenn du ihn nicht ausführen kannst?

*

Über die *unziemliche Beziehung* wurde auch Ritas Mutter informiert. Die Klammer wollte das nicht, aber es war ihre *Pflicht.*

Die Mutter war entsetzt.

„Er könnte dein Vater sein“, war das erste, was sie zu ihrer Tochter sagte, nicht gerade originell.

Vermutlich sucht bei großen Erschütterungen jeder Zuflucht bei Eingespieltem, um zumindest in der Vertrautheit von Gesten oder Worten einigermaßen Trost zu finden.

„Meinst du, das könnte er wirklich?“, fragte Rita bedeutungsvoll und hörte dafür ein:

„Rotzgöre!“

Rotzgöre hatte sie schon lange nicht mehr von ihrer Mutter zu hören bekommen, die weiter bohrte. Rita gab nicht mehr zu als die Wahrheit, die deshalb wie eine Lüge klang. Und dann wurde ihr das Handy weggenommen, die höchste Strafe, heimlich wurde es ihr weggenommen und versteckt, weil es nicht geholfen hätte, die Herausgabe zu verlangen, und mit Gewalt ging es auch nicht mehr; Rita war größer als ihre Mutter, sie war ihr entwachsen, sie war ihr über den Kopf gewachsen und so weiter. Sie würde es in zwei Wochen zurückbekommen, in der Zwischenzeit solle sie ein wenig über ihr Benehmen nachdenken. Dass sie zu Anja ziehen wolle, ins Atelier, drohte der Nestflüchter, in Wirklichkeit alles eher als ein Kuckuck, eher ein Albatros, ein bisschen komisch, ganz groß und zottig, der sich noch füttern lässt, wo er schon größer ist als ein Dachs, aber die Mutter wusste, dass das eine leere Drohung war, dass es bei Anja Platz nur für Eine gab, für Anja. Die Klammer sorgte für diese Freiheitseinengung, damit es zu keiner Kommune käme. Es half nichts, dass Anja sie auslachte, sie musste nehmen, was ihr angeboten wurde, oder gar nichts. Rita wurde nichts angeboten, obwohl sie *aus gutem Hause* kam. „Ach, du kommst aus gutem Hause?“, hatte die Klammer ihre Anerkennung ausgedrückt, als sie Rita kennenlernte und wissen wollte, was ihre Mutter macht, und Rita wusste nicht, was sie mehr störte – die Überraschung oder die Begeisterung oder schon das Syntagma *aus gutem Hause*.

Wie auch immer. Rita hatte nichts (außer ihrer Jugend, würde jemand hinzufügen), die Volljährigkeit bedeutet eben nichts, wenn deine Mutter kommt, um das Licht auszuschalten, wenn sie um zwei Uhr auf die Toilette geht, und für dich kocht und kontrolliert, dass du Strumpfhosen in allen Monaten trägst, die ein *r* im Namen haben. Lieber ertrug sie die Strumpfhosen als Mutters Nörgelei, die Rebellion kostete sie zu viel Kraft. Manchmal zog sie sie auf der Toilette aus, vor Vorlesungen. Wenn du kein Geld hast, bist du nun einmal ein Kind. Und die Historikerin Rita wird lange ein Kind sein, zwei

Lehrerinnen des Lebens wird sie, nebenbei gesagt, auf dem Buckel haben, ihre Mutter und die Geschichte. Beide interessierten sie immer weniger, sie interessierte die Zukunft. Sie würde das Studium gern gegen etwas Einträglicheres eintauschen, um an Geld zu kommen. *Ich möchte erwachsen sein, aber ich habe kein Geld.* Sie wird parallel dazu studieren, denn ihre Mutter erträgt es nicht, dass etwas aufgegeben wird, „nachdem schon so viel investiert worden ist". Auch das Klavier durfte sie erst aufgeben, nachdem sie zweimal durchgefallen war und als die Lehrerin anmerkte, dass in der Musik nicht alles nur Übung, sondern auch eine Frage der Begabung sei – danach war Mama wütend und Rita war vor dem Klavier gerettet.

Sie dachte an Jež. Sie bildete ein Gedicht aus den Buchstaben seines Namens. Das tat sie immer, wenn ein Junge einen merklichen Platz in ihren Gedanken einnahm. *Ein Junge.* Aber so wenige Buchstaben hatte es noch nie gegeben. Das Gedicht konnte nicht anders sein als kurz. Was sie störte, war das Fehlen eines tieferen Sinns, der immer dort zu finden ist, wo es wenige Wörter gibt. Sie spürte, dass sie Trost brauchte wie noch nie zuvor. Aber ihr waren alle drei Tröster gleichzeitig genommen. Ihre Mutter, weil sie das mit Jež erfahren hat. Anja, weil sie das mit Jež nicht vorher erfahren hat. Jež, weil ihre Mutter das mit ihm erfahren hat. Zwei Wochen. Sie wollte ihn informieren, aber Anja will ihr nicht helfen, sie kann und will Mama Klammer nicht um seine Nummer bitten. Seltsam, dass sie sie nicht auswendig gelernt hat. Auswendig konnte sie nur Klavierstücke lernen, sie hatte gelernt, sie schnell auswendig zu lernen, damit niemandem auffiel, dass sie keine Noten lesen kann. Seltsam, dass sie nicht Notenlesen gelernt hat. Sie war sonst recht gelehrig. Sie war ja doch *ausgezeichnet*. Anja war nicht ausgezeichnet. Auch an der Akademie nicht. „Ich gebe Ihnen ein *sehr gut*, denn *ausgezeichnet* sind Sie nicht“, hatte ein Professor angeblich zu ihr gesagt, was Anja, die immer so Gleichmütige, vor allem, wenn es um Noten ging, wütend machte – noch nie hatte sie sie so wütend gesehen, sie wiederholte immer wieder, mit welchem Genuss er die Gelegenheit genoss, ihr zu sagen, dass sie nicht ausgezeichnet sei, *so ein Versager von einem Mann*. Ja, damals war klar, dass auch Anja, der ausgezeichneten Frau, nicht das Gefühl der Hilflosigkeit gegenüber der Vorherrschaft des Elenden in der Welt erspart bleibt, wegen der du geschrien hast, als du klein warst, bis du gelernt hast, dass es keinen Sinn hat.

Auch mit Anja wird es wahrscheinlich vorbei sein. Freundinnen verzeihen keine Geheimnisse. Sie sind bereit, alles zu vergeben, was du ihnen gestehst, solange du ihnen alles gestehst. Es muss alles sein. Immer alles. Sie sind strenger als der Pfarrer. Der Pfarrer, soweit sie sich erinnert, war wenigstens nicht wegen jedem Dreck beleidigt. Doktor Puhar war nie beleidigt. Manchmal vielleicht ungeduldig, obwohl er versuchte, alle Gefühle zu verbergen. Jež war der Beste, er war weder beleidigt noch ungeduldig.

*

Die sprichwörtliche Macht der Nacht ist so unermesslich, dass sie sich den Menschen unterwirft und ihn nach ihrem Bilde umgestaltet. Rasch nimmt sie dich als ihr eigenes an: Es genügt, dass du ein, zwei Nächte wach liegst, und schon gehörst du ihr. Der Tag, mit dem du es dir verdorben hast, ist unfreundlich zu dir und setzt dir zu, sodass du glaubst, dass du gut schlafen wirst; aber sobald er geht, kommt die Nacht, umarmt und wirbelt dich herum und lässt alles tanzen. Wenn du dich dem Tanz widersetzt, erklärt sie sich schmollend bereit, einfach an deiner Seite hocken zu bleiben, bis der Tag kommt, und dich aufrecht zu halten. Sie ist eine eifersüchtige und treue Geliebte, obwohl sie sich so leicht und schamlos anbietet. Mit dem Tag kann sie kaum wettstreiten – die Lichter sind die einzige Augenweide, die sie zu bieten hat. Das Interesse an der Dunkelheit als solcher, sei sie noch so geheimnisvoll und anziehend, lässt rasch nach. Sie bietet zu wenig Variationen zum Thema, verbirgt zu viel und zeigt zu wenig. Auf die menschliche Vorstellungskraft darf man sich nicht zu sehr verlassen, sie muss angespornt werden. So bleibt ihr nichts anderes übrig, als Lichter und Lampen anzuzünden, die gerade hell genug sind, um zu zeigen, dass sich hinter ihrer ausdruckslosen schwarzen Maske etwas verbirgt, aber auch gerade schwach genug, um uns zu dem Glauben zu verleiten, dass dieses Etwas *etwas anderes ist als bei Tage, besser vielleicht. Ich meine, ja, ich lerne von der Nacht.*

Sie geben mir Schlafmittel, die wirksamer sind als Baldrian, aber ich nehme sie nicht. Um mich nicht an sie zu gewöhnen. Das hat mir meine Mutter eingeimpft, die Angst, mich an etwas Wohltuendes zu gewöhnen. Denn dann kann man nicht mehr ohne. Nur an schlechte Dinge muss man sich gewöhnen, an die ja. Als könnte man dann ohne die …

*

Rita kannte viele Charaktere, natürlich aus Büchern, die im Gegensatz zu vielen Charakteren für jedermann zugänglich sind, d.h. auch für bärtige Mädchen, deshalb wunderte sie sich von Zeit zu Zeit über das Fehlen eines eigenen. Obwohl sie das zweifellos als Manko empfand, als eine Art Freudschen Penismangel, war sie nicht davon überzeugt, dass das unbedingt etwas Schlechtes war. Ähnlich wie beim Penis. Die meiste Zeit war sie recht zufrieden damit, den Charakter beziehungsweise Penis nicht zu haben, weil sie sich darüber bewusst war, dass das eine Beschränkung weniger war, ein Hindernis weniger auf dem Weg zur Freiheit, die sie als Freiheit der Wahl verstand, einer Wahl, die, wie wir alle wissen, weitgehend vom Charakter oder Penis bestimmt wird. Ihre Mutter hatte Charakter. Der war sogar sehr scharf umrissen. Er schränkte sie so sehr ein, dass sie nicht verstand, dass es Menschen gab, die ihn nicht haben. Sie glaubte, dass ihre Tochter so war, wie sie selbst sie durch ihre beiden Augenhöhlen, die zwei schmalen Schlitze, sah, und sie verspürte sogar das Bedürfnis, ihr über alles, was sie sah, als außenstehende Beobachterin, als objektive Berichterstatterin vor Ort, zu berichten, indem sie eine bündige Zusammenfassung machte und den Wald umriss, in dem sich der Einheimische vor lauter Bäumen verirrt hatte: Rita, du bist so und so, sagte sie zu ihr. Wenn du dich nicht radikal änderst und so und so wirst, wird dich das Leben mehr schlagen, als es dein Vater könnte. Ja, ihre Mutter glaubte sowohl an den Charakter als auch an seine Veränderbarkeit, was für Rita ein schwerer Brocken war, schwer zu verdauen.

Wie auch immer, ohne es absichtlich zu tun, passte sich Rita dem Niveau jedes Gesprächspartners an. Es war das derselbe Impuls, der sie in die Hocke zwang, wenn sie mit einem Kind sprach. Das heißt, mit einem Kind, das kleiner war als sie. Aber sie sprach mit diesem Kind ganz natürlich, im völligen Gegensatz zum Beispiel zu der Klammer, der großgewachsenen Frau, die nur die Augenlider senkte, wenn sie Kinder ansah, die sich aber mit ihrer Rede in die Hocke begab, ja, ja, du bist ja brav, so, ja, zeig deiner Mami, was du gemacht hast, usw.

Rita spielte also virtuos auf allen Registern, sie kannte alle Wörter, außer, wie gesagt, die für Jugendliche ihres Alters typischen, alle außer umgangssprachlichen und hässlichen, sonst aber wirklich alle. Wegen dieser Fertigkeit hielt sie niemand für besonders klug, außer besonders kluge Leute, wie zum Beispiel Jež. Er sah sie auch am besten. So, wie sie sich fühlte: ein Wesen, das sich im Kreis ihrer Metamorphose im Ruhestadium befindet, vor allen Eigenschaften, vor dem Charakter, die Puppe einer Fliege, der Same eines Veilchens.

Gern würde sie wieder mit Jež sprechen, um klug zu sprechen. Sie glaubt, dass sie Jež geradezu braucht. Sie denkt immer wieder an ihn, so oft, dass man sagen könnte, sie denkt ununterbrochen an ihn. Sie denkt auch darüber nach, ob er sie anruft, und was er denkt, wenn sie sich nicht meldet.

*

Jež denkt sich, dass es so eigentlich am besten ist. Für alle. Und dass er eigentlich schon lange nicht mehr allein war. Dass seine Stille in letzter Zeit gleich von zwei Frauen gestört wurde, von einer großen und einer kleinen, beziehungsweise von der einen sehr und von der anderen weniger. Dass er dafür seine Lektüre vernachlässigt hat, was schade war, denn es war durchdacht geschrieben und unvergleichlich besser gesagt als das, was ihm die beiden Frauen erzählten, ohne sich um die Form zu kümmern; sie machten Fehler, vor allem Frau Lah, die überhaupt keinen Genitiv benutzte, sich aber nicht verbessern ließ, obwohl sie selbst gern verbesserte, vor allem auf den Küchenregalen, das nannte sie Ordnung machen, auch seine Krawatte brachte sie in Ordnung, ständig zog sie sie fest, und Jež konnte sich des Gefühls nicht erwehren, dass diese Geste Symbolcharakter hatte. Er brauchte endlich wieder ein wenig Stille, Stille und Leere in seiner Höhle, damit er, wenn etwas seine Saiten berührte, überhaupt mitschwingen könnte. Lange, allzu lange hatte er schon nichts mehr gelesen. Er hatte mehrere neue Bücher, die ihm von Verkäuferinnen empfohlen worden waren. Die hatte er in einer Zeit angesprochen, als er auf der Suche nach einer Frau war, die mit ihrer Anwesenheit Agata aus seinem Gedächtnis vertreiben würde. Aber sie taugten alle nicht. Alle hatten eine Geschichte. Geschichten ertrug er nicht. Schon gar nicht Geschichten der heutigen Zeit, die seichten und frechen, die so schnell sind wie die Zeit und selbstverliebt, richtig unverschämt fordern sie alle Aufmerksamkeit für sich und erreichen sogar, dass die Hügel und Wiesen und atmosphärischen Passagen nur überflogen werden, wie das Flugzeug den Zug ersetzt hat, der die Kutsche ersetzt hat. Alles, was sie nicht direkt betrifft, wird in den Hintergrund gedrängt, damit sie sich selbst ganz ungestört verflechten und entflechten können. Wieder wird er auf die alten zurückgreifen müssen, die ihm in schöner Erinnerung geblieben sind, Gott sei Dank ist die Zeit ewig in beiden Richtungen, sodass sie ihm nicht ausgehen werden. Aber selbst wenn, kein Problem, er hat ja diese schwarzen

Löcher im Gedächtnis, die auch das Alte neu machen. Morgen ist ein neuer Tag, alles wird gut sein, alles wird vergessen sein.

Aber wie gesagt, Jež und Vergessen, das ging nicht zusammen. Ihm schien auch, dass die Dinge auf natürliche Weise enden müssten und nicht mit Gewalt. Die Klammer war eine gewalttätige Frau, nicht nur aufdringlich, sondern geradezu gewalttätig. Sie hatte etwas Gutes kaputt gemacht, und die Gewalt hatte sie mit dem Altersunterschied gerechtfertigt, denn das ist einer der seltenen Unterschiede, die noch nicht abgeschafft waren und an die wir uns deshalb klammern wie ein Betrunkener an den Zaun, denn in der Gesellschaft findet sich jeden Tag ein neuer Unterschied, den wir zuerst bemerken müssen, bevor wir so tun können, als gäbe es ihn nicht, und was wird aus uns, was wird aus der Menschheit, wenn sie sich durch nichts mehr stören lassen darf, sie wird von so viel aufgestautem Groll überlaufen wie eine überlastete Senkgrube, deshalb lasst uns wenigstens den Altersunterschied, dass wir uns an ihm reiben können. Alte Menschen dürfen sich nicht mit jungen mischen, nicht einmal ansprechen dürfen sie sich, sie dürfen nicht einmal fragen, wie spät es ist, denn wir haben alle eine Uhr auf dem Handy, das wir alle haben, und wenn du jemanden fragst, wie spät es ist, bist du sowieso verdächtig, vor allem, wenn du alt bist, während die andere Person jung ist. Die Toiletten müssen nicht getrennt sein, das ist aber auch alles. Wenn du in dieser Welt, die auf den Jungen ruht, den Anschluss an die Zeit halten willst, musst du dir selbst deine eigenen machen, am besten gleich zwei. Wenn du unfruchtbar bist, bist du abgemeldet. Und wenn es sich zufällig ergibt, dass du aus Rachelust der Frau Klammer einen Abend lang neben eine junge Frau gesetzt wirst und sich herausstellt, dass du dich ziemlich gut mit ihr verstehst, dann ist die Rache noch süßer, denn wiedersehen darfst du sie nie mehr.

Montagues und Capulets, kam Jež in den Sinn. Und obwohl das Denken der einzige Ort sein soll, wo Freiheit möglich ist, hatte sich Jež dreimal auf den Kopf geschlagen. Sein Kopf ist ein Tempel, in den kein Schmutz eindringen wird, rebellierte er.

Aber schuld war natürlich niemand anders als die Klammer, immer und immer wieder die Klammer, die ihm den Romeo untergeschoben hatte, die ihm die böse Saat eingepflanzt hatte, und das ärgerte Jež in den folgenden Tagen unbeschreiblich. Denn ihn begannen Gedanken zu verfolgen, fremde, gewaltsam eingepflanzte, sie fingen an zu wuchern und sich zu verhalten wie Symptome einer eingebildeten Krankheit, an der wir nicht weniger leiden, auch wenn sie in Wirklichkeit nicht existiert.

Und seltsame Dinge begannen sich zu ereignen. In unzähligen Dingen begann die Erinnerung an Rita nachzuhallen, sie begann sich in Gesagtem und in Dingen zu melden. Diese seltsamen Dinge nannte Jež Zufälle. Dabei war ihm völlig klar, dass ein solcher Zufall nur in seinem Kopf ein Zufall war, dass jeder Zufall nur in demjenigen existiert, der ihn beobachtet, und oft hatte er schon gesagt, dass er nicht an Zufälle glaube, was immer das schon bedeutet, nicht an etwas zu glauben, das einem passiert. Er glaubte also nicht an Zufälle, aber er glaubte an die menschliche Fähigkeit, Zufälle zu schaffen. Zufall. *Naključje. Na-ključ-je.* Mit-dem-Schlüssel-versperrt, heißt das. Er war überzeugt, dass jedes Ereignis eine Tür und ein Schloss hat, das die Bedeutung verschließt, dass es sich aber mit unzähligen Schlüsseln aufschließen lässt, und wenn viele Schlüssel es öffnen, ist die Bedeutung klar, und dieses Unverborgene nennen wir nackte Wahrheit, beim Zufall aber ist es am offensichtlichsten, dass die Bedeutung nicht klar ist, dass die Tür zugefallen ist und dass dem, was hinter Schloss und Riegel verschlossen ist, vor jedem verborgen, nicht zu glauben ist.

Das brennende Verlangen nach einem irdischen Sinn und die Suche danach, ständig und überall, auch dort, wo es ihn nicht gibt, sind eindeutige Symptome eines Verliebten. Jež wusste das. Zufälle folgen dem Verliebten wie ein Schatten, das wusste er. Er hatte Angst.

Du kennst sie doch gar nicht, sagte er sich und wiederholte unbewusst denselben Einwand, der ihm immer so schwach erschienen war. Du kennst mich doch überhaupt nicht, hatten ihm viele entgegnet, wenn sie ihn zurückwiesen, wenn er ihnen sagte, er habe sich in sie verliebt. So sagen fast alle Frauen, brausen aber auf, wenn du sagst, dass sie alle gleich sind. Damals hatte er ihnen widersprochen, natürlich kenne ich dich, hatte er gesagt, ich sehe auf den Grund deiner Seele, ich kenne dich, wie dich niemand jemals kennen wird. Erst viel später hatte er bei sich gedacht, ich habe sie wirklich nicht gekannt, und bei der Klammer hatte er es laut gesagt und speziell für sie hinzugesetzt: „Das ist doch die *conditio sine qua non* des Verliebtseins."

Die Stichelei war nicht vorsätzlich, Jež war einfach davon überzeugt, dass Verliebtheit nicht die Vorstufe der Liebe ist, dass sie mit der Liebe nichts zu tun hat und dass uns die Sprache verkehrte Wege führt. Die Frische junger rebellischer Geister ahnt das und benutzt deshalb Worte, die so weit wie möglich von der Liebe entfernt sind – verknallt, vernarrt, verschossen ... So hatte man zu seiner Zeit gesagt, er weiß nicht, wie es jetzt ist; *lingua fugit*.

Hätte Jež sich ein wenig vertieft, hätte er erkannt, dass die Sprache in diesem Fall genau genug ist und er selbst derjenige, der verkehrt gegangen ist und dafür der Sprache die Schuld gibt, die sich nicht wehren kann. Dass das „ver“ eine ähnliche Pervertierung der Handlung bezeichnet, wie es das bei „verlaufen“ aus „laufen“, „verbieten“ aus „bieten“, „verführen“ aus „führen“ und so weiter macht.

*

Es wird klar, dass mein Schreiben bei ihnen keine Verblüffung mehr über meine Rationalität und Kohärenz auslöst. Das ist klar. Sie haben sich daran gewöhnt. Ständiges Verblüfftsein ist unmöglich. Das einzige Mittel, das mir einfällt, um ihr Interesse aufrechtzuerhalten, das heißt, wiederzuerwecken, ist – Suspense. Ich muss so erzählen, dass sie wissen wollen, was danach geschieht. Es tut mir leid, dass ich zu diesem Mittel greifen muss, diese Art des Erzählens habe ich immer verachtet. Aber wie es aussieht, habe ich keine andere Wahl. Meine Wahlmöglichkeit ist so begrenzt wie die Menschen, mit denen ich zu tun habe. Außerdem darf ich nicht vergessen, dass mein Ziel kein künstlerisches ist. Meine Erzählung hat einen ähnlichen Zweck wie die von Scheherazade, nämlich mich lebendig zu erhalten. Wenn ich lebendig sage, meine ich lebhaft, aber ich sage lebendig, damit ich mich mit Scheherazade vergleichen kann.

*

Rita fragt sich unter anderem, ob es möglich ist, dass die Mutter auf einen von Ježens Anrufen reagiert, und was dann sein wird. Die Gedanken, die sich um *Ihn* drehen, werden so aufdringlich, sie wuchern wie diese invasiven Pflanzen, die alle kleinen einheimischen Blumen ersticken, dass Rita genug hat und, um sich zu retten, sich am dritten Tag vor Ježens Wohnblock stellt, um ihn abzuwarten, wenn er von der Arbeit kommt. Sie fängt um fünf Uhr an zu warten, Jež arbeitet bis fünf Uhr, und dann ist es nur eine Frage der Zeit, wann er nach Hause kommt, aber spätestens um halb sechs, denn er ist ein Bürokrat, zuverlässig wie ein Uhrwerk. Ein Bürokrat von Ježens Schlag ist zwar, wenn wir es richtig bedenken, nur was die Zeit betrifft, zuverlässig wie ein Uhrwerk, nie arbeitet er eine Minute länger, weil die Steuerzahler bis fünf Uhr zahlen und für Überstunden nicht zuzahlen, in allen anderen Hinsichten ist er allerdings viel weniger zuverlässig, weil ihn die Knauserei der Steuerzahler nicht im Geringsten motiviert, das Höchste aus sich herauszupressen; wir pressen das Höchste nur aus Liebe oder eben für Geld aus uns heraus, vermutlich. Vielleicht noch aus Angst davor, den eigenen Namen zu beschmutzen, aber alle diese drei Dinge betreffen einen namenlosen Bürokraten nicht.

Jež überrascht Rita allerdings damit, dass er zwanzig nach fünf nicht allein nach Hause kommt, sondern in Begleitung von Frau Lah. Das hat sie nicht erwartet, was sie auch überrascht, denn letzten Endes ist das etwas, was zu erwarten war. Vor allem wenn sie zusammen arbeiten, ist zu erwarten, dass sie zusammen nach Hause gehen, wenn sie zusammen sind. Aber sie lebt nicht bei ihm, das weiß sie schon. Es heißt also auf den Tag warten, wenn er ohne sie nach Hause kommt, jeden Tag wird er schon nicht mit ihr kommen, denn in dem Fall würden sie zusammenleben, aber sie leben nicht zusammen.

Drei Tage wartet Rita vor dem Wohnblock auf ihn, drei Tage nacheinander kommt Jež mit seiner Begleiterin. Rita bekommt jedes Mal, wenn sie sie in der Ferne erblickt, einen Gesichtsausdruck, als wäre ein faules Ei zerbrochen und sie müsste saubermachen. Ausdruck welchen Gefühls das ist, darüber denkt sie nicht nach. Sicher ist jedoch, dass sie sich jeden Tag mehr gedemütigt fühlt, und als sie den vierten Tag auf ihn wartet, fest entschlossen, dass das der letzte Tag ist, kommt Jež endlich allein. Wir können nicht sagen zum Glück, denn wir wissen nicht, ob das Glück oder Unglück ist. Wir können es auch nicht als Zufall bezeichnen, denn wir lassen die Möglichkeit zu, dass Rita ihrem Beschluss nicht treu geblieben und auch den fünften Tag gekommen wäre. Wir wissen wenig, haben aber noch viel zu erzählen.

*

„Oh", sagte Jež, als er sie erblickte.

„Meine Mutter hat mir das Handy weggenommen", sagte Rita.

Jež verspürte ein Glück.

„Möchtest du hereinkommen?", sagte er, weil er einfach nicht wusste, was er sagen sollte, und still auf der Straße zu stehen war unangenehm, in einer Wohnung ist Stille nichts Schlimmes, denn man geht zuerst in die Küche, wo man Kaffee macht, dann kann man den Kaffee schlürfen, während das Mädchen, das den Kaffee wie immer ablehnen wird, weil es sich benimmt, als wäre es ein Kind, obwohl es keines ist, sich nicht ablenken lässt und reden wird. Und sie redete. Sie sagte, dass ihre Mutter nicht glaube, dass ihre Begegnungen unschuldig seien, das heißt ausschließlich freundschaftlich, und dass sie einfach ihre Sachen packen und zu ihm gehen solle, denn wenn sie glaube, dass sie reif genug sei für einen reifen Mann, sei sie sicherlich zu reif für ihr Kinderzimmer. Dass sie endlich alt genug sei, um das Nest zu verlassen, dass sie selbst in ihrem Alter schon verheiratet gewesen sei und dass sie es für ihre Pflicht halte, das Küken aus dem Nest zu stoßen, denn kein Vogel weiß, dass er fliegen kann, bevor er es versucht hat, er versucht es aber nur, wenn er es muss, das heißt, wenn er aus dem Nest gestoßen wird.

(In Wirklichkeit hatte die Mutter gesagt, sie sei bei Weitem nicht reif für einen reifen Mann, sie solle nicht vergessen, dass sie in einem Kinderzimmer wohne und dass sie, wie die Dinge stehen, dort noch eine ganze Weile wohnen werde, und dass sie, solange sie unter ihrem Dach wohne ... Und dass sie sich einen Jungen in ihrem Alter suchen solle, der ein Junge ist, und nicht jemanden, der alt genug ist, um ... Und dass es ihr nicht schaden werde, wenn sie eine Zeit lang ohne ihr Telefon sei, das nur ... Denn die Jugend heutzutage ...)

Natürlich wolle sie sich Jež nicht aufdrängen, fuhr Rita fort, schließlich seien sie nicht das, was ihre Mutter denke, dass sie seien, aber sie hoffe, dass sie wenigstens das seien, was sie selbst denke – Freunde, und so wende sie sich an ihn, an den Freund, damit er ihr helfe. Er denke vermutlich, dass er nicht ihr nächster Freund sei, aber so wie die Dinge im Moment stünden, sei er ihr einziger Freund, weil Anja nicht mit ihr spreche, als Strafe dafür, dass sie selbst nicht genug mit ihr gesprochen habe. Und die Sache ist die, dass sie im Moment nirgendwohin könne, deshalb bitte sie ihn schön, ob sie wenigstens eine Nacht bei ihm bleiben könne, bis sich die Dinge beruhigt hätten, sie können sich aber nur so beruhigen, dass sich ihre Mutter aufregt, dass sie eine schlechte Mutter war, dass sie die noch Unreife in den Abgrund gestoßen hat, und dass sie anfängt, es so sehr zu bereuen, dass sie sie zurücknimmt, bis sie wirklich Flügel, also Geld, bekommt. Als Historikerin könne sie es noch nicht bekommen, aber als Kellnerin ohne Schwierigkeiten, rinnendes Bier sei einträglicher als verrinnende Zeit, die Antwort auf die gegebene Situation sei in diesem Moment geschenktes Bier, geschenkte Zeit. Rita entschuldigt sich, sie wolle mit dummen Wortspielen aufhören. Könne sie also heute bleiben, morgen würde sie gehen und ihre Mutter um Verzeihung bitten?

Das war der Moment, in dem Jež hätte *nein* sagen müssen. In seiner Erinnerung konnte er ihn später genau bestimmen. Nach dem Krieg lässt sich leicht General sein, außer wenn du ein besiegter General bist, dann ist sie schwer, die Leichtigkeit des guten strategischen Manövrierens, die sich ungewollt immer wieder als Bedauern ins Bewusstsein drängt.

In jenem Moment hatte er zugestimmt. Er hatte nicht versucht, sich vorzustellen, wie die Mutter das Kind „rausschmeißt". Oft genug hatte er sagen hören, dass jemand jemanden „rausgeschmissen" habe, sodass er die Nachricht als Wahrheit akzeptierte. Wie die, dass Baldrian bei Schlaflosigkeit hilft. Wenn er versucht hätte, sich das vorzustellen, hätte er vielleicht rechtzeitig an Ritas Wahrheitsliebe gezweifelt. Bei seiner Leichtgläubigkeit stand vermutlich auch der Umstand Pate, dass er Ritas Mutter schon selbst als Vogel bezeichnet hatte, er war sogar noch einen Schritt weiter gegangen und hatte sie als Kuckuck bezeichnet. Und sicherlich wäre es ihm leichter gefallen, einem anderen Mädchen *nein* zu sagen,

Anja zum Beispiel, als dieser unschuldigen Puppe, die vor Kurzem institutionalisiert gewesen war. Denn wenn sie von der Brücke springe, würde er sie auf dem Gewissen haben. Es sei besser, einen Menschen für einen Tag auf dem Buckel als ein ganzes Leben auf dem Gewissen zu haben, hatte er konstatiert, und da war schon etwas Wahres dran.

Er zeigte ihr die Wohnung, denn bisher war sie immer nur im Wohnzimmer und auf der Toilette gewesen. In jedem Zimmer, in allen dreien, begann sie sofort, die Dinge zu berühren. Ha!, sagte sie, als sie den Porzellanhund in die Hände nahm. Und dass sie nie auf die Idee gekommen wäre, dass Jež ein Mann sei, der einen Porzellanhund im Regal stehen habe, gleich welches Porzellantier, genau genommen. Jež konnte nicht erklären, warum er nicht sagte, dass er von seiner Frau war. Vermutlich hielt er es für unangebracht, sich vor einer Rotzgöre zu verteidigen. Er sagte: Hja!, und dass sie im Leben vermutlich noch viele Male überrascht sein werde. Dass ihr nie alles klar sein werde, und dass das auch gut so sei. Er nahm ihr den Hund aus den Händen und stellte ihn zurück. Er wollte ihn abwischen, ließ es aber fürs Erste. Das würde er später tun. Ihm war bewusst geworden, dass er überzeugt war, dass sie schmutzige Hände hatte. Kinder haben immer welche, fühlte er. Aber wir halten sie für sauber. Jež nicht.

Ein Gefühl des Unbehagens überkam ihn; er wusste nicht, wie er das Kind loswerden konnte, er wusste weder, wie ein Kind bekommen noch wie es loswerden, als er selbst Kind war, hatte er nie den Wunsch nach einer Unterhaltung mit alten Frauen verspürt, also konnte er wieder einmal nicht aus eigenen Erfahrungen schöpfen –

der Brunnen seiner Erfahrungen war seicht, obwohl er selbst tief war. Es kann sein, dass das umgekehrte Verhältnis hier die Regel ist.

Alles interessierte sie, sie steckte ihr Näschen überall hinein, und oh, noch nie hatte sie ein Lorgnon *in natura* gesehen, und ob es nun ein echter Grohar oder eine Reproduktion war, und Jež erinnerte sich, dass Agata wirklich alles konnte, sogar malen, obwohl sie selten malte – nur wenn sie das Gefühl hatte, „ihre Seele auf die Weide führen“ zu müssen. Er hatte nie herausgefunden, ob sie den Ausdruck absichtlich verkehrt verwendete oder ob sie es nicht besser wusste. Aber Agata wusste doch alles, das Mobiliar ist überaus geschmackvoll, ja, auch das ist ihr Verdienst, aber über sie wird er nicht sprechen.

Er bemerkte, wie rasch sich der Ansatz jenes Gefühls verflüchtigte, sobald das Frauchen, an das er es hatte anlehnen wollen, körperlich anwesend war. Er begann zu bedauern, dass er zugestimmt hatte, aber was geschehen war, war geschehen. Für den Rest des Tages musste er sich auf Unannehmlichkeiten einstellen. Darauf, dass ihr Geplapper dem Sirren einer Fliege gleichen oder aber, im gegenteiligen Fall, sogar darauf, dass seine geliebte Stille zur Qual werden würde. Aber einen Tag würde er schon aushalten, er, der vieles aushält.

*

Wenn ich sie bis hier geleitet, bis zu diesem Punkt verleitet habe, dann wird alles andere kinderleicht. Die Menschen scheinen viel zuzulassen, was das Mögliche betrifft. Als ob sie keine Erfahrungen mit dem Möglichen hätten; als ob die Tatsache, dass etwas nicht möglich ist, nichts anderes sei als ein zufälliger Ausrutscher. Ich frage mich, warum. Möglicherweise gehen in der schwarzweißen Landschaft der Buchstaben und Leerzeichen, die sich immer nur auf etwas beziehen und nie auf alles, einige Dinge verloren, zum Beispiel unangenehme Gerüche, Willensschwäche, fehlendes männliches Bedürfnis, Angst vor den Folgen, Damenbart ... Ja, das ist möglich.

*

Es gibt nichts Störenderes als einen Gast, einen Eindringling. Vor allem, wenn er auf mehr als auf einen Kaffee kommt, auf mehrere Tage. Er schafft sich einen Raum, wo du ihn nicht vermutest, und verdrängt dich, nicht nur, weil dort, wo etwas steht, nicht gleichzeitig etwas anderes stehen kann, sondern weil sich auch seine ungreifbare Präsenz im ganzen Raum ausbreitet und sich in alles einfrisst. Weil du gelernt hast, gastfreundlich zu sein, vergisst du dem Gast zuliebe dich selbst und widmest dich ihm. Was möchte er essen? Altes Brot wird er wahrscheinlich nicht mögen, nicht? Was möchte er machen? Flößt ihm die Stille deiner Wohnung vielleicht Unbehagen ein? Welche Art Lärm würde er mögen? Radio? Welchen Sender? Du fühlst dich schuldig, wenn der Schlager banal ist. „Ach, diese banalen Schlager", entschuldigst du dich. Gespräch? Worüber? Dir wird bewusst, wie eintönig bei dir, an dir doch alles ist. In diesem Moment scheint dir das noch schlimmer zu sein, als wenn du doppelgesichtig wärest. Du hoffst auf ein Ereignis, das den Gast ablenkt und ihn sich erinnernd von dem Besuch schwelgen lässt. Die Zeitung, die du abonniert hast, obwohl du sie nicht liest, schlägst du auf der Seite „Veranstaltungen" auf. Du schlägst ein paar

Dinge vor und dem Gast ist es egal, ihm ist alles recht, was immer du möchtest, es sei ihm recht, sagt er. Du kannst ihm nicht sagen, dass du möchtest, dass er geht, oder dass er dir erlaubt, wegzugehen, wenn nicht nach draußen, auf einen schnellen Spaziergang, der lange dauern würde, ein langer Spaziergang mit zügigem Schritt ist gemeint, wenn also nicht nach draußen, dann wenigstens in dein Schlafzimmer, um sich die Decke über den Kopf zu ziehen und zu warten, bis der Besuch weg ist. Aber nichts war so, wie er es erwartet hatte. Alles war so, wie als er allein war, vielleicht sogar um eine Spur besser. Am Abend machte das Mädchen für sie beide eine Konserve warm. Dann sahen sie fern und kommentierten das Geschehen. Gegen Mitternacht sagte das Mädchen, sie gehe schlafen, und Jež breitete ein Laken übers Sofa. Die Zähne putzte sie sich mit dem Finger. Da sie kein Nachthemd mit hatte, bat sie ihn, er solle ihr eines seiner übergroßen T-Shirts leihen, eines dieser Reklame-T-Shirts vielleicht, die für alle Fälle XL sind, dass alle sie tragen können, was aber keiner tut. Sie erzählte ihm, dass sie, als sie klein war, dachte, das sei Konfektionsgröße 40. Jež gefiel das. Es zeugte von einem Menschen, der ausgezeichnet für die Schule und unzureichend für die Welt war, und das war ein Mensch nach seinem Geschmack. Und sie setzte sich zurück auf die Couch, als würde etwas im Fernsehen wieder ihre Aufmerksamkeit erregen, und stützte ihre Füße auf den Rand des Couchtisches. So etwas macht man nicht in einem XL-T-Shirt. Jež wusste nicht, ob es sich um die Unbekümmertheit mädchenhafter Selbstvergessenheit oder um eine perfide weibliche Provokation handelte. Jedenfalls verspürte er das Bedürfnis, sich ein Buch zu holen, das im Regal vor der dasitzenden Rita lag. Als er sich umdrehte und nach ihr schielte, hatte sie schon ihre Position gewechselt, weil er den Bildschirm verdeckte. Ihre Beine hatten sich bewegt, gespreizt ... Absichtlich oder aus Selbstvergessenheit?

*

Ich tue so, als fiele es mir schwer, darüber zu schreiben, was dann geschah. Ich weiß nicht, warum ich sage, dass ich so tue – es ist wirklich schwer. Aber aus einem anderen Grund, als die denken. Ich finde es schwieriger, über Fantasien zu sprechen als über Ereignisse. Nein, nicht weil erstere grenzenlos sind und die anderen armselig. Ich bin nur der Meinung, dass manche Dinge in die Stille von zwei Menschen gehören. Die Stille von zwei Menschen ist mit Zeichen umrissen, die auf Unaussprechliches hindeuten. Es sollten nur wenige Zeichen sein, damit sie nicht aus Versehen etwas Falsches aussagen, etwas Aussprechliches.

Sie sind unzufrieden. Weit weg von der Quote, sagen sie. Sie sprechen von Bruchstückhaftigkeit und Inkohärenz und bezeichnen es als Rückschritt. Klar, sie wollen alles wissen. Sobald etwas verdeckt ist, möchten sie es aufdecken. Ach, die Menschen.

Ich kenne die Menschen, ich kenne sie gut. Wenn du ihnen Krümel gibst, schreien sie nach mehr, mehr, und wenn du ihnen mehr gibst, verziehen sie das Gesicht und weisen es sogar zurück. Rasch ist es zu viel. Rasch haben sie von allem genug. Ich muss so weitermachen, Krümel für Krümel, den Kuchen zerbröseln.

*

Ich mache mir Sorgen, dass mein fiktiver Mann wie eine richtige Frau klingen könnte. Auch deshalb habe ich mich ins Fragment geflüchtet, unter die Maske des Stils. Einen Mann zu täuschen ist schwerer als eine Frau zu täuschen, denn ein Mann weiß, wie ein Mann ist, denn alle Männer sind gleich, Frauen hingegen sind alle nicht nur anders, sondern auch verschieden, so wie alle glücklichen Familien einander ähnlich sind, unglücklich aber ist jede auf ihre Weise. Ja, die Männer sind alle glücklich, weil sie keine Frauen sind, nur die, die gern eine Frau wären, können unglücklich sein. Mit solchen könnte ich …

„Haben Sie sich jemals gewünscht, eine Frau zu sein?", habe ich ihn, Doktor Puhar, direkt gefragt, um die Gefahr einschätzen zu können, demaskiert zu werden. Er hat mir nicht geantwortet, natürlich nicht. Man darf nie direkt angreifen, man muss um den Gegner einen Bogen machen und dann plötzlich zuschlagen, das weiß jeder Anfänger in den Kampfkünsten; schade, ich habe nur verraten, was mich interessiert, und das ist dasselbe, als würde ich sagen, ich habe mich verraten.

Aus einer schlechten Angewohnheit heraus, die mir aus den Kinderjahren geblieben ist, dachte ich für einen Moment, ich könnte die Angelegenheit mit einem Einschub retten, zum Beispiel: „Jež verhielt sich seltsam, seit er in den Sog einer seltsamen Situation geraten war, als ob die Seltsamkeit der Situation auf ihn abgefärbt hätte." Das wäre eine schnelle Lösung. Aber ich habe bisher schon gelernt, dass schnelle Lösungen keine richtigen Lösungen sind. Es gibt keine Abkürzungen im Leben, das weiß ich schon.

Zum Schluss entscheide ich mich für noch eine Digression. Oh, Verschiebung auf später, meine Liebste.

*

(*Also:*) Plötzlich (*wie jeder Leser möchte, dass etwas passiert*) klingelte es an der Tür. Jež und Rita fuhren zusammen. Rita sprang auf und schaute den Erwachsenen an, der wissen müsste, was zu tun war, und es täte. Unter diesem Druck machte sich Jež auf zur Tür. In diesem Moment war er nicht fähig, anders als auf die Klingel zu reagieren. Im Türrahmen zeichnete sich Frau Klammer ab. An ihrer Seite stand eine Frau, die sich rasch als Ritas Mutter herausstellte. Beide waren ähnlich empört, wie Rita und Jež ähnlich verwirrt waren. Plötzlich sah Jež Ritas Nachthemd mit den Augen der Ankömmlinge und war sich dessen Ungehörigkeit klar bewusst.

„Das habe ich mir doch gedacht“, sagte die Klammer triumphierend.

Sie war immer zufrieden, wenn sich die Dinge so herausstellten, wie sie sie sich gedacht hatte, ungeachtet dessen, wie schlecht sie waren. Je schlechter, desto besser, hätte sich sogar Jež zu sagen getraut.

„Das T-Shirt, das ich ihr anstelle eines Pyjamas geliehen habe, habe ich zu Werbezwecken bekommen und es selbst nie getragen“, war das erste, was er sagte.

Der Satz war ähnlich unangemessen wie die Situation, alle Merkmale traten paarweise auf, aber das war eine Symmetrie, die niemandem auffiel. Er hatte absichtlich Pyjama gesagt, nicht Nachthemd, geschweige denn (wie es Agata getan hatte) Negligé, um den Verdacht der Begierde aus dem Zimmer zu scheuchen.

„Meine Pyjamahose wollte ich ihr aber nicht geben“, fügte er noch hinzu, nur zur Unterstützung.

So wie das menschliche Gesicht hat auch jede Sache unzählige Ausdrücke, die ihre Bedeutung von einem Extrem ins andere verändern. Aber Ježens Gehör für Bedeutungsnuancen konnte ihn in diesem Fall nicht retten. Ritas Mutter begann zu schreien.

*

Natürlich wollen sie wissen, wie es ausgehen wird. Das ist, noch einmal, jener der menschlichen Wünsche, der in mir gleich den größten Zorn hervorruft. Denn obwohl sie sehr gut wissen, wie ihr Leben enden wird, beurteilen sie es nicht danach, ob es lebenswert ist. Auch in der Musik hängt der Genuss nicht an den letzten Tönen. Aber sobald Worte im Spiel sind, verlieren die Menschen jedes Gefühl. Eigene Inkonsequenzen bemerken sie natürlich nicht. Eigene Fehler bemerken sie nicht einmal, wenn sie mit denen anderer identisch sind. Heilt mich von dem Zorn, den ihr mir einflößt, würde ich zu ihnen sagen, aber ich tue es nicht, aus Höflichkeit. Denn höflich bin ich. Mehr als Anja, die auch höflich war und Autoritätspersonen mit Sie angesprochen hat, sich aber trotzdem ab und zu vergessen hat, „Ficken Sie sich, Frau Professor“ ist ihr einmal rausgerutscht. Mir rutscht nichts heraus, nur spät in der Nacht ein gelegentlicher Furz.

*

Rita ist weg. Genau wie Agata, aber anders. Er ist fast überzeugt, dass sie wiederkommen wird.

Inzwischen denkt Jež darüber nach, sich einen Hund anzuschaffen. Jemanden musst du lieb haben, und seinen Nächsten lieben wie sich selbst, ist leichter, wenn er nicht die menschliche Sprache spricht. Tiere und kleine Kinder hat der Mensch am leichtesten lieb, das weiß jeder. Er würde für ihn sorgen und seine Ausgänge würden einen Sinn bekommen. Ein Hund würde ihn lieben, er würde keine andere Wahl sehen. Ein Hund fragt sich nicht wie die Frauen, ob er irgendwo ein besseres Herrchen bekommen könnte. Schon als Kind hat er sich einen gewünscht, wie jedes Kind. Alles deutete darauf hin, dass die kindlichen Wünsche die einzigen waren, die er noch in sich trug und die er bereit war zu hegen. Nicht alle, natürlich nicht, Feuerwehrmann möchte er nicht mehr sein. Damals hatte er natürlich einen Hamster bekommen. Aber er konnte ihn nicht als zufriedenstellende Annäherung erkennen, mehr stur als gelehrig drehte er sich trotz des Hamsters weiterhin nach jedem Hund auf der Straße um und fragte, wenn sich die Gelegenheit ergab, den Besitzer: „Lässt er sich streicheln?“ So hatte es ihm seine Mutter beigebracht. Aus Respekt gegenüber dem Besitzer und um nicht gebissen zu werden, so die Gründe. Er lässt sich streicheln ... Er lernte früh, dass seine Zärtlichkeit nicht immer angenommen wird, dass die Gefahr des Gebissenwerdens nicht auszuschließen ist, auch wenn er selbst keine Forderungen nach gegenseitiger Zuneigung stellt und nur gern streicheln würde. Aber wenn der Hund deiner ist, ist die Liebe fast garantiert. Du musst ihn *dir* nur kaufen. Die Schwierigkeit ist nur, dass er *dir* stirbt. Alles, was dem Hund zustößt, stößt dir zu, so eins seid ihr. Gern wäre er eins mit jemandem, mit etwas, dann wäre es ihm weniger egal, davon war er überzeugt. Er hatte sogar schon über Namen nachgedacht, mit dem

Namen fängt alles an. Aber einen Hund würde er nicht bekommen, zu viele Schwierigkeiten organisatorischer Natur gäbe es da, das ist nicht so einfach wie ein Kind, das man zu Hause selbst machen kann. Wenn man kann. Streunende Hunde gibt es wenige. Aber diese Rita ist von allein gekommen, könnte er sie vielleicht gern haben? Würde sie sich streicheln lassen? Das wird er nicht erfahren, wenn er es nicht versucht.

*

Sobald sie verstehen – glauben sie, die Menschen. Als ließe sich die Wahrheit, die grenzenlos ist, mit unserem kurzen Verstand messen. Plausibilität als Kriterium der Wahrheit genügt ihnen vollständig, vor allem, wenn alles schwarz auf weiß geschrieben ist, ohne verräterisches Erröten.

Interessant zu sein scheint mir aber doch, dass sie es glauben, obwohl ich sofort am Anfang eingestanden habe, dass nicht alles wahr ist. Das behagt mir überaus. Dass sie den Ausgeburten meiner Fantasie Glauben schenken, zeigt mir, dass mein Hoffen kein kompletter Wahn war und dass seine Erfüllung möglich wäre. Für den Augenblick scheint es mir überraschend zu sein, dass ich bereit bin, mein Hoffen anders als anhand des tatsächlichen Ausgangs zu bewerten, aber ich akzeptiere rasch.

Sie glauben mir natürlich deshalb, denn eine Junge will jeder, und Jež kann eben nur eine Schnurrbärtige kriegen, aufgrund seines Bauchs, der roten Augen, des Dachsfells und so weiter. Vermutlich denken sie auch, ich hätte keinen Grund zu lügen – als ob ich schon jemals etwas aus einem bestimmten Grund getan hätte. Der einzige Grund, dass ich jemals etwas getan habe, bei Weitem nicht alles, war die Liebe, die ihrer Natur nach der Lüge so nahe kommt, wie es nur geht. Ich schließe die Möglichkeit nicht aus, dass die Welt so hermetisch ist wegen all der falschen Gründe, die uns angeboten werden und ohne die wir nicht können.

*

Endlich konnte ich meiner Fantasie freien Lauf lassen. Ich schreibe. Dabei denke ich daran, wie Puhar lesen wird. Puhar, atme ich in gleichmäßigen Abständen vor mich hin, weil ich seinen Namen nicht kenne.

Überall kann ich gedeihen, überall kann ich einen Haken finden, ein Mannsbild, an dem ich meine Fantasie aufhängen kann, die dann wie eine Frucht an ihm hängt und reift und wächst. Ich brauche wirklich nicht viel, ich könnte für dankbar gehalten werden.

Könnte ich allein mit Ihnen sprechen?, möchte ich fragen. Es fällt mir schwer vor der Gruppe, das Gleichgewicht der Kräfte, das ohnehin nicht zu meinen Gunsten ausfällt, ist in der Gruppe unausgeglichen, das möchte ich klar zur Kenntnis bringen.

Meine Fantasie, die sie immer als blühend bezeichnet haben, ist in Wirklichkeit begrenzt, eng umrissen von den strengen Linien des Weltlichen. Jetzt zum Beispiel, wo ich von weißen, wie Leinwand leeren Wänden umgeben bin, die nach Bemalung schreien, kommt mir nichts anderes in den Sinn als ein graues Interesse an dem grauen

Puhar. Das ist wie dieser Tintenfleck, der der Fantasie vorausgeht, weit entfernt von der Malerei. Was will ich von ihm? Wahrscheinlich das, was ein Weibchen will, zu dem sie ein Männchen in den Käfig stecken. Aber ich werde lange brauchen, bis ich mir das eingestehen werde. Eine Menge Psychoanalyse wird nötig sein. Die völlig überflüssig wäre, wenn der Mensch sich einfach eingestehen würde, dass er ein Tier ist, und aufhören würde, ein Tier zu sein, das überlegt, ob es eine Primel oder ein Veilchen oder ein Schilf ist. Meinen natürlichen tierischen Zustand wird Puhar wahrscheinlich als Transfer bezeichnen, denn ihm entzieht sich noch mehr als mir die Einsicht, dass wir Tiere sind. Ich kenne sie besser als sie mich, ich sehe fast jeden ihrer Schritte voraus, manchmal aufs Wort genau, und trotzdem glauben sie, sie stünden über mir. Ja, ja, wir leben in einer verkehrten Welt, wo diejenigen an der Spitze sind, die auf dem Kopf stehen und sich nicht von selbst wieder auf die Beine stellen.

Aber ich wünsche mir, ihn zu fragen, ich wünsche mir ihn, ich wünsche mir, ich wünsche – das ist alles gleich.

*

Anfangs war er nicht derjenige, den ich am meisten mochte. Aber der Mensch ist ein schlechtes Raubtier, wenn er im Käfig sitzt; es ist klar, dass ich nur eine schwache Beute fangen kann, hinkend, lahm. Er hat Interesse gezeigt, und nur Interesse kann zu Verlangen führen, das dich immer zum Hinkenden, zum Lahmen macht. Nur noch ein Bein geht schön voran, das andere aber wird vom Verlangen auf der Stelle gehalten, und so kann die Bewegung keine andere sein als eine kreisförmige. Aber obwohl ich mir vielleicht wünschen würde, dass ein anderer Interesse zeigt, kann ich nicht verhehlen, dass ihn dieses Interesse in meinen Augen aufwertet. Er muss weniger blind sein als die anderen, wenn er mich bemerkt hat.

Unser Gespräch ist kurz. Ich stelle ihm Gegenfragen. Das macht ihn nervös. Meine Fragen sind besser als seine, modestia aparte, würde unser Erzbischof sagen. Als ich übrigens damals den Erzbischof das sagen hörte, dachte ich mir, na ja, eigentlich ist ja wirklich alles aparte. Der Erzbischof hat mich verdorben. Ich frage, kurz gesagt, und das macht ihn nervös. Er ist kein Interesse gewohnt. Er ist gewohnt, es nur zu zeigen, aber jetzt ist er zum ersten Mal mit einem fremden Interesse konfrontiert und weiß nicht, was tun. Er weiß nicht, ob er es abwehren soll oder ob es ihm gefallen darf.

Ich gebe meine Aufgabe ab. Ich bitte ihn, sie anderen nicht zu zeigen. Er kann es mir nicht versprechen. Mir ist es ganz egal, mir genügt es, dass ich ihn gebeten habe.

*

„Wie heißen Sie mit Vornamen?“, frage ich ihn das nächste Mal.

Er ist überrascht. Vermutlich wurde er zum letzten Mal im Sandkasten nach seinem Namen gefragt. Es wäre ihm wohl peinlich, mit seinem Namen zu antworten, das wäre regressiv, *deshalb sagt er:*

„Ich weiß nicht, warum Sie meinen Namen wissen wollen, aber Gregor, wenn Ihnen das wichtig erscheint.“

Meine Aufgabe fasst er nicht an, das Thema wird nicht berührt. Nichts wird berührt, außer seinem Notizheft. Manchmal steckt er seinen Zeigefinger hinein, er schiebt ihn tief zwischen die Seiten, wie ein Lesezeichen. Und ich rede lauter Unsinn, aus der Unsicherheit heraus, in die er mich versetzt hat.

Um den Eindruck zu korrigieren, schreibe ich ihm am Abend noch etwas über Jež. Dabei denke ich an ihn, an Puhar. Jež erschaffe ich nach seinem Bilde, die Korrekturen sind minimal, denn sie sind beide grau und alt und weise.

Ich habe gut geschrieben. Wortlos habe ich ihm im Korridor das Papier hingehalten, als er vorbeikam. Er knüllte es zusammen und steckte es in die Tasche. Das ist richtig so. Weil er ein Holzklotz ist und dieses zerknüllte Papierknäuel braucht, damit er Feuer fängt, damit er brennt, wenn ich ihn das nächste Mal berühre, flüchtig, sodass er sich fragt, ob es absichtlich war oder nicht, ich werde nur an ihn anstreifen wie ein Streichholz. Ich weiß, dass er es lesen wird – daran gibt es nicht den geringsten Zweifel. Er weiß aber auch schon, dass das alles nicht mehr in Ordnung ist. Sonst hätte er es nicht zerknüllt.

*

Ich muss gestehen, dass es mir recht ist, dass ich nicht raus darf. Ich weiß, dass ich sowieso nicht rausgegangen wäre, und so ist mir nicht die Freiheit genommen, mir ist nur das schlechte Gewissen genommen, dass ich nicht rausgehe. Ja, von dem schlechten Gefühl bin ich befreit; solange mich andere einsperren, bin ich frei.

Sie stellen mir Fragen und hören nicht nur zu, sondern schreiben sogar auf, was ich sage. Draußen täten sie das nicht. Puhar zeigt ein Interesse, das er mir draußen nicht erweisen würde. Das ist gut, deshalb gebe ich dem Ort, wo ich bin, ein kleines Plus. Ein Minus gebe ich ihm aber, weil dieses Interesse nichts bedeutet, auf nichts hindeutet, nichts wert ist.

Wenn ich draußen wäre, würde ich wahrscheinlich auch keinen Kontakt zu Menschen haben. Ich müsste mir wahrscheinlich einen Job suchen, wenn ich Kolleginnen haben möchte, mit denen man auf einen Kaffee gehen könnte.

Ich wüsste mit ihnen umzugehen. Ich sage, dass ich keinen Draht zu Menschen habe, aber das stimmt nicht. Ich kann hervorragend plaudern, und wenn es darum geht, Beziehungen zu kommentieren, ist mir alles klar. Ich weiß, was Frau + Mann bedeutet. Wenn es einen Altersunterschied zwischen ihnen gibt, sind sie miteinander verwandt. Wenn sie es nicht sind, ist es unangemessen. Ich weiß, was Mann + Mann und Frau + Frau alles bedeuten kann. Zwei Männer haben sich aller Wahrscheinlichkeit nach gern, zwei Frauen nur, wenn sie keine Freundinnen sind. Bei einem weiblichen Paar ist die richtige Bewertung am einfachsten, weil der Unterschied zwischen zwei Lieben geringer ist als der Unterschied zwischen Liebe und Hass. Ich weiß auch, dass eine Freundschaft zwischen einem Mann und einer Frau und zwischen einer Frau und einer Frau unmöglich ist. Ich kenne alle Kombinationen von Beziehungen. Alles ist einfach und transparent und für jeden auf den ersten Blick klar. Das hat mir meine Mutter beigebracht: Rechne nicht mit einem zweiten Blick, meine kleine Rita, den

Menschen sind die Dinge auf den ersten Blick klar, ihnen ist es egal, ob sie recht haben oder nicht, ein zweites Mal werden sie nicht hinsehen. Wer von einer Schlange gebissen wurde, fürchtet sich vor einem zusammengerollten Seil, für alle Fälle, und das ist richtig so, denn warum sollte der, der kein Seil braucht, jedes Mal aufs Neue überprüfen, ob es ein Seil oder eine Schlange ist – es ist wirklich am besten, auf beides gleichzeitig zu verzichten. Sich von beidem abzuseilen.

Das letzte habe ich selbst hinzugefügt; denn wie Jež spiele ich gern mit Wörtern, vor allem mit denen meiner Mutter; es verleiht dem Gewicht Leichtigkeit. So ist alles leichter.

Ich kann mich darauf verlassen, dass sie mich unter sich aufnähmen, die Kolleginnen, eine ältere würde mich unter ihre Fittiche nehmen, sage ich mal geflügelt, und zu den anderen sagen, seht sie an, unser neues kleines Mädchen, ist sie nicht süß? Und niemand würde widersprechen, dank des Lippenbärtchens. Jetzt habe ich ihn bereits akzeptiert, als Mimikry, als ein Geschenk der Natur, das mir hilft, dass mich alle Frauen akzeptieren, von meiner Harmlosigkeit überzeugt. Aber was kann ich machen, wenn ich nichts weiß, außer ein wenig Geschichte. Das Ministerium für Verkehr und Kommunikation wäre wohl die einzige Möglichkeit, denn nur dort habe ich Verbindungen. Erinnern Sie sich an mich, Herr Jež? Wir haben uns bei Frau Klammers achtundvierzigstem Geburtstag kennengelernt.

Aber warum sollte ich mit dem Kopf durch die Wand wollen, ich werde den Dingen ihren Lauf lassen, und zwischen dem Ministerium für Verkehr und Kommuni-

kation und dieser Einrichtung gibt es angeblich keinen großen Unterschied. Ich sage das ganz emotionslos, ohne jemanden erheitern oder mich sogar gesellschaftskritisch ausdrücken zu wollen. Mir scheint jedoch, dass jede Wahrheit gesellschaftskritisch klingt, aber vielleicht scheint es nur mir so, die ich mich weder für die Wahrheit noch für die Gesellschaft interessiere.

*

Puhar geht mir aus dem Weg. Möglich ist, das weiß ich, dass er seine üblichen Wege geht, aber mein Wunsch, dass sie sich mit meinen kreuzen, gibt mir das Gefühl, dass er mir ausweicht. Ich weiß es nicht.

So ist es nun mal. Seit ich es wissen will, ist mir nichts klar. Solange ich erzählt habe, was die anderen wissen wollten, war alles klar, alles, was der Mensch sagt, läuft klar und eindeutig von links nach rechts und beginnt mit einem Großbuchstaben und endet mit einem Punkt. Aber die Wahrheit erstreckt sich in alle Richtungen und hat weder Anfang noch Ende. Wenn ich spreche, weiß ich, dass ich die Wahrheit zu geraden, parallelen Satzreihen abäste, die die Wahrheit nur so weit berühren, wie jede Sache mit ihren Rändern an das allumfassende Unwirkliche rührt und nur ein Loch ihrer Form hineinzeichnet. Den anderen genügt das, sie glauben mir, wenn es glaubhaft ist, und manchmal, wenn es ihnen passt und gefällt, selbst wenn es unglaubhaft ist. Sie machen die Augen weit auf und sagen: „Unglaublich!“ Nur, dass sie auf den Menschen zugeschnitten ist, eine Krücke, das heißt, sie muss direkt bis zum Boden reichen. Die Welt selbst ist nicht auf uns zugeschnitten und ich weiß nichts über sie, ich weiß nichts. Ich bräuchte, so wie die anderen Menschen, Sätze zur Unterstützung; gerade, abgeästete Krücken. Puhar gibt sie mir, nur Puhar, aber alle seine Sätze beziehen sich mehr oder weniger auf die Außenwelt, was mir wenig hilft, wenn ich doch aus ihr ausgesperrt und mit ihm zusammen bin. Wenn ich ihn fragte: „Gefalle ich Ihnen? Denken Sie an mich, bevor Sie schlafen gehen, wenn Sie Ihr XL-T-Shirt anziehen, wenn Sie Ihren Bart rasieren? Bin ich mit meinen ... Referenzen *in Ihre Welt eingedrungen, bin ich mit ihr verflochten, und wenn ja, wie? Passe ich farblich zum Grau Ihres Alltags oder bin ich ein störender roter Faden?“, würde er mir antworten, wie Puhar es muss, professionell. D.h. nicht offen. Die Wahrheit*, aletheia, *wird immer verschlossen bleiben. Er wird mir hin und wieder ein Zeichen hinwerfen, er wird zum Beispiel Descartes erwähnen oder eine andere Erinnerung, wie eine getrocknete Blume aus dem Herbarium wird sie mir in die Hand gedrückt und ich werde nicht wissen, ob sie etwas bedeutet oder ob sie nichts bedeutet. Wie soll ich wissen, wann eine Sache auf etwas anderes verweist und wann sie ganz sie selbst ist, wann eine Rose eine Rose ist und wann eine Rose eine Rose eine Rose.*

*

Dass er es nicht darf, tröste ich mich. Dass er den Geboten seines Berufs gehorchen muss, dass er für alle anderen Rufe taub sein muss. Immer finde ich etwas, womit ich mich trösten kann, ich bin ein kluges und verständiges Mädchen, was mir zum Schaden gereicht, denn mein Verständnis führt zur Akzeptanz – ein Hinnehmen, das den Fortschritt noch mehr behindert als die Dummheit.

Ich denke daran, ihm einen Brief zu schreiben. Wenn du sprichst, drängen sich dir alle möglichen Wörter auf, und so ein Aufdringling kann leicht alles verderben, so wie ein Tropfen Gift einen Kelch mit tausend Tropfen Nektar verdirbt. Das Vergessen, auf das wir uns ansonsten immer verlassen können, lässt uns gerade beim Gift im Stich. Vermutlich wegen der schlechten Erinnerung an die Schlange, die uns das Paradies gekostet hat, die hinterlistige. Und dann braucht es noch hundert Kelche Nektar, um alles wieder zu entgiften. Wenn ich schreibe, kann ich das giftige Wort immer durchstreichen und durch ein süßes ersetzen. Wenn ich schreibe, gibt es keine Zufälle, beziehungsweise wenn doch, werden sie entweder angenommen oder abgelehnt. Kontrollierte Zufälle also. „Zufälle mit Schlüssel", hätte ich Jež in den Mund gelegt, wenn ich sie noch benutzt hätte. Ich vermisse sie ein wenig.

*

Gut möglich, dass die Männer das sind, was ich nicht verstehe.

Allgemein gesprochen kenne ich nicht viele Menschen. Aber ich habe mindestens fünfhundert Bücher gelesen. Davon stammten drei aus der Feder von Frauen, vierhundertsiebenundneunzig aus der Hand von Männern. Puhar verzieht seine Lippen zu der Andeutung eines Lächelns. (Frau: Dumme Gans oder Engel?)

Aber wenn ich Schriftsteller kenne, heißt das noch lange nicht, dass ich die Männer kenne. Denn gesunde Männer, die sich in der Welt zu Hause fühlen, schreiben nicht. Die

Kunst ist ein Symptom, entweder der Unzufriedenheit oder der Unbefriedigtheit, und es ist sehr schade für die Welt, dass uns ihr Bild auf so verzerrte Weise gerade von Menschen vermittelt wird, die sich in ihr am wenigsten zurechtfinden. Aber der Jugend werden in der Schule die Formeln des Leidens beigebracht, Formeln, die sich pausenlos, schamlos, frech, exhibitionistisch, wie es sich für Künstler gehört, entblößen. Den verpflichtenden Lesestoff bekommt die Jugend schon in der ersten Klasse, angefangen mit kurzen, beherrschbaren Einheiten aus den Gedichtbänden, das Herz ist leer, es kennt kein Glück, wünscht Hoffnung sich und Furcht zurück, *lernen sie zum Beispiel. Sie müssen auswendig lernen, dass es gilt, sich Furcht und Hoffnung zu wünschen, das sind Verbände, mit denen sie sich die Wunden verbinden werden, die ohne sie nicht entstanden wären. Kunst ist widernatürlich, sie ist schuld an aller sozialen Fäulnis, ja, ja, die Kunst ist* die Quelle meiner Noth, mitleidslose, stolze Rose.

Am besten wäre es, wenn die Künstler aus der Welt ausgesperrt würden, wenn ihre Gedanken mit der von Puhars Hand geführten Feder aufgezeichnet und in einem Archiv oder einer Registratur oder einer Kartothek aufbewahrt würden, sicher verborgen vor der Welt, vor der unschuldigen Jugend.

Puhars Gesicht verriet in keiner Weise, in welchem Ausmaß mir die Schuldzuweisung gelungen war.

*

Es würde mich nicht überraschen, wenn es gerade Puhars Zurückhaltung im Ausdruck wäre, die ihn attraktiv machte.

Ähnlich wie Hunde für Jež. Aber obwohl ich schon mehrmals erkannt habe, dass Worte alles verderben, bringt mich eine Kraft, der ich mich nicht erwehren kann, sofort zum Plappern, sobald ich ihn sehe. Ich mache Fehler. Ich, die ich stolz darauf war, dass mir nichts rausrutscht, kann mich nicht zurückhalten – ich spreche ihn mit seinem Namen an. Das ist wie eine Berührung. Ich nehme das in den Mund, was seine Nächsten in den Mund nehmen. Seine Mutter, seine Frau und sein bester Freund. Selbst der nennt ihn vermutlich Puhar oder Grega. Er runzelt die Stirn. Ich habe einen Mäuseschritt vor und drei Elefantenschritte zurück gemacht. Und ich mag nicht korrigieren, lieber fange ich neu an. Was sich draußen machen ließe, aber hier kann ich die flüggen Männer am Finger einer Hand abzählen. Wir Menschen haben uns ausgesprochen klug bis zu dem Maße vermehrt, dass wir uns erkühnen können zu glauben, wir hätten die Möglichkeit, immer wieder neu anzufangen; bereichert durch Wissen, das mit der Methode Trial & Error gewonnen wurde. Diese Einrichtung lässt zwar Trial & Error zu, nicht aber Neuanfänge.

Aber ich mache trotzdem weiter. „Wissen Sie", sage ich, „mein Papagei hieß auch Gregor. Wie heißt denn Ihrer?" Er hatte vergessen, dass er ihn erwähnt hatte. Er hatte vom Ausrupfen von Federn als von einem Symptom gesprochen, als ob mein Haar mit Federn vergleichbar wäre. Seiner war vermutlich nicht ausgedacht wie meiner. Etwas Schlummerndes habe ich in ihm geweckt, nicht das, was ich wollte, aber immerhin etwas. Sich erinnern als Liebesbeweis. Die Leute glauben, dass sich der Mensch nur Dinge merkt, die er entweder wiederholt oder denen er eine Bedeutung zuschreibt. Beides weist auf Liebe hin. Aber ich merke mir alles.

Ich merke bald, dass Puhar weiß, dass ich weiß, dass einem das Pflegen von Erinnerungen guttut. Ich habe zu viel gesagt, als ich über Jež sprach. Ich habe überhaupt zu viel gesagt. Eine unbekannte Macht macht mich aufdringlich. Ich mache Fehler.

*

Ich schreibe ihm. Manchmal zwei Stunden lang. Der Brief ist immer kurz, abschreiben ließe er sich in drei Minuten. Das Meiste meiner Arbeit ist im Gelöschten. Wo bleibt das Gelöschte, wenn es aus meinem Gedächtnis verschwindet? Im Aufgeschriebenen – dort sind seine Spuren. In den Kreisen der o-s, a-s, g-, p-, b-, d-s und in den Ellipsen der e-s, dort ist die Leere, die an anderen Stellen wäre, wenn es das Ausgelöschte nicht gäbe. Ich kann mir vorstellen, dass es ohne das, was verschwiegen wird, bald auch das, was gesagt wird, nicht mehr gäbe.

*

Bald wird es das nicht mehr geben! Puhar antwortet mir nicht. Also werde ich ihm trotzdem weiter schreiben. Oder sogar so, als wäre es ihm egal, ob ich ihm weiter schreibe oder nicht. Letzteres erscheint mir fast unmöglich – es sollte ihm schmeicheln, so gesehen zu werden, wie ich ihn zeige. Er sollte mich behalten wollen, wie einen Spiegel, der einem schmeichelt, oder wie das Foto einer nicht objektiven Kamera. In seinem Alter muss er doch wissen, dass wir alle graue Schafe sind, und wie selten es ist, dass ihm jemand so viel Zeit widmet, so viele Worte, die ihn in den Himmel heben, heben wie die bunten Fesselballons, die mit Feuer geheizt werden. Ich biete eine Aussicht!

Ist es möglich, dass er nicht eitel ist? Das wäre unangenehm. Es wäre mir unangenehm, ein armer Teufel zu sein, der versucht, einen reichen Mann zu bestechen.

Vielleicht liegt das Problem in Wahrheit bei mir Armen? Ist das möglich? Vielleicht will ein Mann eher, dass du ihm ein Paradies bietest, dessen er nicht wert ist, anstatt ihn zu einem Menschen zu erheben, der des Paradieses wert ist, das du ihm nicht bieten kannst.

Wie auch immer, alles ist möglich und es ist egal, was wahr ist. Die Hauptsache ist Höflichkeit. Nie war die Wahrheit dasjenige, was die menschliche Gesellschaft menschlich sein ließ, sondern die Höflichkeit. Die grundlegendste Höflichkeit besteht darin, auf einen Brief zu antworten. Aber Puhar und andere Leute glauben natürlich, dass sie, abgesichert in den Grenzen des Gesetzes, tun und lassen können, was sie wollen, und dass alles ohne Folgen bleibt. Beziehungsweise dass sie nichts zu tun brauchen und dass das ohne Folgen bleibt. Auch mir hat meine Mutter immer gesagt, sei nicht so rachsüchtig, sei nicht so nachtragend, wenn du so tust, als ob es sie nicht gäbe, als ob nichts wäre, bestrafst du sie am besten, der Klügere gibt nach usw. Wahrscheinlich ist es nicht nur bei mir so, sondern alle Müttern sagen ähnliches, dazu sagt man wohl Erziehung. Und dann haben wir ihn, den lauen Beziehungssumpf ohne Folgen. Alle Verknüpfungen sind so locker, dass du ohne Bedenken jede durchtrennen kannst, ohne dass etwas einstürzt oder wegschwimmt. Der Mensch ist dem Menschen ein Frosch.

„So sieht die Konsequenz aus", würde ich, als Konsequenz verkleidet, gern sagen, während ich mit dem Fuß die Tür

von Puhars Büro einträte. Aber ich begnüge mich damit, ihm eine tote Fliege in den Schuh zu legen, ich schiebe sie nicht nach vorne, sondern kippe den Schuh, damit sie von selbst dorthin gleitet. Ja, Puhar zieht seine Schuhe aus, bevor er sein Büro betritt, und lässt sie auf der Schwelle stehen. Er lebt in einer Welt der Reinlichkeit, in einer Welt ohne Konsequenzen. Ohne Schuhe ist es besser, nicht wahr, Grega? Ein Frosch mag nicht beschuht sein. Dann hab eine Fliege.

*

Ich entschuldige mich, wenn alles das zu viel war in letzter Zeit. Kontakte zu knüpfen habe ich noch nie verstanden. Jedes Mal habe ich entweder zu viel oder zu wenig zugezogen.

Ich habe nur Anja. In der ersten Klasse haben sie mich mit ihr in eine Reihe gestellt. Wir waren in der Mitte, weil unsere Nachnamen beide mit K anfangen. Wir mussten uns an der Hand halten. Es widerstrebte mir, nach einer fremden Hand zu greifen, obwohl Anja das schönste Mädchen war, aber so lautete die Anweisung. So war es in der Schule. Und dann werfen sie dich raus wie aus einem Nest: Flieg, flieg! Wer wird mich an der Hand halten? Finde dir einen. Wir haben dir genug beigebracht, das zwar nicht, aber genug.

Jetzt ist es völlig egal, wie der erste Buchstabe meines Namens lautet. Geben Sie mir Ihre Hand, Herr Puhar. Nein, Sie geben sie mir nicht. Das ist nicht angemessen. Mein Verhalten in der Schule war angemessen, nebenbei gesagt. Das Verhalten aller anderen Mädchen wurde als vorbildlich benotet, nur meines als angemessen.

Auch Anja verstand es nicht richtig, Menschen zu gewinnen, obwohl sie das hübscheste Mädchen war. Sie schien eher abzustoßen als anzuziehen, wie ein verkehrt gedrehter Magnet. Ich weiß nicht, ob sie es überhaupt bemerkt hat, denn anderes war sie nicht gewöhnt. Einmal habe ich zu ihr gesagt:

„Sie mögen dich nicht, weil du so schön bist, die Schönste."

Und sie hat geantwortet:

„Ich weiß, ja."

Einen Moment lang verstand ich ihre Abstoßungskraft deutlich, und dann sagte sie noch:

„Du wärest auch schön, wenn du dir den Schnurrbart abrasieren würdest."

Das war ein Tropfen über den Rand. Ich habe ihr gesagt, dass sie ein schlecht erzogenes Mädchen sei, ein ungehobeltes kleines Ding, dass man nicht sage, „ich weiß, ja", und dass man die Menschen nicht auf ihre Schwächen hinweise, die schon unerwähnt schwer genug auf ihnen lasten. Sie gab darauf zurück, dass die Tatsache, dass niemand sie möge, sie schon unerwähnt genug belaste und dass ich ihre Mutter nicht beleidigen solle, die sie nicht schlechter erziehe als andere.

Und ich verstand sie vollkommen und verstand die anderen wieder nicht. Mir schien, dass sie, trotz des Neids, wenigstens für eine gewisse Zeit in die Höhe erhoben werden sollte, um dann wieder zu Fall gebracht zu werden. Der Sturz von Gottheiten war den Menschen schon immer lieb, nicht wahr?

Ein anderes Mal dachte ich wieder, dass sie in den Augen der anderen vielleicht nicht so schön war wie in meinen; wie soll ich das überprüfen? Einmal brachte eine Mitschülerin von zu Hause die Bemerkung mit, Anjas Gesicht sei leer, was dann in den allgemeinen Sprachgebrauch überging. Ich verstand nicht, was der Mensch mehr im Gesicht haben könnte als ein Paar Augen, Augenbrauen, Nase und Mund. Ich fragte meine Mutter, die mir kurz und bündig erklärte, dass Anja ein sehr schönes Mädchen sei und dass die Mutter von Petra Kovač nicht akzeptieren wolle, dass die Frucht ihres Leibes weniger schön sei, weshalb sie nach unklaren Worten suche, um sich zu trösten, was ein klares Zeichen von Scheelsucht sei. Damals verstand ich das Wort Scheelsucht nicht, was für meine Mutter ein schönes Zeichen war, dass ich keinen Neid kannte, aber das Wort Neid verstand ich sehr gut.

Danach bemerkte ich allmählich, dass Anjas Schönheit von der Art war, dass sie keinerlei Veränderungen unterworfen war, durch Licht zum Beispiel oder durch seelische Stimmungen. Ein solches Gesicht wird so schnell zur Gewohnheit, dass es bald nichts anderes mehr bedeutet als ein bloßes Zeichen der Anwesenheit. Aber das hatte nichts mit ihrer Jugend zu tun, die das Spiel von Licht und Schatten der Gesichtsfalten nicht zuließ. Genauso hatte die gleichaltrige Mimi zum Beispiel keine schönen Gesichtszüge, aber in bestimmten Momenten des Tages, wenn der Himmel blau und die Sonne mild genug war, um sie nicht zum Blinzeln zu zwingen, leuchtete ihr Gesicht so hell vor Bläue ihrer Augen, dass man nicht wegsehen konnte. Und manchmal ahmte die Abendsonne in ihrem Haar Kupfer nach. Und Tina lächelte nur wenig, aber wenn sie es tat, freute man sich über ihr Lächeln wie über ein Geschenk und hoffte dann lange auf das nächste. Bei Anja hoffte man auf nichts, weder auf ein Lächeln noch auf einen blauen Himmel noch auf eine milde Sonne. Alles war immer vorhanden. Ich begann zu verstehen, was ein leeres Gesicht bedeutet, und das Fundament unserer Freundschaft war gelegt.

Ich frage mich noch immer, ob alles, was unveränderlich ist, sich gegen ein Urteil sperrt, ein Gefühl unmöglich macht.

Einmal, als wir sie in der Schule durchnahmen, dachte ich, dass wir vielleicht Edelgase sind, die nicht mit anderen reagieren, das hätte mir behagt, edel zu sein, in derselben Kategorie wie Anja, aber das war's, Anja und ich reagierten miteinander. Vielleicht waren wir nur nicht polyvalent. Das hätte mir weniger behagt, zumindest ambivalent wäre ich gern gewesen. Wir werden es nie erfahren, unsere Bindung ist fest, ich kann mir ein Leben ohne Anja überhaupt nicht vorstellen, das heißt, nicht den Scheidungsprozess, da wird alles kompliziert, dann wäre es in Ordnung, meine Fantasie könnte sich richtig austoben, aber wenn ich mich von ihr scheiden lassen wollte, müsste ich gerade im Räumlichen weg, mindestens fünfhundert Kilometer weit weg, das heißt, ins Ausland, was ich nicht will, ich kann keine Fremdsprache wirklich gut. Auch wenn es stimmt, dass jede Sprache eine Fremdsprache ist, auch wenn sie die heimische ist, ist sie bestenfalls eine Muttersprache, nicht wahr, Herr Puhar?

Puhar spricht von einem Durchbruch und lobt, dass ich mich öffne.

Ich war immer sperrangelweit offen, „Sie *wollten doch, dass ich lieber* Über Jež …“, *murmle ich, als ich weggehe, obwohl ich im Stillen froh bin, dass ihn freut, dass ich mich öffne.*

*

Anja kam zu Besuch. Sie sagte, wir gehen ins Theater, wenn ich rauskomme. Ich zeigte keine Freude. Sie ging mir auf die Nerven, immer so vorsichtig. So bevormundend, als wäre eine zerbrochene chinesische Vase aus der Ming-Dynastie weniger wert als eine fabrikmäßig bemalte Vase Made in China, die ganz ist. Modestia aparte. *Ich war schön still und sie ging schneller als gewöhnlich wieder.*

Am selben Tag kommt mir zu Ohren, dass Puhar über meinen Durchbruch berichtet. Immer, wenn sie eine Sitzung haben, gehe ich auf die Toilette und halte mein Ohr an eines der Rohre. Es funktioniert besser als das Telefon aus einem Joghurtbecher im Kunstunterricht. Sie werden es nie erfahren, weil sie getrennte Toiletten haben, was die gröbste Trennung der Welt ist, deshalb denke ich, recht geschieht euch. Puhar wird mit einem Unmut zurückgewiesen, den ich mir nicht anders erklären kann denn als Folge des Neids wegen unserer Tête-à-Tête-Therapien. Sie betonen, dass ich noch immer nicht fähig sei, die Geschichte zu Ende zu bringen, und dass es nicht so aussehe, als wäre das Ende nahe. Dass ich jedes Mal, wenn ich das Fenster öffne, die Tür schließe. Und dass ich, verschlossen wie ich bin, noch lange eingeschlossen bleiben werde. Es war ein schlechter Tag.

*

Dass sie von mir erwarten, dass ich ihnen das biete, was ich selbst vergebens erwartet habe – ein Ereignis –, erscheint mir ziemlich hart, und mich mit einer Lüge zu rächen, finde ich durchaus akzeptabel.

Ich werde nie zugeben, dass nichts passiert ist, dass nie etwas passiert, dass ich auch nicht das Stehaufmännchen bin, das zumindest ab und zu auf dem Kopf steht, um von einer menschlichen Person gar nicht zu reden – für Menschen wickelt sich die Zeit ab wie ein Kirchenpergament oder ein roter Teppich oder ein Geschenk oder Toilettenpapier, während ich nur eine irgendwo in Raum und Zeit Schwebende bin, und das niedrig, zu niedrig, um ein Engel zu sein.

Vielleicht ist es richtig, dass ich aus der Welt genommen bin und dass ich in diesem Raum flirre wie mein Neonlicht, weil ich nicht laufen kann, wie die Dinge draußen laufen. Denn für die Menschen ist nur das Laufen wichtig. Beziehungsweise das Fließen. Alles fließt, und du steigst nicht zweimal in denselben Fluss, reden sie klug, das heißt, wiederholen sie, je pense donc je suis, *über die Steine am Grund aber kein Wort, denn auf einen Stein kannst du immer wieder treten, der Stein ist ewig und kalt wie die Ewigkeit, über die wir nicht reden wollen, lieber nicht, denn die fließt ja nicht. Sie ruht und flirrt zugleich. Wie ich. Kein Engel ... Ein Nachtfalter?*

*

Alles ist nur eine Frage der Zeit. In den Antworten auf die Fragen, die ihm zum ersten Mal gestellt wurden, da bin ich mir sicher, sehe ich bei Puhar Anzeichen ver-

botenen Genießens. Ich habe ihn wie Dornröschen aus der Erstarrung geweckt, die der Alltag mit seinen alltäglichen Fragen und Antworten verschuldet hat, die sich bis zum Erbrechen immer wiederholen, was natürlich auch seine guten Seiten hat, vielleicht sogar überwiegend gute. Die alltäglichen Antworten auf alltägliche Fragen haben ihn (wie uns alle) mit ihrem Wiederholen so weit von der Wahrheit entfernt, dass er sich vor ihr sicher fühlt. Er ist nicht nur zweifach entfernt, wie die mimetische Kunst, sondern hundertfach, tausendfach, wie oft er sie eben wiederholt hat. Die Sicherheit des Gewöhnlichen. Aber: der Reiz des Gefährlichen. Ich glaube, er denkt an mich.

Eines Tages in naher Zukunft werde ich den Fehler machen und erwähnen, dass ich mehr frage als er und auch mehr zuhöre als er, was einem lauten Zweifel an seiner beruflichen Kompetenz gleichkäme, was man nie, nie tun sollte. Obwohl ich weiß, dass es passieren wird, liegt es nicht in meiner Macht, es zu verhindern. Ich werde es früher oder später sagen, einmal, wenn ich ihn verletzen will, und das wird meiner Erfahrung nach eher früher als später der Fall sein. So bin ich nun mal: Ich stelle Fragen, um ihn zu fangen, ich stelle sie wie Fallen, und gleichzeitig wehre ich mich mit ihnen gegen das Eindringen in mich, das mir ständig droht. Meine Fragen sind mein Angriff und meine Verteidigung zugleich, trotzdem werde ich die Schuld dafür ihm anhängen, das weiß ich schon jetzt, auch ich habe schon genug wiederholt im Leben, dass ich es nicht anders weiß.

*

Puhar wird so weich, dass er mir Raum für Bemerkungen und Gesten der frechen Art gibt, die ich mir sonst nicht gern erlauben würde; aber ich besetze leider immer den ganzen Raum, der mir zur Verfügung steht.

Wenn sie die nächste Aufgabe abholen kommen, überreiche ich nur:
„Jede Geschichte ist Gewalt über das Leben.“

Und:
„Der Weg zur Wahrheit ist übersät mit Fallen der Plausibilität.“

*

Während einer meiner anschließenden Lauschaktionen heißt es, dass sie mich entlassen werden, wenn ich weiterhin so viele Fehler mache. Das hört sich seltsam an, denn es sollte doch so sein, dass man entlassen wird, wenn man anfängt, alles immer mehr richtig zu machen. Ich muss die Möglichkeit offen lassen, dass ich falsch gehört habe, obwohl mein Gehör fein ist und der einzige wirklich zuverlässige Sinn, meine dickste Stütze. Vielleicht haben sie gesagt, dass sie es mir *erlassen werden,* obwohl *ich Fehler mache?*

*

So habe ich mich damit getröstet, dass es beim Lauschen zu einem Fehler gekommen ist, ich habe mich getröstet, bis mich Doktor Kranjc, der Primarius, in sein Büro rief. Sofort, sagte er, sofort, sagte ich und machte mir schnell die Lippen rot, wie eine Koralle wollte ich sie haben, ich habe wahrscheinlich wieder über den Rand gestrichen und mich der Koralle noch mehr angenähert.

„In letzter Zeit hat Ihre Produktivität *merklich nachgelassen“, begann er sein Urteil, während ich in der Spiegelung seines Glastisches prüfte, ob ich wirklich über den Rand gestrichen hatte. Dieses Urteil hatte er auf seine göttliche Weise gesprochen, unwiderruflich. (Und so wird man, wenn man von allen als Koryphäe bezeichnet wird, das ist wohl normal, ich kann es ihm nicht einmal übel nehmen, ihm nicht, seine Schuld ist es nicht.) „Sie tun das Minimum, manchmal nicht einmal das, alles auf der Linie des geringsten Widerstands. Wobei Sie wissen, wie sehr wir* proaktives Handeln *schätzen. Sie geben so wenig ab, dass ich nicht weiß, wie ich mir Ihr ständiges Schreiben erklären soll, das mir nicht entgangen ist, seit ich angefangen habe, Sie zu beobachten. Entweder tun Sie etwas, was nichts mit Ihrem Dienst zu tun hat, oder Sie sind extrem* ineffizient. *Was sagen Sie dazu?“*

Das war eine Falle, in die ich nicht tappen wollte, also schwieg ich und sah zu Boden. Obwohl ich wusste, dass das das Verhalten eines Schuldigen ist, schien es mir von den Dreien das geringste Übel zu sein.

„Außerdem hat sich Herr Puhar beschwert, dass Sie ihn belästigen. Sie behindern ihn bei der Arbeit.“

Das traf mich ziemlich, muss ich zugeben, genau ins Herz war der Pfeil gegangen.

„Sie haben für die Dauer Ihrer Einarbeitung einen Mentor zugeteilt bekommen, Sie können nicht unbegrenzt an ihm hängen.“

Und dann noch:

„Ihr Vertrag ist von der Art, dass ich Sie ungern entlassen würde. Wir werden Sie in die Raumfahrtabteilung versetzen, wenn Sie damit einverstanden sind. Nein, in jedem Fall, genau genommen, es sei denn, Sie wollen uns freiwillig verlassen?“

Nein, nein, nein. Auf keinen Fall. Ich will nichts freiwillig aufgeben. An alles, was mir gegeben ist und nicht von meiner Mutter stammt, klammere ich mich wie ein Ertrinkender an einen Strohhalm. Wenn ich nicht in den Mutterleib zurückgesaugt werden will, wenn ich in der Welt bleiben will, muss ich mich an allem Äußeren krampfhaft festhalten. Und was könnte man sich mehr wünschen als das Universum? Nichts ist größer als das Universum. Ja, teure Unendlichkeit, unermesslich ist meine Sehnsucht nach dir! Per aspera ad astra!

Ungefähr so habe ich geantwortet, nicht wörtlich, aber genug in dem Sinne, dass dem Kranjc ein verächtliches Zischen entwischte. Wahrscheinlich wusste er nicht, dass ich weiß, dass die Abteilung für Raumfahrt des Ministeriums für Verkehr und Kommunikation eines Landes, das so klein ist auf der Erde, geschweige denn im Weltraum, ein Abstellgleis für uns irrlichternde, schwebende, untätige Menschen ist, die von allem beeinflusst werden, während wir selbst auf nichts Einfluss ausüben. Auch wenn er gewusst hätte, dass ich es weiß, wäre das Zischen angebracht gewesen, aber er wusste es nicht, sein Respekt vor mir war zu gering, um zuzulassen, dass ich die schelmischen Worte nicht todernst meine. Natürlich ist es, so ehrlich muss ich sein, auch von mir respektlos, in einer so ernsten Situation, wie es die Versetzung in die Raumfahrt ist, mich lustig zu machen. In Hinblick auf mein Verhal-

ten verdiene ich das Wohlergehen in dieser zukünftigen Abteilung nicht, das ist mir bewusst.

Ich verdiene es nicht, dort zu sein, wo ich hingehöre, ich verdiene das Gehalt nicht, das aus der Tasche des fleißigen Steuerzahlers stammt. Ich verdiene den berauschend süßen Gedanken nicht, dass Jež in dieser Abteilung ist, dass ich endlich Jež kennenlernen werde, den ich immer nur von Weitem in der Kantine gesehen habe, wenn ich mich gefragt habe, wer diese einsame Klippe ist, wer alles an ihr gestrandet ist und wie.

Oh, Jež … Ich komme!

2

Ich bin von 3C nach 2F gekommen. Ich habe lange gebraucht, bis ich mich an die neue Abteilung, will sagen, ihre Lage, gewöhnt hatte. In unserem Gebäude ist zwar auf den ersten Blick alles gleich und klar geordnet mit Buchstabe und Zahl. Trotzdem ist es fast immer schwierig, von A nach B zu kommen, „Wo ist A?“, fragen wir uns gegenseitig, es scheint, dass alles zusammen keinen Anfang hat, dass es immer so war und immer so sein wird. Eine kreisförmige Struktur, vermutet man, vorschnell. Der Aufzug bietet uns ein Gefühl der Sicherheit, dort drückst du die 3 und er bringt dich auf 3, obwohl niemand weiß, ob die Zahlen tatsächlich fortlaufend sind.

Meine neue Chefin zeichnet gerne. Gleich am ersten Tag hat sie mir das Gebäude aufgezeichnet. „Das sind Sie“, sagte sie und zeichnete mit einer für meinen Geschmack übertriebenen Gewaltsamkeit in schnellen Kreisen einen kleinen Punkt an den unteren Rand. Feucht von der Tinte verschmierte ich mich im Verlauf des weiteren Zeichnens unschön. Ich freute mich über die Zeichnung, am Anfang, ich dachte, dass mir die räumliche Struktur des Gebäudes erklärt werden würde. Aber nein. Die Pyramide, die unter den Fingern meiner Chefin wuchs, war eine hierarchische Pyramide, in der sie ganz woanders war, hoch, hoch über mir, obwohl auch selbst von 2F.

Sie mag mich nicht, das ist sofort klar. Ablehnung auf den ersten Blick. Sie ist der Meinung, dass ich den Job nicht verdiene (und hier kann ich ihr nicht einmal widersprechen, ich finde nur, sie soll erst einmal vor ihrer eigenen Haustür kehren, sie verdient viel besser als ich und es ist dementsprechend noch schwieriger, sie zu rechtfertigen). Das einzige, was ihr an mir gefällt, ist, dass ich unter ihr bin, und diese positive Eigenschaft betont sie bei jeder Gelegenheit, während alles andere an mir herabgesetzt wird. Ich gebe mich natürlich nicht so schnell geschlagen, und das nicht aus Trotz, nein, trotzig war ich nie, ich bin nur nicht *kooperativ* genug, das wissen wir schon.

*

Wenn sie schon zur dienstlichen Zusammenarbeit gezwungen ist, will sie sicher nicht mit mir essen. Das Mittagessen gehört zur Freizeit, wenn du sie über mehr als eine halbe Stunde ausdehnst, musst du den Arbeitstag nach fünf um die gleiche Anzahl von Minuten verlängern. (Im Ministerium wirst du für die Zeit bezahlt, von 9 bis 17 Uhr, und natürlich nicht für die Arbeit.) Für sie ist die Freizeit frei von Verpflichtungen und sollte nach Möglichkeit auch angenehm sein. So senkt sie ihren Kopf über das Gulasch, als ich mit einem Tablett an der Schwelle der Kantine erscheine. Kollegin Elizabeta folgt ihrem Vorbild, sie ist *kooperativ* und *gelehrig.* 1A. Ich bleibe an ihrem Tisch stehen. Auch wenn sie vorhat, in den Tiefen des Gulaschs zu verharren, bis die Gefahr vorüber ist, treibt sie der soziale Druck an die Oberfläche, sie röchelt, schnappt nach Luft und lässt sie sofort zu einem kurzen „Tag“ wieder raus. Ist neben ihr noch frei? Natürlich, bitte. *Nein* kann sie nicht sagen. Und zwar nicht nur wegen der Offensichtlichkeit der Tatsache. Oh, meine lieben gesellschaftlichen Zwänge! Von Zeit zu Zeit bin auch ich überrascht von der Erkenntnis, dass die gesellige Ader in mir noch lebendig ist. Obwohl es mir die meiste Zeit vollkommen genügt, neben der Chefin und Elizabeta zu sitzen und ihnen zuzuhören; hin und wieder mit einem zweideutigen Lächeln; das heißt, nicht wirklich lebendig, aber doch so lebendig, dass ich sie nicht für tot halten kann.

Ich vertiefe mich auch selbst ins Gulasch und widme mich ihm, auf den ersten Blick abwesend, aber ich höre jedes Wort. Mir entgeht nichts. Nie. Selbst wenn sie uns in der Kantine kompliziertere Gerichte servieren würden, zum Beispiel Artischocken, wäre meine Aufmerksamkeit nicht geschwächt, denn ich bin, so haben sie zugegeben, *multitaskingfähig.* Ich höre aufmerksam zu, als Elizabeta sagt, dass sie schon von klein auf Sekretärin im Ministerium werden wollte. „Schon als ich ein kleines Mädchen war", sagt sie mit einer Zärtlichkeit in ihrer Stimme, die kleine Mädchen in uns hervorrufen. Sie hat all die Filme gesehen, in denen gut gekleidete Männer ein Büro betreten, wo sie von einer Sekretärin begrüßt, um einen Moment Geduld gebeten und einen Moment später zum Chef geleitet werden. Elizabeta bittet tatsächlich oft um Geduld, jetzt wissen wir, warum. Gern verbindet sie auch Telefonanrufe und tippt, sie freut sich, wenn sie viele Anrufe bekommt und viele Sachen zum Abtippen hat, denn dann „vergeht der Tag schneller". Dieses Bestreben, die Zeit so schnell wie möglich vergehen zu lassen, hat ihr übrigens das Etikett *fleißig* eingebracht. „*Streben nach Sterben*", versuche ich mich spielerisch halblaut in einer fremden Sprache, und der Blick, den mir die Chefin widmet, ist verachtungsvoll. Sie denkt, dass ich mich wichtigmache, weil ich mehrere Fremdsprachen kann – obwohl ich in allen stottere und Fehler mache und mir keine wirklich vertraut ist, sie denkt, dass ich mich wichtigmache. Aber ich finde es ungerecht, dass ein Wortspiel immer als Ulkerei aufgefasst wird und nie als das, was es in Wirklichkeit ist: ein Symptom. Zu wenig oft bitte ich um Geduld, das ist mein Fehler.

Währenddessen beginnt eine Frau in meinem unermesslichen Blickfeld die leeren Tische eifrig hin und her zu schieben, dicht an dicht stramm in einer Reihe. Rasch kommt ein Mann hinzu, der den entstandenen Gang benutzt und sie lobt:

„Gute Idee, jetzt musst du nicht ganz herum, wenn es dich pressiert."

Trotz der objektiv gesehen verunglückten Wortwahl strahlt die eifrige Frau:

„Ja, so ist es, wissen Sie, ich bin schon seit jeher eine *effiziente, lösungsorientierte* Frau. Ich erkenne ein Hindernis immer sofort und tue alles, um es so schnell wie möglich zu beseitigen."

Entweder ist der Mann vor so viel Eifer und Feuer erschrocken, oder es pressiert ihn so stark, dass er gezwungen lächelt und flüchtet.

„Einen schönen Tag noch!", kreischt die eifrige Frau hinter ihm her, dankbar für das Lob.

Das ist übrigens einer dieser Sätze, die im Ministerium kursieren und die ich nicht hören darf: Einen schönen Tag noch. Alle diese Sätze, die Fremden hingeworfen werden und die nichts anderes ausdrücken wollen als die Selbstzufriedenheit des Werfers, die zu groß ist, um im Inneren zurückgehalten zu werden, und die über den Rand drängt und sich nicht anders kanalisieren kann als in diesen Wurf, ich darf sie nicht hören. Mit der eigenen offenen Art sind sie zufrieden, mit der rebellischen Lockerheit, die ein wenig zu zwanghaft, ein wenig zu geplant, aber unbestreitbar ganz offensichtlich da ist, trotz Erziehung, die für Grenzen und Regeln plädierte, für gute Haltung, die immer Zurückhaltung war und einen mühsamen, denn zeitaufwendigeren Weg von den Fremden zu Freunden vorsah. Wenn ich diese Selbstzufriedenheit noch dulden und die Dankbarkeit für all die, die zu ihr verholfen haben, verstehen kann, bin ich trotzdem hundertprozentig gegen solche Ausdrücke wie „einen schönen Tag noch".

Aus der Küche kommt der Herr Koch und mischt sich ein. Er schimpft, streckt den Zeigefinger aus, dämpft den Übereifer und bringt die Sitzordnung wieder in Ordnung. Während dieses ganzen Krawalls hat Elizabeta nicht einen Moment lang aufgehört, Dinge aufzuzählen, die sie gerne kauft. Vor allem sind das Dinge, die wohlriechend sind. „Wohlriechend" ist eines ihrer Lieblingskomposita. Im Unterschied zu mir bemerkt sie nie, was außerhalb der Ränder ihres Tisches vor sich geht. Sie ist zwar *konzentriert,* aber nicht *multitaskingfähig.*

Kurz darauf nähert sich eine ganze Gruppe von Köchen unserem Tisch. Der Chefin kämen sie *aufdringlich* vor, wenn sie auch sie beschreiben und bewerten müsste. Aber zumindest bieten sie ihr die Gelegenheit, zu der gesamten Pyramide freundlich zu sein. „Ich begrüße auch die Putzfrau", lobt sie sich gern. Das macht mich noch wütender als „Und schönen Tag noch".

„Wie geht es Ihnen heute?", interessieren sich die Köche in Weiß. „Haben Sie gut geschlafen? Gut gegessen?"

„Ausgezeichnet haben Sie uns eingekocht, Kompliment", sagt die Chefin.

„Frau Novak?“, wenden sie sich an Elizabeta.

„Oh, ja, das Fleisch ist so zart!“

„Aber der Geist ist willig“, füge ich eifrig hinzu. Die Köche schmunzeln und machen ein Protokoll. Sobald sie zu einem anderen Tisch gegangen sind, beschwert sich die Chefin erneut über deren Aufdringlichkeit. Wieder findet sie alles Mögliche unangebracht, etwa dass sie keine Kappen tragen und dass sie uns immer wieder bei der Arbeit im Büro stören:

„Ich laufe auch nicht einfach in ihrer Küche herum, es gibt Grenzen und die muss man respektieren“, sagt sie.

Ich selbst beschwere mich nicht über sie – sie schmunzeln immer, wenn ich etwas sage, und das gibt mir das Gefühl, dass ich *unterhaltsam* bin.

*

In meinem ersten richtigen Gespräch mit meiner Chefin, in dem es um das Sachliche geht, verrät sie mir ihre Methode.

„Koryphäe hin oder her“, beginnt sie, „es ist offensichtlich, dass Doktor Kranjc Ihnen nicht nennenswert geholfen hat. Sie wurden nicht einfach so versetzt, damit die Dinge scheinbar am Laufen gehalten werden und die Maschine gut geschmiert zu funktionieren scheint. Bei uns geschieht selten etwas ohne Grund.“

Nach einem Moment, in dem sie fürchtet, dass *ich* mich in dieses *uns* eingeschlossen fühlen könnte, was ein Irrtum wäre, zu dem sie mich nicht verleiten wollte, fügt sie hinzu:

„Sie werden sich schon daran gewöhnen, keine Angst.“

Die Chefin ist eine große, hagere Frau. Ihre Nägel sind sorgfältig lackiert, bei keinem geriet sie über den Rand hinaus. Ihre Haare sind alle gleich lang, gehorsam stehen sie nebeneinander, scheinbar widerspruchslos haben sie sich zu einem langen, dünnen Pferdeschwanz binden lassen. Alles an ihr ist *picobello.* Ihre Silhouette ist nostalgisch, wie aus einem Schwarz-Weiß-Film. Ich traue mich fast zu wetten, dass ihr Schlüpfer nicht nur zu ihrem BH, sondern auch zu ihrer Oberbekleidung passt. Lange werde ich nicht verstehen, was an mir so schnell die Stutenbissigkeit in ihr geweckt hat, aber bald werde ich mit Erstaunen feststellen, dass ihre Frisur meiner zu ähneln beginnt, was nicht die Folge des Nachlassens ihres Frisiereifers sein wird, sondern, im Gegenteil, seiner Zunahme. Sie wird sie mit einer heißen Zange zu Locken drehen und mehrmals am Tag mit ihren perfekten Fingern zerzausen. Weshalb, das werde ich lange nicht verstehen und niemand wird es mir sagen.

Sie hat also andere Methoden. Koryphäe hin oder her. Und wir werden schon sehen, ob ihre besser funktionieren.

Die Chefin, im Unterschied zu der Koryphäe, hin oder her, schwört auf die erste Person. Schau tief in dich hinein, leuchte mit den Augen in jede noch so dunkle Ecke in dir und räume auf! Organisiere, katalogisiere, archiviere. Ordnung kann auf beliebige Weise erreicht werden, solange sie nur offensichtlich ist. Einem Anfänger, dessen Augen sich noch nicht an alle Finessen des Offensichtlichen gewöhnt haben, wird die alphabetische Ordnung empfohlen. Da sie andere Methoden nicht angesprochen hat, komme ich zu dem Schluss, dass ich Anfänger bin. Dieses Wort hat mich immer beleidigt, obwohl ich mir der Unangemessenheit meiner Reaktion durchaus bewusst war. Genau wie das Etikett Amateur. Immer war ich das eine oder das andere. Klavier spiele ich richtig gut, ich bin weit davon entfernt, Anfänger zu sein, aber ich werde für meine Mühe nicht bezahlt, deshalb muss ich Amateur sein. Als wäre die Liebe nicht das Einzige, was einen Lohn mit dem ganzen Körper verlangt und kein anderes Ziel hat.

*

Ich bin völlig auf Jež konzentriert. Ich mache Pläne. Auf dieselbe Weise werde ich ihn in der Kantine überlisten, wie ich es schon einmal in meiner Fantasie getan habe, im Park, als keiner von uns mit dem Frisbee umgehen konnte. Es gefällt mir, dass ich wirklich einen Plastikteller in der Hand habe, zwar für Brot, nicht für Spiele, aber ich stelle mir vor, dass sich die Frucht meiner Vorstellungskraft auf diese Weise verkörpert hat und dass das Übrige folgen wird.

„Darf ich mich dazusetzen?“, frage ich, was ich schon bei meiner Chefin ausprobiert hatte.

Auch er konnte nicht nein sagen.

„Sie haben sich nur Brot genommen?“, fragt er mich, als ich mich setze.

„Ich bin auf Diät“, schwindele ich.

Ich werde nicht zugeben, dass ich alles Gekochte verabscheue, dass ich nur Brot und Obst esse, wie ich es mir als Kind gewünscht habe. Ich habe seit meinen Kinderjahren keine großen Fortschritte gemacht, das weiß ich, alle Wünsche sind mir seit damals geblieben, und der ganze Widerstand. Auch umgekehrt, Scheiße zum Beispiel ekelt mich nicht. Aber bei Erwachsenen ist es so, dass sie, wenn du deinen Ekel vor dem Essen zugibst, denken, wie muss sie sich erst vor Scheiße ekeln. Deshalb gebe ich es lieber nicht zu, weil ich nichts erst lange aufklären möchte. So esse ich manchmal auch Gulasch. Vorurteilen bin ich immer lieber aus dem Weg gegangen, als gegen sie anzukämpfen. Ich bin nicht *lösungsorientiert.* Lieber als den schweren Tisch wegzuschieben, springe ich flink über ihn drüber, krieche unter ihm durch, gehe um ihn herum, wie ein Ninja. Die Welt ist mein Übungsgelände.

„Interessante Diät", sagt Jež und isst weiter, Details interessieren ihn nicht.

„Eigentlich ist es ziemlich eintönig ... Ihr Essen ist viel interessanter", erwidere ich das Kompliment.

Auf diese Weise komme ich nicht weit.

„Man weiß selbst ja nie, ob man von Natur aus ein Schilfrohr oder ein Veilchen ist, oder?", frage ich, um etwas wirklich Interessantes beizusteuern.

„Darüber habe ich noch nicht nachgedacht, möglich, möglich."

Darüber hat er noch nicht nachgedacht? Worüber hat er denn bisher nachgedacht?

„Worüber haben Sie denn bisher nachgedacht?"

Es klang eher verächtlich als gesprächig. Es lief schlecht für mich. Ich weiß recht gut, was man darf und was nicht, ich kenne Übungsgelände wie Spielregeln, mir fehlt nur die Übung, und die Dinge gehen bei mir immer wieder schief, wie bei jemandem, der von nichts eine Ahnung hat. Das schmerzt. Obwohl, wenn ich es mir recht überlege, mangelnde Übung wahrscheinlich genauso verwerflich ist – wenn nicht sogar noch mehr – wie die Unkenntnis der Regeln.

*

Hartes Brot habe ich lieber als weiches. Ich mag es, wenn ich meine Zähne und meinen Kiefer als Kraft spüre. Ich mag es auch, wenn sich in meinem Mund der Speichel sammelt und das trockene Brot aufweicht. Bei trockenem Brot läuft mir mehr Wasser im Mund zusammen als bei frischem, sein Adjektiv ist wie so viele andere irreführend. In meinem Büro habe ich vier Stück Brot, jedes ist einen Tag älter als das andere. Zum Mittagessen nehme ich das älteste und ersetze es durch ein frisches, das ich heimlich in die Tasche stecke und nach dem Essen zum Trocknen mitnehme. Am vierten Tag ist das Brot reif.

*

Anja kommt auf einen Kaffee und sagt, dass auch sie schon längst im Ministerium angestellt wäre, wenn sie keine Künstlerin wäre. Aber wenn du ein Künstler bist, kannst du verrückt sein, und sie erlauben dir, arbeitslos zu bleiben.

Wie es ihr mit der Malerei gehe, frage ich, denn wir sind Freundinnen und es interessiert mich. Sie fängt an, sich über das Publikum zu beschweren, das ihr nicht die verdiente Aufmerksamkeit widmet und das deshalb nach Anjas Meinung beschränkt ist. Beschränkt auf jene, die Preise bekommen, obwohl sie sie nicht verdienen, weil die Fachleute, die sie vergeben, beschränkt sind. Beschränkt durch den Geschmack des Publikums, denn je größer das Publikum ist, desto grenzenloser und allmächtiger ist es. Da wir Freundinnen sind, mache ich mir Sorgen, dass sie verbittert werden könnte. Verbitterte Freunde sind so unerträglich wie eine kaputte Schallplatte. Es kann allerdings sein, dass sie auch unerträglich wird, wenn sie zufällig vom Erfolg eingeholt wird. Dann wird sie bescheiden den Kopf beugen und sagen, ach, solche Aufmerksamkeit verdiene ich nicht, ich mache nur ein paar Krakel. Und das wäre genauso unerträglich, wie wenn sie sich mit ihrem Erfolg aufblasen und nur noch über sich selbst sprechen würde, ohne das schlechte Gewissen, das sie jetzt verspürt, wo ihr Genie noch nicht öffentlich anerkannt ist. Auf jeden Fall wird sie für mich unerträglich sein, denn wir sind schon viel zu lange Freundinnen. Aber sie ist meine einzige richtige, meine erste richtige. Manchmal denke ich, dass wir ein und dieselbe sind und dass ich mir nur einbilde, dass wir zwei sind und dass wir nur in Bezug auf meine zwei völlig unterschiedlichen Stimmungen entweder sie oder ich sind. Aber diesen Gedanken pflege ich nicht, ich erlaube ihm nur, dass er mir von Zeit zu Zeit in den Sinn kommt. Die erste richtige prägt dich. Nach ihr ist es schwer. Ich habe es mit anderen vergeblich versucht.

Am Abend schreibe ich unter F *Freundschaft.*

Es ist ziemlich typisch für mich, dass ich das Alphabet mit F beginne. Mich freut der Gedanke, dass meine Chefin trotzdem von meiner Konsequenz und Organisiertheit überzeugt sein wird, wenn die Aufgabe abgeschlossen ist und ich sie abliefere. Nicht der Weg ist wichtig, wichtig ist das Ziel, gilt hier, wo alles auf dem Kopf steht.

F wie Freundschaft

Es war mir nicht bewusst, aber es war meine Schuld. Es gibt nur wenige Sachen auf dieser alten Welt, auf der wir zu Gast sind, die wir unser Eigen nennen können, und Schuld ist eine davon. Meine Schuld war nicht offensichtlich, dafür habe ich so gut gesorgt, dass ich mich sogar selbst getäuscht habe. Ich wiederholte die freundschaftlichen Gesten, die ich wie eine Sprache gelernt habe – von anderen und durch Wiederholung. Aus mir kamen sie nicht. Hätte ich gleich welche Geste direkt aus mir kommen lassen, wäre sie, das weiß ich, unverständlich gewesen wie kindliches Geplapper. Dass es zwischen einer Geste, die von außen kommt, und einer Geste, die von innen kommt, scheinbar keinen Unterschied gibt, ist dem Umstand zuzuschreiben, dass sich eine Geste per definitionem *im Bereich des Sichtbaren abspielt. Es ist aber wie ein Stück Eis auf der Meeresoberfläche: Nur wenn sich darunter ein Eisberg befindet, wird jemand auflaufen; ansonsten aber vorbeischwimmen oder es sogar aus dem Weg schieben.*

Jetzt, nach einem großen Maß an Su- und Introspektion, denke ich, dass das Stück Eis sich selbst beklagen darf, dass es kein Berg ist, das Schiff muss aber von seinen Klagen ausgenommen bleiben.

*

„Wollen Sie auf ein Brot gehen?"

Jež hat an meine Tür geklopft und ich habe aufgemacht, als hätte ich es gewusst.

„Oh, ist es schon Zeit fürs Mittagessen?", fragte ich, um meine Verwunderung nicht verbergen zu müssen.

Ich bin raffiniert, unter dem, was ich sage, verberge ich möglichst unterschiedliche Dinge. Ich zeige nie etwas. Wir gingen nebeneinander her in den Speisesaal, als wäre das etwas völlig Selbstverständliches. Wenn Dinge passieren, erscheinen sie einem sofort hundertprozentig wahrscheinlich, obwohl sie es vorher, sagen wir, dreiprozentig waren. Und dieses Hundertprozentige, das in allem Tatsächlichen gleich ist, ungeachtet der ungeheuren Unterschiede der Wahrscheinlichkeit im Ausgangspunkt, verwirrt unser Gefühl dafür, was tatsächlich wahrscheinlich ist, und das Unwahrscheinliche ist, wenn es geschieht, so selbstverständlich wie ein General nach der Schlacht. Ich marschierte also triumphierend Richtung Speisesaal und setzte mich und fing jetzt an, bevor ich mich durch die erste Hälfte des diesmal frischen Brotes, wegen des frischen Augenpaars, das mich unters Mikroskop nahm, durchgebissen hatte, mich zu fragen, ob diese Schlacht es wert war, den Kampf so verbissen, so hart zu führen. Ach, wir Menschen.

*

Die Chefin möchte *A* sehen. Ich dachte, ich würde das ganze Korpus abgeben. Nein, nicht das Korpus, nicht das Korpus, wiederholt die Chefin, damit es mir peinlich wird wegen des Korpus. In Teilen. Ich weiß, dass sie keinerlei Verständnis zeigen wird für *F* oder für eine Bitte um Aufschub, deshalb korrigiere ich den Titel in *A wie Amicitia.* Auch dafür wird sie kein Verständnis zeigen, aber meine Suche ist die ewige Suche nach dem kleineren Übel.

Am nächsten Tag lobt sie mich. Ich spüre, dass es ein Lob von der Art ist, das schwer von der Zunge geht. Aber nicht deshalb, weil sie nicht loben möchte, oh nein, sie lobt gern, denn damit zeigt sie, dass sie sich über ihre Abneigungsgefühle erheben kann, und weil die Abneigung stark ist, ist das Erheben umso mehr wert. Je länger sie lobt, desto höher ist es – sie ist eine Heilige. Schwer ist es nur deshalb, weil sie nicht wollte, dass ihr mein Aufsatz gefällt. Das fühle ich und mein Gefühl ist eine unumstößliche Instanz, es hat keinen Sinn weiterzudenken.

Ich freue mich so sehr über das Lob, dass ich mich sofort an die Störung unter *B* mache. Ich weiß schon lange, dass Lob eines der seltenen Dinge ist, die in mir den Elan wecken und ein Ziel entwerfen, und ich frage mich öfter, ob ich eine Pianistin sein könnte, die mehr ist als eine Amateurin, wenn mich meine Lehrerin jemals gelobt hätte.

B wie Ballspiele

Als ich klein war, habe ich gerne mit dem Ball gespielt. Ich habe ihn in die Luft geworfen und gewartet, dass er zurückkommt. Die Arme erwartungsvoll ausgestreckt. Es ist mir nicht entgangen, dass sie ungewöhnlich dünn und lang waren. Ungewöhnlich lang, an der Grenze des Defekts, dabei aber doch allem entgegenkommend, würde ich lieber sagen. Ich kannte sie bis ins Detail, wie meine Westentasche, so oft hatte ich sie mir angesehen, aber der Ball war noch immer nicht zurück. Meine Geduld war unendlich, als Defekt wurde sie von externen Beobachtern bezeichnet; Apathie nannten sie sie, all jene, die lieber mich als mein Schicksal angriffen.

Ich erinnere mich nicht, ob der Ball jemals zurückgekommen ist, und wenn, ob ich ihn gefangen habe. Gewöhnlich fand ich ihn am nächsten Tag irgendwo im Hof.

Als ich ein bisschen größer war, habe ich einen Brief abgeschickt. Meine Geduld bekam einen ungekannten Beigeschmack, den ich noch nicht zu benennen wusste.

Der Brief kam zurück, was ich aber dieses Mal nicht gewollt hatte. Ich korrigierte die Adresse und schickte den Brief erneut ab. In diesem Fall war das Warten umsonst, davon bin ich fast überzeugt.

„Alles, was umsonst passiert, ist eine Schule für das Leben", sagte meine Großmutter zu mir.

Und ein anderes Mal wieder: „Geduld kommt nach dem Dulden."

Als ich noch größer war, zog ich einen kurzen Rock an und zeichnete mit dem großen Zeh Kreise in den Sand und verzog den Mund zu einem Lächeln und zwang meinen Blick, aus dem Augenwinkel zu kommen. Auch das war umsonst.

Alles, was mir bis jetzt wirklich passiert ist, waren Kleinigkeiten. Davon gab es so viele, dass sie, zu einem gemeinsamen Ereignis zusammengefasst, etwas Ungeheures geschaffen hätten; es gab so viele, dass kein Platz mehr war für etwas Größeres.

Manchmal denke ich, dass mir kleine Dinge gern passieren, weil sie wissen, dass ich ihnen Gewicht gebe.

*

„Es passiert, es passiert. An meiner Tür, die noch nie jemand berührt hat, hat es geklopft. Vielleicht klopft es noch einmal. Vielleicht in der Nacht", flüstere ich.

Die Nacht hat unter anderem die Macht, aus Gerede ein Flüstern zu machen, das alles verführerischer macht. Sie hat auch die Macht, Jež wieder begehrenswert zu machen.

Ich flüstere ein Vielleicht-Gedicht für ihn. Ich erlaube mir schon lange nicht mehr, mehr als drei mal drei Buchstaben zu benutzen, wenn ich dichte.

Vielleicht er,
viel leichter.

Viele Leichter,
viele Lichter –
viel lichter.

Erleichtert.
Ich erreichte viel,
Er reichte.

Einen hätte ich noch übrig.

*

Ich gestehe alles, was in der Nacht passiert ist, und füge noch hinzu. Ich füge überflüssige Synonyme und Beschreibungen von Gefühlen hinzu – keine Fiktionen wie in der vorherigen Abteilung. Denn die Chefin ist offenbar wieder eine dieser ... Frauen, die es verstehen, Dinge aus mir herauszulocken, die ich am wenigsten sagen will. Jedmaliges Bedauern, mag es noch so bitter sein, ist ein zu schwaches Gegengift. Schon jetzt weiß ich, dass ich sie deswegen immer stärker hassen werde, und je stärker, desto mehr werde ich ihr sagen. Abscheulich und unerklärlich ist das.

„Ihr Denken, so durchdringend, wenn Sie schreiben, verbreitet sich, wenn Sie nicht schreiben, im ganzen Raum und riecht nach Wahnsinn. Unter der Führung Ihrer schreibenden Hand aber marschiert Buchstabe um Buchstabe in einer geraden Linie von links nach rechts. Die einzige Lösung, die ich für Sie sehe, ist, dass Sie anfangen, in Wörtern und Sätzen zu denken. Glauben Sie, Sie schaffen das?“

Die Wahrheit, dünn und spitz wie eine Nadel, stach mich dermaßen, dass ich über ihre herablassende Frage zu kichern begann.

„Ob ich glaube, dass ich das schaffe?“

Das Lachen entweicht aus mir in Hi-hi-his wie die Luft aus einem zerlöcherten Ballon.

„Warten Sie, dass mir das Wort einfällt ...“

Mein Spott ist lahm, aber für jede Korrektur fehlt mir der Atem.

Bevor sie geht, streicht sie mir übers Haar – ein Zeichen, das in der Tierwelt Dominanz ausdrückt, das weiß ich aus der Zeit, als sich Jež einen Hund wünschte. Sie soll mich bloß noch einmal anrühren, da werde ich mich direkt bei Kranjc beschweren. Bei Puhar nicht, bei ihm nie – er würde denken, dass ich sie selbst zu dieser Geste verführt habe.

*

Die Chefin heißt Lidija. Šmit. Der Farbton ihrer Lippen wird genauso knallrot wie meiner, nur dass ihrer nicht über den Rand geht. Die Farbe steht ihr besser als mir.

„Sie interessieren mich, das gebe ich zu“, gibt sie zu.

Oder sie tut nur so – ich werde es nie erfahren. Mir ist beides recht. Ihr Rouge ist von der klebrigen Sorte, manchmal trennen sich die Lippen nur schwer voneinander, was mich dazu bringt, sie anzustarren, obwohl ich das lieber nicht würde.

„Doktor Kranjc hat mir Ihr Dossier *Über Jež* übermittelt. Entschuldigen Sie meine Neugierde, aber – handelt es sich um unseren Ivo?"

Und gleich darauf kommt das Unvermeidliche:

„Weshalb haben Sie ihn genommen?"

Unter *W* wird sicherlich das *Weshalb* stehen, die überflüssigste Frage der Welt. Aber mein Weg bis zum *W* ist noch lang.

„Doch wohl nicht deshalb, weil er der Liebhaber von Frau Klammer war?"

Wieder musste ich lachen. „Der Liebhaber von Frau Klammer!"

Häufige Anfälle von nervösem Lachen ohne Anlass, flüstert mir ein Blick auf das Notizheft meiner Chefin zu, und wieder packt mich die Wut. Die Dinge fallen über mich her, das kann ich nicht leugnen.

„Mein Lachen ist weder nervös noch ohne Anlass, meine liebe Lidija", sage ich ruhig.

Meine Wut kommt immer so höflich daher wie ein englischer Gentleman, deshalb wurde sie nie notiert.

„Aber all Ihre Fehler und Irrtümer werden unser kleines Geheimnis bleiben", sage ich und presse mir den Zeigefinger auf die Lippen. Wo er schon da ist, benutze ich ihn, um mir das Rouge von den Lippen zu wischen. Alle Ähnlichkeiten seien aufgehoben.

„Bleiben wir bei Frau Šmit", verlangt Lidija streng, als sie geht, und ich stimme zu: „Ja, bleiben wir bei ihr", sage ich, nicht ohne Zärtlichkeit in der Stimme.

*

Gern vergleiche ich die Menschen mit Tieren, Gegenständen und Begriffen, ich weiß nicht, ob ich das erwähnt habe. Vor allem mich selbst. Was mich als Tier betrifft, so gibt es keinen Zweifel, dass ich eine Siamkatze bin. Im Sommer trage ich immer kurze Hosen und kurzärmelige Hemden, deshalb habe ich einen braunen Kopf, Arme und Beine und einen weißen Körper. Das weiß nur ich, denn ich ziehe mich vor niemandem ganz aus. Ich habe auch ihre blauen Augen – die sind kein Geheimnis, die öffne ich vor allen. Zu diesem Katzenbild bin ich erst im Laufe der Jahre gekommen, mehrere konsequente Sommer waren nötig. Denn vor langer Zeit habe ich im Sommer, wenn ich jemanden verführen wollte, auch bauchfreie Tops getragen, um mehr Haut zu zeigen. Aber ich habe erkannt, dass ich mit bloßer Haut, ich will sagen, nur mit Haut, nichts erreiche. Ich bin nicht die Art von Frau, die sich auf die Macht ihres Aussehens verlassen könnte. Meine Macht ist in meiner Nacht. Meine Beute können Somnambule, Lunatiker, Betrunkene sein, die in mir Zuflucht fänden.

*

Der wahre Jež, im Unterschied zum ausgedachten Jež, versteht viele meiner Referenzen nicht, wie sich zeigt. Er ist nicht übermäßig gebildet, er hat nicht viel gelesen.

Ich erkenne, dass die Beurteilung seiner Intelligenz aufgrund des vernachlässigten Aussehens ebenso falsch war, wie die Beurteilung von Intelligenz aufgrund von peroxidem Haar, eines tiefen Dekolletés und dünner Absätze falsch ist. Obwohl mein Fehlurteil positiv war, ändert das nichts daran, wertet es den Fehler nicht von negativ zu positiv um, denn ein Fehler ist immer gleich – negativ.

Aber Bildung und Aussehen sind nicht alles, nicht wahr?

Ich erinnere mich, in einem Buch über Verskunde gelesen zu haben: Ein Fehler ist kein Fehler mehr, wenn wir ihn bewusst wiederholen.

*

Aber ich bin nicht nur eine Katze, ich bin auch eine Fliegenpuppe, das weiß ich.

Ich frage mich, wann ich herangereift sein werde. Es gibt alle Arten von Fliegen, auch solche aus der Gattung *Ephemeroptera* zum Beispiel, die zwanzig Jahre im Schlamm im Larvenstadium verbringen und dann für einen Tag Flügel bekommen – Eintagsfliegen. Sie bekommen Flügel, um wie Engel in den Himmel zu fliegen, auch solche Arten gibt es.

*

Einmal packt mich plötzlich der Gedanke, dass meine Überzeugung, dass da draußen alles so ist, wie es immer war, im Keller meines Kopfes unhinterfragt geblieben ist und in Wahrheit immer unbegründet war. Ich bekomme keine Zeitungen, ich habe kein Radio. Mein Handy wurde mir weggenommen. Und ich so besessen von mir und meinem Jež, dass ich mich nicht einmal gefragt habe, ob die Welt, die ich zurückgelassen habe, nicht in Asche und Trümmern liegt und die Menschen in Kartoffelsäcke gekleidet, in leere Säcke, hinter den Ecken menschenfresserisch einander auflauern. Dass mir die Möglichkeit einer Überprüfung nicht in den Sinn kommt, lässt mich verzweifeln, was bei mir, die ich mich keiner Hyperbeln bediene und vor Melodramatik hüte, viel bedeutet.

Ich bitte meine Chefin um eine Zeitung. Sie leitet meine Bitte an die zuständige Abteilung weiter, was mich schlimmer trifft, als es eine Ablehnung täte. Aufschub der Ablehnung ist das, und das ärgert mich ungemein. Aufschub der Ablehnung ist etwas, was ich meisterhaft beherrsche, etwas, was mir bei der Einarbeitung beigebracht wurde und in dem ich vom ersten Tag meines Dienstantritts an geschult wurde. *Aufschub ist jeder Lösung gleichwertig,* habe ich gelernt.

Bis zu Anjas Besuch sind es mindestens fünf Tage, mehr als einmal die Woche kommt sie nie. Ich werde sie um eine Zeitung bitten, auf die ich wieder mindestens sieben Tage warten werde. Mich erwarten also mindestens zwölf Tage Ungewissheit, eher neunzehn – soweit ich das Mädchen kenne, wird sie es beim ersten Mal vergessen.

*

Sie war nicht in Sackleinen gekleidet, aber das hat nichts zu bedeuten – sie wird sich noch beim Jüngsten Gericht die Wimpern schwärzen.

Ich habe sehr wenig aus ihr herausziehen können. Je mehr ich stocherte und nachstieß, desto mehr kroch sie in sich hinein, wie eines dieser Tiere mit Häuschen oder Panzer. Aber sie sagte vier Dinge, die mir wichtig erschienen:

– „Schön ist es hier bei euch im Park."
– „Schon lange habe ich kein so grünes Gras gesehen."
– „Sei froh, wenigstens hast du Ruhe."
– „Eine regelmäßige warme Mahlzeit ist ein Luxus, gegen den ich mich selbst auch nicht wehren würde."

Das alles stützt meine Theorie, die aber noch immer auf wackeligen Beinen steht. Sie sagte nichts, was sie hätte widerlegen können.

Zum Glück kann ich mich darauf verlassen, dass auch meine Verzweiflung ephemer ist.

*

Ich weiß, dass ich mehr über Weltraumverkehr wissen müsste, in Hinblick auf die Abteilung, in der ich beschäftigt bin. Aber ich habe mein kindlich gutes Gedächtnis wieder mit Informationen belastet, die das Kind in mir begeistern, und ich vermute, dass meine Chefin nicht zufrieden wäre. Ich habe zum Beispiel alle Mondmeere auswendig gelernt. Mir gefällt, dass es neben dem Meer der Krisen *(Mare Crisium)* sowohl das Meer der Ruhe *(Mare Tranquillitatis)* als auch das Meer der Fruchtbarkeit *(Mare Fecunditatis)* gibt.

Ich habe auch alle Monde unseres Sonnensystems gelernt. Meine liebsten sind die beiden Marsmonde Furcht *(Phobos)* und Grauen *(Deimos)*. Ich habe keine Angst vor den Monden, ich liebe sie und kann sie kaum erwarten. Der Mond scheint in der dunklen Nacht, zeigt den Weg und streichelt, während die Sonne blendet und geißelt, bis die Augen tränen und die Haut rot ist. Im

Ministerium ist es nicht erwünscht, Präferenzen unter den zu behandelnden Gegenständen zu entwickeln, aber der Mond hat eine dunkle Macht über mich. Vermutlich zieht mich an ihm am meisten an, dass du nie weißt: Stürmt er besessen auf dich ein oder hält er eine entsprechende Distanz?

*

Der Frühling ist da. Plötzlich – es ist erst April, aber die Sonne brennt schon wie ein schlechtes Gewissen. Alle Kollegen haben ihre Liegestühle in den Garten gebracht und bieten sich der Sonne dar.

Auch von den richtigen Eidechsen wimmelt es. Sie sind schön. Eine Eidechse ist eigentlich eine Schlange mit Beinchen. Das heißt, eine ungestraft gebliebene Schlange, die niemanden zu etwas angestiftet hat. Vermutlich ist die Eidechse ein selbstgefälliges Tier, das sich wenig um andere kümmert. Wahrscheinlich deshalb, weil es schön ist.

Elizabeta mit ihrer Neigung zu Wohlgerüchen genießt den Frühling natürlich von allen am meisten. Sie umschwirrt die Blumen. Sie kennt alle Blumen und ordnet sie nach der Annehmlichkeit ihres Dufts. Sie hat eine Tabelle gemacht. Sie hat dazu *Excel* verwendet, das sie beherrscht. In der Dienstzeit, nehme ich an. Wer bin ich, dass ich darüber urteilen könnte, könnte man sagen, aber ich bleibe immerhin beim Universum. Sie traut sich nicht, sie der Chefin zu zeigen, die Tabelle, zu viel Zeit und Mühe ist da investiert; aber gerade aus dem Grund muss sie sie jemandem zeigen. Und sie zeigt sie mir. Ich tue ihr den Gefallen und lese alles aufmerksam durch. „Mir ist der liebste der Duft von Spanischem Flieder“, sage ich, um sie nicht unkommentiert zu lassen. Ihr entwischt ein verächtliches *pah!* Von wegen jeder kennt den Spanischen Flieder, Begeisterung über seinen Duft muss man als anfängerisch bezeichnen. Das stört mich natürlich – sie müsste schöner mit jemandem umgehen, der der einzig mögliche Adressat der Tabelle ist. Und so frage ich sie zur Strafe, ob sie von den apokalyptischen Zuständen da draußen gehört habe. Ich lasse meiner Fantasie freien Lauf und trete sie in den Hintern.

„Angeblich ist die Situation in einigen Gegenden bis zum Kannibalismus eskaliert“, ende ich. Sie sieht mich ungläubig an. Nach einiger Zeit bestätigt sie den Blick mit Worten. In diesem Moment kommt die Chefin vorbei.

„Nicht wahr, da draußen ist keine Apokalypse?“, fragt sie sie, wie ein Kind seine Mutter fragt.

„Ich habe nicht gesagt, dass sie da ist, ich habe dich nur gefragt, ob du davon hast reden hören, um Gottes willen, Elizabeta, wenn du bei den Zusammenfassungen wenigstens so genau wärst, wie du es bei den Tabellen bist!“

Ich würde Elizabeta niemals verpetzen, aber das weiß sie nicht. Ein wenig Angst ist nicht überflüssig; man muss den Menschen regelmäßig die Flügel stutzen, damit sie am Boden bleiben, die fleißigen Engelchen.

*

„Hast du mir eine Zeitung mitgebracht?“

„Oh, Entschuldigung, das hab ich vergessen!“

Anja kraust die Nase und zeigt dabei die Vorderzähne, als würde sich über ihrem Mund ein Vorhang heben. Sie erinnert ziemlich an einen Hasen, aber sie kommt mir viel weniger niedlich vor. Es ist schrecklich, dass das ihr gängiger Ausdruck des Bedauerns ist. Die einzigen Momente, in denen sie nicht vollkommen schön ist, sondern ganz das Gegenteil, sind die, in denen sie sich entschuldigt. Vielleicht kann ich ihr deshalb so schwer vergeben.

„Ich hab es ja gewusst."

„Seit wann interessiert dich das Geschehen in der Welt?"

„Ich weiß nicht, vielleicht seit ich es nicht verfolgen kann."

Schon herrscht Spannung zwischen uns. Sobald Anja einen Fehler macht, ist Feuer auf dem Dach – dem kann man nicht entkommen.

Jemand müsste ihr sagen, dass sie hässlich ist, wenn sie sich entschuldigt. Ich werde das bestimmt nicht tun. „Ein wahrer Freund ist der, der dir sagt, dass du aus dem Mund stinkst", sagte meine Großmutter immer. „Ein wahrer Freund *war* derjenige, der dir gesagt *hat,* usw.", würde ich höchstens zu meinen Enkelkindern sagen. Auf jeden Fall nähe ich nicht am Körper, ich verrichte die Arbeit, die eine Nadel erfordert, in der Abgeschiedenheit meiner Schneiderwerkstatt, würde ich gern sagen. Aber vielleicht bin ich doch keine richtige Freundin.

„Du weißt doch, dass ich dich voll gern hab", sagt sie einmal zu mir, bevor sie geht.

Das hat sie eines Tages angefangen zu sagen, und es lässt sich nichts dagegen tun. Nicht nur, dass mir der Satz als solcher lästig ist, sondern ich habe ihn auch sofort als einen Mangel an Zuneigung empfunden. Er war wie ein Knochen, den du einem Hund hinwirfst, damit er weggeht; er aber ganz fröhlich und ahnungslos. Sie hat angefangen, mir das zu sagen, damit sie es nicht beweisen muss.

*

W wie Wörter

Manchmal stört es mich, dass ich nur Wörter spreche. Ich würde gern heimliche Gedanken und Gefühle sprechen. Vielleicht lässt sich so, wenn auch noch so kurz, ein Kontakt zu den Mitmenschen herstellen. Aber wie sehr ich auch versuche, in die Tiefe zu gehen, alles, was herauskommt, wird sofort zu einem Wort.

Einmal war ich mit meinem Großvater angeln. Nur einmal – mein Großvater liebte die Stille.

Wörter sind wie Seehechte. Beim Seehecht bläst sich, wenn du ihn aus dem Wasser ziehst, die Blase an den Kiemen auf und er kann nicht mehr wegtauchen. Einen Seehecht kannst du nicht so aus dem Wasser ziehen, wie er ist – lebendig und ohne Blase. Du kannst ihn auch nicht einfach verschonen und freilassen. Alles ist irreparabel, alles ist vorbei.

*

Einmal beim Mittagessen sage ich zu Elizabeta, dass ich vorhabe, die Situation selbst in Augenschein zu nehmen, dass ich durch den Park gehen werde, vorbei an den Blumen und durch den Wald, vorbei an den Büschen und Bäumen, bis zur Stadt. Wir wollen doch mal sehen, wie grau sie in Wirklichkeit ist. Ich rede nur so, Ausgedachtes, damit zwischen den Knödeln keine Stille entsteht, bis ich sehe, dass bei Elizabeta die Augen angehen.

Bald wird sie es sein, die darüber zu reden beginnt. Bald wird sie mein Motor sein. Nicht die Chefin, nicht Puhar, wie ich dachte. Ich wollte der ihrige sein, bin aber im Leerlauf geblieben. Und gerade Liza, von der ich es am wenigsten erwartet hätte. Die Natur mit ihren Wohlgerüchen ist eine starke Kraft. Ich weiß aber nicht, inwieweit ich die an mir nützen könnte. Ich muss schon sagen, dass ich mich in meiner eigenen Haut viel wohler fühle, seit ich nicht mehr rieche. Die Seife im Ministerium überdeckt meinen Geruch nach Mensch zur Gänze, denke ich. Mamas Seifen waren allesamt hautfreundliche, natürliche, sanfte, milde Seifen, für Babys bestimmt. Die Verpackung versprach, dass es keine Tränen geben werde, es gab sogar ein Zeichen dafür: einen durchgestrichenen Tropfen. Das ist das höchste Maß an Sanftheit. Ich denke trotzdem, dass es, wenn man sie von der Welt, d.h. von den Menschen erwartet, besser ist, wenn man nicht riecht. Vermutlich wird aber meine Haut die aggressive Ministerialseife langfristig nicht gut vertragen, verwöhnt und empfindlich wie sie ist, wie die eines Babys.

Sei es, wie es wolle, mich zieht es genau genommen im Moment nirgendwohin. Beim Gedanken an die Natur rechne ich immer mit Unbequemlichkeit, vielleicht sogar mit Gefahr, bei der mich die Wohlgerüche eher wenig interessieren werden, das weiß ich schon im Voraus. Auch in der Natur wimmelt es von Wimmelndem, Schwirrendem, Schwebendem, Kriechendem; was alles das ganze Bild, das in der Vorstellung so idyllisch reglos war, unangenehm unruhig macht. Wie kann ich mich vom Grün des Waldes gefangen nehmen lassen, ohne an die roten Gelsenstiche zu denken? Wie werde ich auf der Erde liegen, die von Tausendfüßlern und Ameisen wimmelt? Elizabeta wird an mir hängen, sie wird hungrig und durstig sein, sie wird die Kantine vermissen, oder umgekehrt – ich an ihr. Eher umgekehrt.

Fürs erste werde ich ihr einfach zuhören. Sie wird einen Plan haben. Auch einen Rucksack und eine Übersichtstabelle. Ich werde schweigen oder die Dinge auf den nächsten Tag verschieben. Ich werde an Elizabetas Motor die Bremse sein.

*

Schon lange hat mich niemand mehr sanktioniert. Das empfinde ich als einen Mangel an Zuwendung. Denn schon meine Mutter hat immer gesagt: „Ich schreie mit dir, weil du mir nicht egal bist. Glaubst du, ich schreie die Leute auf der Straße an, die mir egal sind?“ Ungefähr so. Sie hat mich überzeugt, weil sie Fremde wirklich nie angeschrien hat.

Das letzte Mal hat mich die Chefin auf dem Dachgeländer sitzen sehen. Das darf man nicht. Das Dach ist schwindelerregend hoch, zwischen Geländer und Abgrund gibt es keinen Sims. Eigentlich ist es kein Geländer, sondern eine eiserne Ballettstange, die als provisorischer Schutz gegen die Angst vor einem Sturz dient. Ich schlang ein Bein um die spärlich vorhandenen senkrechten Stützen, das andere ließ sich nicht. Ich rauchte. Ich rauche so, dass ich die Zigarette nicht in die Hand nehme. Ich klemme sie zwischen die Lippen, ziehe den Rauch ein und blase ihn aus. Ich will nicht, das es mir passiert wie Anja, die zwischen Mittel- und Zeigefinger einen gelben Fleck hatte. Dieser gelbe Fleck hat mich unheimlich gestört. Meine Fleckenangst finde ich interessant, ich würde sie nur den Vollkommenen zuschreiben.

Unmittelbar bevor ich den Zigarettenstummel ausspuckte, kam meine Chefin aufs Dach. „Ich wusste nicht, dass Sie rauchen", sagte sie, während sie versuchte, sich ihre Zigarette anzuzünden. Es ging nicht. Sie schüttelte das Feuerzeug, als ob das jemals hülfe. Wenn es leer ist, ist es leer. Ich nahm mir vor, sie ihr anzuzünden. Vom Geländer schwang ich mich mit einer Rolle rückwärts herunter, die Beine über den Kopf. Über einem Abgrund geht das nicht so einfach, aber ich kenne keine Angst. Die Art von Angst, die der Körper empfindet. Ich habe immer gedacht, dass „Herzklopfen", so wie „Herzschmerz", eine sprachliche Figur ist, mit übertragener Bedeutung. Aber dann habe ich es einmal bei jemandem gesehen. Ich werde jetzt nicht über ihn reden, hier geht es um mich. Eines Tages kam mir die Theorie in den Sinn, dass bei mir das Angstzentrum im Gehirn von der Geburtszange beschädigt wurde. Ich kann mir vorstellen, dass ich Angst hatte, aus meiner Höhle zu kommen, das Hinauszögern meiner Geburt hätte auch im Einklang mit meinem Charakter gestanden, also wurde ich von denen, die meine Mutter vor dem uneinsichtigen Gast retten wollten, mit Gewalt herausgezogen. Genau genommen brauchte man gar nicht zu ziehen – es genügte der Druck mit der Zange auf das Angstzentrum unter meinem weichen Schädel, und die Angst gab nach, und damit auch die Kraft, mit der ich mich an die Gebärmutter klammerte. Und ich bin schön herausgekommen. Eine kühne These, ich weiß. Als ich meine Mutter fragte, wie die Geburt war und ob eine Zange verwendet wurde, sagte sie: „Woher weißt du das? Weshalb fragst du?“ Diese Übereinstimmung von Verdacht und Tatsachen verlieh meiner Theorie einen Anschein von Wahrheit. Aber eine Rolle auf der Stange ist eine kinderleichte Sache, die ich schon seit dem Kindergarten beherrsche. Vielleicht hätte ich sowieso keine Angst gehabt, mit gesundem Zentrum oder ohne. Es schwindelt dich nicht, wenn du die Augen schließt.

Aber ich kenne diese Angst, die der Körper nicht spürt – nichts wird feucht, nichts pocht. Diese Angst, die den Körper nicht beunruhigt, sondern lähmt, und die mich daran hindert, die Hand auszustrecken und den oberen Knopf ihrer sie erstickenden Bluse aufzumachen.

„Danke“, sagte sie ausdruckslos. Sie berührte meine Hand nicht, während ich ihr die Zigarette anzündete. Sicher war es ihr nicht recht, dass sie kein Feuer machen konnte, ich aber schon. Die Menschen lassen sich nicht gerne von jemandem helfen, den sie für schwächer halten. Ich weiß das, deshalb achte ich aufmerksam auf Fehler und Ausrutscher aller Vorgesetzten und melde mich sofort: „Kann ich helfen?“ Sie lehnen immer ab. Ich bin *hilfsbereit.*

„Den Zigarettenstummel heben Sie natürlich auf“, sagte sie auch noch. Ich weiß, dass sie das gesagt hat, um das richtige Machtverhältnis wiederherzustellen. Leider mache ich genauso Fehler wie meine Vorgesetzten, in gleichem Ausmaß vermutlich.

Mich stört, dass sie sich nicht an meiner zirkusreifen Nummer gestoßen hat, dass ihre Hand nicht gezittert hat, als sie die Zigarette an die Lippen führte, dass die schwere Seide ihrer Bluse nicht die Botschaften ihres Herzens übertragen hat.

„Ich habe ihn in den Schacht gespuckt", log ich, fügte ich meinen Zirkuskünsten hinzu. Ich hoffe, sie hat es überprüft. Auf jeden Fall war der Sieg dieses Mal mein. Glaube ich.

*

Bei der nächsten Begegnung kann ich nicht umhin zu bemerken, dass Lidijas Hintern glatt und halbkreisförmig ist wie eine Mondsichel. Ihre Kleider liegen eng an ihrem Körper an, halten ihn, zwängen ihn von allen Seiten ein. Deshalb haben sie bisher auch den Saum ihres Schlüpfers betont, der sich in ihre Pobacken eingefressen hat und den Vergleich mit einer Mondsichel unschönerweise nicht erlaubte. Bei einem unserer Kaffees letzte Woche habe ich Elizabeta erzählt, dass ich keine Höschen trage, weil ich nicht will, dass sich ihr Rand in meinen Hintern einfrisst. Und auf Elizabeta kann man sich immer verlassen, dass bei ihr alles gut aufgehoben ist, im doppelten Sinne des Wortes.

Sobald sie sich hinsetzt, frage ich sie, die Chefin, ob sie eine Katze hat. Ich habe Glück, sie hat eine (obwohl sie *ja?* sagt, mit Fragezeichen), deshalb kann ich mit dem fortfahren, was ich vorbereitet habe:

„Und wenn Sie mit ihr spielen, sind Sie sicher, dass Sie mit ihr spielen, und nicht sie mit Ihnen?"

Sie sieht mich so entsetzt an, wie ich es erwartet habe, also kann ich weitermachen:

„Montaigne zum Beispiel hat sich das gefragt."
Jetzt weiß sie nicht, was sie sagen soll – auch das habe ich erwartet, deshalb habe ich nichts vorbereitet für von hier an. Von hier an bis zum Ende wird alles reine Improvisation.

Aber dann fängt sie an zu reden, und nur sie redet, lange, alles Mögliche. Irgendwann zwischendurch streicht sie mir eine Locke aus den Augen und klemmt sie mir hinters Ohr, und am Ende, bei ihrer Zusammenfassung, fasst sie mir ans Knie.

*

Ich sage es Puhar. Weshalb, frage ich mich nicht.

Ich halte ihn im Korridor an und er schiebt mich in sein Büro, vermutlich deshalb, damit ich nicht in der falschen Abteilung gesehen werde. Er setzt sich in den Sessel und schlägt die Beine übereinander, und ich stehe vor ihm und petze.

„Das jetzt sage ich Ihnen nur, weil Sie nicht mehr in meine Zuständigkeit fallen", verkündet er, als ich fertig bin. „Doktor Kranjc hat uns verboten, Ihnen reinen Wein einzuschenken. Für wichtige Angelegenheiten mussten wir sogar das Sitzungszimmer wechseln, wegen des Rohrs, das in der Damentoilette überträgt."
An dieser Stelle werde ich vermutlich rot, denn er fährt fort:
„Ihr Erröten werde ich nicht mit mir in Verbindung bringen. Wie auch immer, meine zutiefst fachliche Überzeugung war seit jeher ..."

„Zutiefst fachlich“, lächle ich über die unglückliche Verbindung, das Fleisch ist schwach.

„Es war schon immer so, dass Sie außer Carnalischem eher wenig interessiert hat.“

„Bitte?“

„Unvergleichlich mehr als Ihre Kollegen, jetzt oder wann immer in der Geschichte der Einrichtung, würde ich zu behaupten wagen, werden Sie in Ihren Handlungen von der Fleischeslust geleitet.“

„Bitte?“

„Was verstehen Sie nicht? Es könnte kaum deutlicher sein. Alles das würde ich Ihnen auch gar nicht sagen, wenn Sie nicht vor mir in dem stünden, was einem Nachthemd unangemessen ähnlich sieht, in einem Grätschschritt, der unangemessen breit ist.“

Dabei setze ich mich, ohne es zu wollen, auch selbst in den Sessel und schlage die Beine übereinander.

„Das ist Ihre Sichtweise, die mehr über Sie aussagt als über mich“, verteidige ich mich. „Wie Sie schon selbst sagten, denken Sie nicht, ich wüsste nicht, wen Sie zitieren, Watts war es, die Welt ist ein Rorschach-Fleck, der mehr aussagt über ...“

„Watts kenne ich nicht. Sie werden erkennen, mit den Jahren, dass viele Menschen dieselben Ideen haben, dieselben Worte benutzen, mit denen sie sie ausdrücken, weil wir uns ziemlich ähnlich sind, wissen Sie.“

„Nur, dass manche Menschen eine ausgeprägtere carnale“, dabei zeige ich auf mich und lege mir unwillkürlich die Hand auf die Brust, „andere wiederum eine ausgeprägtere intellektuelle Komponente haben“, ich zeige auf ihn.

„So ist es.“

„Und dass Sie Watts nicht kennen, beeinträchtigt Sie nicht bei Ihrer Selbstkategorisierung?“

„Lassen Sie mich raten, warum Sie ihn kennen. Sie haben gesehen, dass ihn der Mann gelesen hat, den Sie begehrten.“

Ich sage nichts, obwohl *qui tacet* etc., beim besten Willen kann ich nichts zu einem Gedanken zusammenzwingen.

„Ich weiß, dass Sie gebildet sind und dass Sie fünf Sprachen können. Aber es waren fünf Sprecher dieser Sprachen, die Sie im fleischlichen Sinne interessiert haben, habe ich recht?“

Und ich fange an zu lachen, in meiner Überzeugung wegen des unaufhörlichen Gebrauchs von Fleisch und Fleischlichem, in Puhars Überzeugung hingegen sicherlich aus Unbehagen angesichts der Wahrheit.

„Die Tatsache, dass Sie Ihr Gedächtnis, nennen wir es mal *Ihren Verstand*, um nicht nur unverschämt zu sein, als Werkzeug benutzen, besagt nichts über Ihre Motivation.“

Das genügt mir völlig.

„Wenn Sie zum Kloputzen einen goldenen Besen benutzen …“, ruft er noch hinter mir her.

*

C wie carnal, schreibe ich am Abend.

Ich habe ein Gefühl, das ich nicht übermäßig in Worte umwandeln möchte, dass Puhar recht hat. Seit mir klar geworden ist, dass Ježens Interesse für mich nicht … carnal ist, was wohl die *conditio sine qua non* für *mein* carnales Interesse ist, ist mir in seiner Gesellschaft noch schneller langweilig.

Er zieht seine Geschichten in die Länge, schleicht um die Pointe herum wie eine Katze um den heißen Brei und wiederholt das Ganze noch als Zugabe. Sogar die Schmeicheleien, die von Zeit zu Zeit kommen und mir bisher immer so gutgetan haben, lassen mich kalt. „Ihre Schönheit ist zeitlos", sagte er einmal – das Schönste, was ich mir je ausgedacht habe, aber nichts. Es war ohne Feuer in den Augen gesagt.

*

Lidijas Haar ist plötzlich wieder glatt, ihre Lippen sind blass. Sie ist zurückhaltend, das ist offensichtlich, und die Zurückhaltung unterstreicht sie durch die gerade Haltung des Oberkörpers in der Horizontalen und die gerade Haltung der Lippen in der Vertikalen. Sie ist bis zum Hals zugeknöpft, nur darin ist sie mir noch ähnlich. Als ich sie kennenlernte, war ihr letzter Knopf so tief, dass die Linie zwischen ihren Brüsten in der Vertikalen deutlich zu sehen war, erinnere ich mich. Ich vermute sofort, dass mich Puhar verpetzt hat.

Es amüsiert sich meine Muse
wenn sie Netze flicht
doch bleibt die weiße Bluse
zugeknöpft für mich

kritzele ich hin, bevor sie mir über die Schulter schauen kommt, ob ich schön der Reihe nach an C dran bin.

Sie schmunzelt kein bisschen. Mich interessiert, ob es Sanktionen fürs Petzen gibt, und wenn ja, welche.

„Mein Vorschlag wäre, dass Sie aufhören, Recht durch Verpetzen zu suchen ...", beginnt sie, hinter meinem Rücken stehend.

Ich erstarre und warte auf die Fortsetzung.

„Vielleicht hat man Sie deshalb in der Schule nicht gemocht?"

„Die Lehrer mochten mich, weil ich überall ausgezeichnet war", protestiere ich, mir meines kindischen Benehmens bewusst. (Es hervorhebend?) Ich drehe mich nicht um.

„Sie werden erkennen, dass das Leben in gewissem Maße immer ungerecht ist. Das Konzept der Gerechtigkeit ist eine menschliche Erfindung, und zwar keine besonders geglückte. Ähnlich verunglückt, wie Ihnen allmählich auch Freundschaft und Liebe vorkommen werden, beispielsweise. Es wäre nicht schlecht, wenn Sie sich von dem Gefühl befreien könnten, dass bestimmte ausgedachte Dinge Ihnen zustehen. Dort draußen in der Welt wird es keine Instanzen geben, wie Puhar eine ist, zu denen der Mensch gehen kann, um sich über alles zu beklagen, dem er nicht gewachsen ist. Natürlich stehen uns die Gerichte zur Verfügung, aber Ihre Probleme werden alles andere als juridischer Natur sein. Je schneller Sie sich daran gewöhnen, desto besser für Sie."

Am Geräusch ihrer Absätze auf dem Boden erkannte ich, dass sie gegangen war.

*

G wie Gewöhnung

Alles ist eine Frage der Gewöhnung. Wenn du auf die Welt kommst, ist alles zu laut, aber alle, die schon länger auf der Welt sind, lange genug, um sich an den Lärm gewöhnt zu haben, also leicht ertaubt sind, nehmen keine Rücksicht auf dich, auf dein frisches, empfindliches Gehör, das bereit ist, alles zu akzeptieren, vom Flügelschlag eines Vogels bis zum Rascheln des Rocks deiner Mutter, und so sind sie nicht bereit, irgendetwas leise zu stellen, nur dich. „Schrei nicht", sagen sie. Du musst dich an alles gewöhnen.

Und das wirst du, die Gewöhnung wartet hinter jeder Ecke auf dich. Du gewöhnst dich daran, dass dir Unbekannte im Park die Wange streicheln und sanft sagen: „Was für ein niedlicher Junge!", obwohl du ein Mädchen bist. Aber wenigstens sind sie freundlich, alle, bis sie es eines Tages nicht sind. Sie rollen mit den Augen und sagen: „Sie ist in dieser schwierigen Periode", die nicht zuletzt deshalb schwierig ist, weil du dich daran gewöhnen musst, dass du plötzlich nicht mehr niedlich bist, obwohl du derselbe bist.

Du gewöhnst dich daran, dass du in dieser schwierigen Periode bist, wo dich alles ablehnt, so wie du vorher, als du noch niedlich warst, alles abgelehnt hast – den Lärm und das Essen und die Zähne. Und das akzeptierst du und widmest dich verbissen einer Sache, die immer spielbereit ist, die sich dir öffnet, wann immer du Lust kriegst, und die zuverlässig immer auf die gleiche Weise reagiert, sagen wir einem Klavier, dann bist du eine Zeit lang begabt und lobenswert. Dessen ungewohnt blickst du beschämt zu Boden, du weißt nicht, wie du richtig reagieren sollst, damit du nicht wieder als überheblich abgestempelt wirst, und du wirst als übertrieben schüchtern abgestempelt. Außerdem weißt du, dass die Musiklehrerin nicht zufrieden wäre, und dass nur alle anderen Leute zufrieden sind, die die fehlenden Töne nicht bemerken.

Du gewöhnst dich daran, wie deine Altersgenossen auf dich reagieren, immer mehr oder weniger gleich, mehr oder weniger zuverlässig wie ein Klavier, nur ohne deinen Einfluss. Du bist der Ton, nicht der Finger. Summend, nicht spielend. Ach, wenn du doch nur der Finger wärst.

Du gewöhnst dich auch an die Grenzen des Möglichen, und die Erwartungen schrumpfen wie eine in der Maschine gewaschene Wolljacke. Vieles Mögliche erweist sich als unmöglich, und selbst das Mögliche ist weit weniger wahrscheinlich als das Wahrscheinliche. So gewöhnst du dich an das Gewöhnliche. Die Fantasie bleibt von da an lieber in der dunkelsten Ecke des Kopfes gefangen, anstatt sich in einem zu kleinen Jäckchen gefangen zu zeigen, mit entblößtem Bauch, für alle zum Lachen.

Du musst dich auch an die Veränderung gewöhnen. Das heißt: Des Gewöhnens ist kein Ende, ja, Gewöhnung wird nie als Gelassenheit, als glückseliger Frieden erkennbar sein, nein.

*

Während des Mittagessens hält es die Chefin für nötig, in einem scheinbar lockeren Gespräch mit mir und Elizabeta zu erwähnen, dass Frauen sie nie interessiert haben.

„Einmal haben Sie mir gesagt …“, beginne ich.

„Im carnalen Sinne“, unterbricht sie mich.

Sehr schön hat sich das Wort im Ministerium eingebürgert.

„Und Sie, haben Sie mal eine interessiert?“, frage ich.

„Ein paar waren es schon“, antwortet sie.

Ich nehme an, dass sie lügt. Ich nehme an, dass sie sich seit jeher abends in ein Geparden- oder Tigermuster wirft; die Absätze lang und scharf wie Hauer, das Haar zum Pferdeschwanz gebunden, der BH betont ihre Brustweite, auf den Wangen Kriegsbemalung ... Und dann setzt sie sich mit einer Freundin an den Tisch, bestellt ein Frauengetränk und wartet, wartet auf einen Mann. Sie muss so ein Jahrgang sein, dass nur Männer sie umflogen haben, wie man es ihnen im Kindergarten beigebracht hat, und sie denkt, dass ihr nur Männer gefallen. Das alles sage ich aber nicht. „Das Einzige, was dich anzieht, ist fremde Begierde nach dir", möchte ich anmerken. Aber bin still, wie es mir im Kindergarten beigebracht wurde. Ich sehe sie an, bis sie verlegen wird. Es ist sehr gut möglich, dass ich mich komplett irre.

*

Ich will raus. Damit meine ich, in den Garten, nirgendwo außerhalb des Zauns des Ministeriums, nur raus aus der Kantine und weg von den Menschen.

Lange stehe ich irgendwo weit entfernt.

Die Bienen beginnen mich mit ihrem Gemurmel allmählich zu beruhigen wie das Krisseln des Fernsehers.

Ein Zweig.

Ein Spross sprießt, ohne Spur von Zynismus, ohne jeden Sarkasmus, unschuldig und unapologetisch, sodass man aus Respekt den Wunsch zügelt, ihn vom Zweig abzubeißen.

Ein solches Maß an Respekt ist für mich keine Selbstverständlichkeit. Bei allem Guten und Schönen überschreite ich rasch die Grenze, ich habe nie genug, auch im Überfluss will ich bis an den Rand der Enttäuschung. So denke ich mir das, weil ich es mir wünsche, aber wahr ist es nicht. Ich denke und wünsche es mir, während ich weiterhin regungslos dastehe. Ich atme nur die Gerüche ein und nehme niemandem etwas weg. Mir geht es gut.

Ich frage mich, ob der Geruch erhalten bleibt, wenn er durch mich hindurchgeht, ob auch meine tiefen Ausatmungen nach Frühling und Blumen, nach Trieben und Vogelflaum und leeren Eiern, nach warmem Nest und umgegrabener Erde, nach Bienenpelz und jungem Wild duften.

Das will mir alles in Ordnung scheinen.

Ich kann nicht mehr stehen, und so lege ich mich auf die Erde und rieche weiter, Erde und Gras, so von nahem und so stark, dass mir etwas davon meine Atemwege verschließen und mein Genießen unterbrechen könnte, aber es passiert nicht, es passiert nicht. Mein erstes Genießen in der Natur. Ich verstehe sie, ich fühle mich eins mit Elizabeta.

Aber es vergeht ein einziger Moment und schon scheint mir, dass überhaupt nichts in Ordnung ist, dass Puhars Meinung inakzeptabel ist. Fleisch ist nicht mein Motor. Ich habe mehrere, viele. Schon möglich, dass sie alle schlecht sind, aber sie sind gleichwertig. Schnellen Schrittes, was mir nie zu eigen war, suche ich Elizabeta auf und sage zu ihr:

„Ich gehe nächsten Montag um elf Uhr abends. Wenn du mitkommen willst, gut, wenn nicht, auch gut."

So, jetzt ist es gesagt. Langsam gehe ich weg.

*

Es war ein Bluff, natürlich. Wir werden gehen, wenn sie kommt, wenn nicht, dann nicht. Ich werde mich nicht schämen zu bleiben, nicht vor Liza.

Den ganzen Rest der Woche frage ich mich, was wahrscheinlicher ist. Sie ist brav, ich könnte sie nie zum Ungehorsam in der Winterzeit bewegen, der dunklen und septischen, die alle Wohlgerüche einfriert – das weiß ich. Aber die Tabelle sagt mir, dass sie vielleicht kommt.

Ich frage mich, was mir lieber wäre – dass sie kommt oder dass sie nicht kommt.

Ich frage mich, warum ich selbst in meinen Augenblicksentschluss eine Woche Aufschub einbezogen habe.

Plötzlich kommt mir in blendender Klarheit der Gedanke, dass mich jeder, von dem ich bemerkt werden möchte, mit Sicherheit bemerken wird, wenn ich verschwunden sein werde. Es gibt Dinge, deren Abwesenheit stärker ist als ihre Anwesenheit, und zu denen muss ich gehören. So war es auch mit meiner stillen Schwester, die alles durchdrang, was sie jemals anrührte, und die das Einzige wurde, was uns jemals widerfahren ist, als sie uns verließ. Nur erwähnt wurde sie nie wieder. Ich werde jetzt mit Elizabeta auf eine Weise verschwinden, dass wir beide unaufhörlich erwähnt werden. Rita und Elizabeta. Ich werde an erster Stelle sein, denn mein Name ist kürzer. Das ist angeblich die Regel, dass der kürzere immer zuerst kommt. Rita und Elizabeta sind immer noch nicht da? Irgendeine Spur von Rita und Elizabeta?

*

Am Montag, genau um elf, kommt mein kleiner Motor.

„Du bist früh", behaupte ich, um zu erklären, warum ich meinen Rucksack noch nicht fertig gepackt habe.

Am leichtesten lüge ich bei Fakten, auch wenn sie am leichtesten zu überprüfen sind. Sie versteht meine Mechanismen natürlich nicht und zeigt mir, ganz pflichteifrig und präzise, wie sie ist, ihre Uhr.

„Oh", sage ich und beeile mich.

Ich bin schlecht vorbereitet, ich bin unvorbereitet. Zum Glück habe ich auf dem Tisch Brot zum Trocknen liegen, das mir vor Elizabeta den Anschein des Bereitseins verschafft. Ich tue es zusammen mit etwas Wäsche und der Zahnbürste in den Rucksack. Zur Abwechslung nicht erst später, sondern im selben Moment wird mir bewusst, dass der Unterschied zwischen Bereitsein und Nichtbereitsein in meinem Leben nie geringer war. Was das bedeutet, weiß ich nicht – vielleicht werde ich es später erfahren.

Die Türen des Ministeriums sind abends geschlossen, aber von 2F kann man wie im Film an vier Bettlaken aus dem Fenster. Weil es in einem Film war, in dem eine Sekretärin und ein Geheimagent vorkommen, widersetzt sich sogar Elizabeta nicht. Sie ist zu allem bereit, was jemals in einem Film war.

Sie ist geschickter, als ich erwartet habe. Sie hat kräftige Arme. Sie lässt sich am Bettlaken runter wie ein Affe. Ich klemme mir das Laken zwischen die Oberschenkel und rutsche hinunter, ziemlich langsam, mit ungeschickten Unterbrechungen. Hoffentlich wurde mit diesem Abstieg nicht bereits ein Machtverhältnis begründet, denke ich bei mir und wundere mich dann sofort, dass ich stärker sein möchte als Liza, ihr Führer –

ich, mit kaputtem Motor, von Anfang an von anderen abhängig –, was das Überleben angeht. Ich überlasse den Gedanken sich selbst und er wird von einem anderen verdrängt: Mich stört, dass wir die Laken als deutliches Zeichen der Flucht hängen lassen müssen. Andere Deutungen unserer Abwesenheit werden sie nicht zulassen. „Unsere Abwesenheit", sage ich. In dieses schöne Loch kreise ich uns ein, mich und dieses schön duftende Weibchen, mit dem ich ansonsten nichts gemein habe.

Schnell gehen wir in Richtung Wald. Am Anfang halten wir uns an die Schatten der Straßenlampen, wenn keine mehr da sind, Lampen, können wir geradeaus gehen. Geleitet vom Mond. Ich finde es interessant, dass der Mensch nachts eigentlich keine Lampe braucht. Er glaubt, dass er eine brauchen wird, weil er sie im Film gesehen hat. Aber im Film müssen sie sie wegen der Zuschauer verwenden, damit auch die etwas sehen. Wenn der Mensch nicht auf den Zuschauer abzielt, wenn er niemanden anspricht, ist alles einfacher.

Am Waldrand äußert Liza den Wunsch nach einer Pause. Sie würde gern ihr Sandwich essen, sagt sie. Wie ein Kind – fünf Minuten nach dem Losgehen macht sie sich an die Vorräte. Sie zieht etwas zu essen aus dem Rucksack, das in weißes A4-Papier eingewickelt ist. Sie sagt, es handele sich um ein Hühnersandwich. Sie hat das Hähnchen, das fast jeden Tag in der Kantine zur Wahl steht, übrig gelassen und es, eingewickelt in A4-Papier, mit in ihr Büro genommen. Am letzten Tag hat sie zehn Scheiben Brot genommen, um zwischen ihnen den Vogel einzuklemmen. Sie hat fünf solche Sandwiches.

Ich sehe ihr zu, wie sie isst. Ich weiß, dass sie mir nicht zusieht, wie ich ihr zusehe – ihr Blick ist abwesend. Anwesend ist nur ihr Körper, sie selbst ist ganz in dem Sandwich, beim Fleisch, ihm gibt sie sich ganz hin. Ich stelle mir vor, wie sie etwas probiert, was ihre Palette an Geruchs- und Geschmackserfahrungen bereichert; sie beurteilt, klassifiziert, empfindet. Vielleicht genießt sie, obwohl sie vernünftigerweise mit dem ältesten Hühnchen begonnen hat. So hat sie mir gesagt, aber später werde ich berechtigten Grund zum Zweifeln haben.

Ich beneide sie um die Fähigkeit, sich einem Hühnchen hinzugeben, so total. Mich berühren Formen, Farben, Gerüche und Geschmäcker nur flüchtig, wenn sie vorübergehen, wie Fremde in einem überfüllten Bus. Deshalb bin ich wohl auch so mager. Aber die Menschen saugen mich ein und ich widme mich ihnen ganz. Ja, auch Fremden im Bus, meine Vergleiche sind manchmal schwach. Ich starre die Menschen an, die der Zufall vor mich hingepflanzt hat, und schließe aus den Falten ihrer Haut und ihrer Kleidung auf den Inhalt ihres Koffers, ihrer Handtasche, ihres Rucksacks, ihrer Wohnung, ihrer Gedanken. Ob ich recht habe oder nicht, ist völlig egal. Aber ich habe öfter recht, als ihnen lieb ist.

Allem, was nicht Mensch ist, kann ich mich nur widmen, wenn keine Menschen an meiner Seite sind. Vielleicht verpasse ich an Elizabetas Seite viel. Ich frage mich, ob sie objektiv gesehen mehr oder weniger Aufmerksamkeit verdient als ein Sonnenaufgang. Ich frage mich, ob ihre Beschreibung des Geruchs des Bärlauchs objektiv gesehen mehr oder weniger wert ist als der Geruch des Bärlauchs. Als ob eine objektive Betrachtung möglich wäre.

Natürlich endet das Ganze sofort. Sofort nachdem sie ihr Sandwich gegessen hat, gesteht Elizabeta, dass sie

Angst hat, den Wald zu betreten. Ich kreuze die Arme zu Hühnerflügeln, bewege sie auf und ab, als würde ein Huhn aufflattern, und gackere. Das ist das Einzige, was mir dazu einfällt, so mache ich mich über ihre Angst lustig. Aber ihr ist das egal. Es ist ärgerlich, wenn der Mensch so gleichgültig ist, dann ist es schwer, ihn zu was auch immer zu bringen. Die Karotte gehört für Elizabeta zu den wohlriechenden Dingen, das Stöckchen ist offensichtlich die Dunkelheit des Waldes. Wenn ich sage: „Stell dir vor, wie schön es im Wald duftet", verschmelzen Stöckchen und Karotte in eins. Ich verstehe, dass es keinen Menschen gibt, der am Stöckchen nagen will oder Angst hat, mit der Karotte den Hintern versohlt zu kriegen. Ich müsste eine Taschenlampe haben, damit es wie im Film wäre – dann würde sie mir folgen. Auf jeden Fall hätte ich besser planen müssen. Wären wir während des Mittagessens zum Wald gegangen, hätte es niemand bemerkt, alle hätten sich dem Essen gewidmet, werfe ich mir vor. Der Duft des Waldes hätte sie in sich hineingesaugt, und wenn wir mitten drin gewesen wären, hätte sich die Dunkelheit herniedergesenkt. Und dann wäre es kinderleicht gewesen, sie zu überzeugen, dass es egal ist, in welche Richtung wir gehen. Oder wir hätten auf einen Baum klettern und auf den Tag warten können.

Aber Elizabeta würde das Mittagessen nicht versäumen wollen, tröste ich mich. Sie sieht schon morgens immer auf dem Anschlagbrett nach, was es zum Mittagessen gibt, und freut sich dann den ganzen Vormittag. So tröste ich mich. Das ist meine Form des Trostes: mir selbst einzureden, dass es nicht besser sein könnte. Das kann ich wirklich. Ich brauche mir nie einen Fehler einzugestehen, so überzeugt, wie ich sein kann, dass die Dinge in jedem Fall ungünstig gelaufen wären.

Sie kann auch an den Laken hinaufklettern, die blöde Kuh, stellt sich heraus. Ich versuche es nicht einmal, ich jammere, dass ich es nicht kann, und lasse mich von ihr zur Strafe für alles hinaufziehen. Wir gehen um ein Uhr nachts schlafen, als wäre nichts gewesen.

Du bist ein seltsamer Motor, Elizabeta. Du hast mich aufgezogen wie ein Spielzeug, das eine Weile sinnlos auf der Stelle hüpft, bevor es sinnlos aufhört.

*

Am nächsten Tag lasse ich mich krankschreiben. Die Chefin ist wie gewöhnlich misstrauisch, wenn sich jemand krankmeldet. „Rita sagt, dass sie heute krank sei“, wird sie herumreden, niemals „Rita ist heute krank“. Wenn sie denkt, dass ich mich vor der Arbeit drücke, stellt sie sich in ein schlechtes Licht, denn sie gibt damit zu, dass sie Arbeit als lästige Pflicht ansieht, der man aus dem Weg gehen sollte, und nicht als Notwendigkeit, die unserem Leben einen Sinn gibt, habe ich zu ihr gesagt, als sie fragte, was ich denn wohl habe. Nur weniger deutlich, eher stotternd habe ich den Gedanken formuliert. Vielleicht ist ihr sogar der Sinn entgangen, ihrer Reaktion konnte ich nichts anderes mit Sicherheit entnehmen, als dass ich ihr auf die Nerven gehe.

*

Wir haben eine Konferenz. Ich muss den Semesterbericht vorstellen. Ich mache ihn in einer Nacht. Zwar bin ich weniger nervös, als ich es wäre, wenn ich gut vorbereitet wäre, aber mein Auftritt ist niederschmetternd. Ich habe mich immer auf das Glück verlassen, dass es mich im letzten Moment aus der Patsche retten wird, auch wenn es mir so selten gelächelt hat. Überraschend ist dieses blinde Glückvertrauen auch deshalb, weil ich generell so misstrauisch bin. Von Natur aus, würde ich sagen. Und auch dieses Mal hat es mich nicht gerettet. Selbst bei Dingen, die ich weiß, lag ich falsch. Ich habe sogar „Minister für Raumfahrt“ gesagt, ich weiß nicht, wie mir das entwischt ist, wo es entstanden ist. Die Chefin korrigierte mich mit größtem Vergnügen: „Minister für Verkehr und Kommunikation, meinen Sie?“ Das „und Kommunikation“ war völlig unnötig, wir sagen immer „für Verkehr“, sie wollte nur ihren Genuss damit verlängern. Ich finde allerdings zwei Dinge interessant:

- Trotz des Genusses, den ich ihr ermöglichte, wusste ich, dass ihre Neigung zu mir deshalb um nichts größer werden würde.
- Dass sie sich dem Genuss so rückhaltlos überlassen hat. Dass ihr nicht die Sorge zu eigen ist, sie könnte als schlechte Mentorin angesehen werden, die nur selten mit ihrer Schutzbefohlenen über den Minister für Verkehr spricht.

Wenn ich mich beobachte, sehe ich, dass ich meinen Groll wieder von mir auf meine Vorgesetzte lenke. Puhar ist es zuerst aufgefallen, dass ich das gerne mache. Ihm ist auch aufgefallen, dass ich immer zu spät anfange, mich auf die Dinge vorzubereiten, dass ich immer schlecht vorbereitet bin. Er war nicht der erste, dem das aufgefallen ist. Meiner Lehrerin in der ersten Klasse ist das schon aufgefallen. Sie hatte uns ein halbes Jahr Zeit gegeben, ein Herbarium anzulegen. Die braven Mädchen mit dem vorbildlichen Benehmen brachten ein Heft mit Dutzenden getrockneten, blassen, ja farblosen Wiesenblumen mit, wo sie dem hübsch geschriebenen Namen in Klammern noch den lateinischen Namen hinzugefügt hatten, darunter dann das Datum, das jedes Mal, viele Male ein anderes war. Mein Herbarium war voller bunter Blumen, die ich am Vorabend im Garten ausgerupft hatte, und meine Mutter musste zur Sprechstunde kommen.

Aber seit der ersten Klasse sind so und so viele Jahre vergangen, und Puhar ist zurecht überrascht, dass ich, nach so viel Übung, meine mangelnde Vorbereitung nicht besser kaschieren kann. Dass alles vor Frische strotzt, dass alles mit Erde verschmiert ist. Wenn er kaschieren sagt, fügt er erklärend hinzu: überspielen. Immer erklärt er mit deutschen Wörtern, obwohl nur wenige seiner Kollegen und Untergebenen Deutsch können. Die Erklärung dient nicht der Klarstellung, die Erklärung ist eine Maske. Puhar muss sich (dezent, gebe ich zu) als Experte für Freud und die deutschen Philosophen maskieren, damit seine Thesen halten. Die Namen der großen Denker erwähnt er selten, er ist dezent. Er hat schönes Haar.

„Und weshalb habe ich in der Schule überall so gute Noten gehabt, wenn ich meine mangelnde Vorbereitung so schlecht kaschiere?", frage ich ihn.

Ich versuche, die Dreistigkeit des Satzes mit tiefer, langsamer Gleichgültigkeit in der Stimme zu korrigieren. Es geht mir lediglich um den Ausdruck des Zweifels an seiner Einschätzung meiner Verhaltensmuster.

„Hattest du wirklich gute Noten?", fragt er zweifelnd, der Fuchs.

Ich erzähle den Leuten, dass ich gute Noten hatte, und sie glauben mir, weil ich klug bin und einen Oberlippenbart habe. Was sollte ein kluges, schlecht gekleidetes Mädchen mit Oberlippenbart anderes haben als gute Noten? Aber meine waren in Wirklichkeit durchschnittlich. Woher Puhars Zweifel, frage ich mich. Haben sie ihm meine Zeugnisse geschickt, frage ich mich. Ich finde nicht die Worte, die hinreichend betonen würden, wie sehr es mich stört, dass sich nichts auf der Welt auf die Schnelle aufklären lässt. Wenn du damit anfängst, wird alles noch unklarer. Ja, das Einzige, von dem ich überzeugt bin, ist, dass die Wahrheit ein morastiger See ist und dass du, wenn du mal den Grund klar sehen willst, aufhören musst, mit der eigenen Hand sauber machen zu wollen, und dass du dann lange, lange warten muss, bis sich alles gesetzt hat.

„Ich weiß nicht, ob Sie sich den Mitarbeitern der anderen Abteilungen so sehr widmen müssen – wie steht es damit?“

Ich fürchte, meine Zurückweisung ist regressiv. Kindisch. Wer weiß, was er darüber denkt.

*

Ich habe ein neues Projekt. Ich weiß, dass mein Motor nicht von der Art ist, die bei der Geburt anspringt und dann mit achtstündigem nächtlichem Batterieladen gleichmäßig läuft. Ich springe eben schwer an, brauche lange zum Laden, muss viel angeschoben werden, aber von Zeit zu Zeit mache ich doch einen Sprung. Manchmal kommt man in drei, vier Sprüngen an den richtigen Ort, der schöner ist als der, der meilenweit weg ist.

Die Chefin hat mir erlaubt, einen Zirkel zu gründen. Ich kann nicht sagen, dass sie es gern getan hat, aber ihr ist nichts eingefallen, warum sie es mir hätte verbieten können. Möglich ist auch, dass sie dachte, dass mich ein Verbot noch mehr antreiben würde und dass es mit Erlaubnis nach dem zweiten Schub wieder vorbei sei.

„Einen Zirkel zu leiten ist keine Kleinigkeit“, murmelte sie ermunternd, während sie die Einverständniserklärung unterschrieb.

„Ich würde Sie ja einladen, sich anzuschließen, aber Zirkel sind für Untergebene bestimmt, es tut mir leid“, sagte ich beim Weggehen, um sie zu ärgern.

Dass sie nicht die Absicht hatte, sich anzuschließen, ist ein Satz, den ich ihr in den Mund gelegt habe – ein unmöglicher Satz, der hartnäckig herausdrängt, es aber nicht darf, jeder kluge Mensch wird ihn letzten Endes doch zähmen. Aber Zähmen ist keine Kleinigkeit.

Mehrere Tage, viele Tage lang, habe ich überlegt, wie mein Zirkel geartet sein soll. Ich möchte sein Leiter sein, ohne Angst, dass mir jemand den Stuhl unterm Hintern wegzieht, deshalb muss er einem Thema gewidmet sein, bei dem ich die Beste bin. Besser als alle anderen, will ich sagen, und zugleich gut. Es genügt den Menschen nicht, dass ihr Leiter nur besser ist als sie, das weiß ich. Er muss gut sein.

Früher habe ich mich viel mit Papierfalten beschäftigt, aber meine Ungeschicklichkeit und Ungeduld habe ich nie richtig überwunden. Ich weiß zwar auswendig, wie man faltet, ich kann viele Tiere auswendig, Knick um Knick, und vier Arten Blumen, aber ich kann es nicht zeigen, also wird das nichts. Schade, denn es gibt wirklich keine besseren Bedingungen für Origami als ein Ministerium, wo sie uns täglich mit frischem Papier versorgen.

Ich habe viel gelesen, bestimmt am meisten von allen Mitarbeitern, aber einen Lesezirkel will ich nicht, denn jeder kann mindestens von der ersten Klasse an lesen. Und die Menschen verlieren schnell ihre Lust, wenn sie in einer Sache keine Herausforderung sehen. Wenn aber die Herausforderung zu groß ist, können sie einfach sagen, „es hat mir nicht gefallen", und beteiligen sich nicht am Gespräch, ohne sich wenigstens ein bisschen schlecht in ihrer Haut zu fühlen. Oder sie sind sogar stolz darauf, bespucken es unaufhörlich und prahlen damit, dass es ihnen nicht gefallen hat, ohne sich wenigstens ein bisschen schlecht in ihrer Haut zu fühlen. Sie glauben, sie dürfen, weil sie in die Grundschule gegangen sind und ihnen die Tür zur Bibliothek immer offen steht.

Ich entscheide mich also für Yoga. Yoga ist modern, „Yoga ist uralt, Yoga wirkt beruhigend, baut Stress ab und hat sicher positiven Einfluss sowohl auf das Befinden der Mitarbeiter wie auf ihre Leistung", sage ich zur Chefin, als ich ihr die Idee vorstelle, in einer weit geöffneten Lotusblüte sitzend. Mit Daumen und Zeigefinger mache ich Ringe wie der Koch in der Vegeta-Werbung – ich bin die Ruhe in Person.

Mit Yoga habe ich mich zwar nie beschäftigt, aber gelenkig bin ich wie eine Schlange, schon von klein auf. „Hypermobilitätssyndrom", sagte der Arzt – keiner der Teilnehmer wird zu mir sagen können: „Das könnte ich auch." Und jeden Morgen habe ich meiner Mutter zugesehen, wie sie sich so beruhigt hat, während ich am Tisch saß und Kaffee trank, schon seit ich zwölf war, damit der mich wenigstens ein bisschen in Schwung bringt.

*

Sonst wäre es mir egal gewesen, aber unter den Blicken der Chefin mache ich mir Sorgen, dass niemand zu meiner Stunde kommt. Ich habe ein Plakat und mehrere Flugblätter gemacht, was nicht schwer war, weil wir jeden Tag frisches Papier bekommen. Ich erwarte einen Misserfolg, weil ich das Gefühl habe, die Kollegen haben einen gewissen Vorbehalt gegen mich. Manchmal ertappe ich sie in der Kantine, wie sie mich argwöhnisch beäugen. Ertappt schauen sie schnell weg und versenken sich wieder in ihre Suppe. Aus diesem rasch abgekehrten Blick schließe ich, dass sie ertappt wurden und dass sie mich vorher argwöhnisch beäugt haben. Wenn ich allein sitze, setzt sich nur selten jemand zu mir. Das sagt mir zu. Wenn nicht, setze ich mich zu Elizabeta, die nie sagt „nein, hier ist besetzt“, immer „ja, hier ist frei“. Elizabeta haben alle gern. Ich beschließe, mich wieder an sie zu hängen – rasch habe ich ihr alles verziehen. Ich biete ihr die Mitwirkung beim Zirkel an. Ich erkläre ihr das Konzept und frage sie, ob sie bereit wäre, „die Düfte zu übernehmen“, so sage ich, und schon ist sie ganz Ohr. „Ätherische Öle und Weihrauch“, sage ich langsam und lasse die Worte aus meinem Mund tropfen. Elizabeta sagt zu. Ich hoffe, dass damit auch für ausreichend Anwesende gesorgt ist.

Und tatsächlich, noch am selben Tag höre ich sie Frau Lah einladen, sie solle „zu den Düften“ kommen, die „im Rahmen des Yoga“ dann und dann „stattfinden“ werden. Sie hat auch neue Flugblätter gemacht, einladender als meine. Sie hat das Papier parfümiert. Mir ist alles recht, ich ermahne sie nur, sie nicht der Chefin zu zeigen – Zirkel sind nicht für Vorgesetzte, so steht es in den Statuten, erinnere ich sie.

*

Und ich fange langsam an, ein wenig zu bedauern, dass ich etwas leite. Eine Woche und ein Tag vergehen in Erwartung des Dienstags. Wann immer mich im Garten für einen Augenblick die Freiheit überkommt, denke ich an Dienstag. Es ist mir eine Last. Allerdings hätte ich Lidija auf keinen Fall meine Niederlage gegönnt.

Ich denke daran, wie es sein wird, wenn es Dienstag ist und Leute da sind, und mir wird bewusst, dass keine Vorstellung in meinem Kopf, auch wenn ich ihrer tausend am Tag habe, mit dem, was wird, übereinstimmen kann. Elizabeta kündigt an, dass „wir" zwischen fünf und zehn Personen erwarten dürfen.

Am Dienstag um 18 Uhr sind tatsächlich fünf Personen zu meiner Stunde gekommen. Vier Frauen und Jež, der mich seiner Unterstützung versichert und mir einen Gefallen tut. Ich hatte vergessen, dass Männer nicht gelenkig sind und dass sie dieser Mangel wenig kümmert.

„Es freut mich, dass Sie sich entschlossen haben, Yoga zu inskribieren. Sie werden sehen, wie es Ihr Leben verändert", sage ich einleitend.

Ich sage absichtlich „inskribieren", damit sie die Verpflichtung fühlen, auch das nächste Mal zu kommen. Damit es noch besser hält, notiere ich ihre Namen auf einem Blatt Papier, von dem wir im Ministerium mehr als genug haben. Noch schlimmer, als dass niemand meinem Zirkel beigetreten wäre, wäre es, wenn sie aufhören würden zu kommen. In den Augen der Chefin natürlich. Mir ist es egal. Worauf habe ich mich da eingelassen! Ganz unnötig. Denn wenn es etwas gibt, mit dessen Fehlen ich angeben kann, dann ist es Not.

„Wir beginnen mit dem Gruß an die Sonne, die Quelle des Lebens und der Energie“, sage ich.

Ich müsste mich besser vorbereiten, aber wie, wenn ich kein Handy habe?

Ich nehme meine Ausgangsposition ein.

„Stehen Sie kerzengerade, falten Sie die Hände vor der Brust wie zum Gebet“, ist meine erste misslungene Anweisung.

„Ambra und Muskat“, kündigt Elizabeta mit unvergleichlich mehr Souveränität an.

Sie hat sich einen Platz mit Düften in der Ecke eingerichtet und zündet bereits das erste Räucherstäbchen an. Jetzt weiß ich, warum sie mich fragte, wie viele Übungen es geben werde. Jetzt muss ich wirklich genau zehn machen, sonst ist Feuer auf dem Dach.

Aus dem Augenwinkel bemerke ich, dass Frau Lah unglaublich gelenkig ist, vielleicht sogar gelenkiger als ich. Zum Glück ist sie so dick wie Buddha und nicht so dürr wie ein Yogi wie ich. Die anderen sind hart und völlig ungefährlich. Sie folgen mir gut, sie sind still, sie sind aufmerksam. Frau Lah und Jež schwitzen.

„Potpourri!“, ruft Elizabeta aus ihrer Ecke bei der letzten Übung – dem *grande finale*. Ich vermute, sie improvisiert; sie hat wohl vergessen, dass Düfte gern verweilen.

„Gut, für heute machen wir Schluss. Eine halbe Stunde ist für den Anfang mehr als genug“, sage ich nach zehn Übungen, nach fünfundzwanzig Minuten.

*

In der nächsten Woche kommen nur noch vier, in der Woche drauf sind es bei meiner Stunde aber sogar sechs.

Die Ab- und Zunahme des Interesses an der Teilnahme beschließe ich, Elizabeta zuzuschreiben. In der zweiten Stunde führt sie alle zehn Minuten eine Pause ein, um den Raum zu lüften. Angesichts der gestiegenen Teilnehmerzahl ist das offensichtlich eine gute Entscheidung. Auch meine Stunde hat so genau die richtige Länge. Jedenfalls bin ich nicht bereit, die Gründe bei mir zu suchen und wegen Zahlen, die für Menschen stehen, das Zittern zu kriegen. Es gibt genug andere Gründe für andere Dinge, die ein größeres Recht dazu haben, mich zu beschäftigen. So sage ich mir, aber trotzdem erweisen sich diese Stunden als wichtig. Sie messen meinen Monat. „Na, und eine Woche ist um", sage ich mir am Dienstag. Manchmal sage ich mir am Montag: „Oh, wie gern hätte ich morgen frei, wenn ich doch nur keine Verpflichtungen hätte." Den Dienstag bis 18 Uhr kann ich abschreiben, die ganze Zeit bin ich mit nichts anderem beschäftigt als mit dem Zählen der Stunden bis 18 Uhr, bis zu meinen Verpflichtungen. Den Mittwoch habe ich am liebsten, am Mittwoch sage ich mir: „Oh, es ist noch lange hin bis zur nächsten Stunde."

Auf den Fluren und in der Kantine kann ich jetzt schon mit der unausweichlichen Frage rechnen: „Und wie läuft der Zirkel?", gefolgt von Gesprächen über Yoga und Gesundheit im Allgemeinen und Ausreden, warum sie selbst nicht kommen – als ob mich das alles interessierte. Aber der Mensch wird eben völlig gleichgesetzt mit dem, was er offiziell tut, auch wenn das nur eine von 168 Stunden in der Woche ist. Ich vermisse das Reden über das Wetter, das mich offensichtlicher nichts angeht.

Elizabeta hingegen ist ganz lebendig. In den Pausen zum Lüften verbreitet sie die Theorie über das Chaos in der

„Außenwelt". Sie wundert sich, dass sie noch nichts davon gehört haben, denn „alle reden darüber". Sie sagt, das sei der Grund dafür, dass sie uns Zeitungen und Telefone verbieten, obwohl Zeitungen und Telefone seit jeher verboten waren, lange bevor ich Elizabeta mit dem Waldgedanken angesteckt habe. Ich weiß nicht, ob sie lügt oder sich selbst glaubt. Aber ich bin mir fast sicher, dass sie das Terrain für eine Expedition durch den Wald vorbereitet – wenn wir mehr sind, hat sie wohl weniger Angst. Ich nicke nur schweigend, denn ich denke, dass ihr Umstürzlertum der beste Weg zur offiziellen Abschaffung des Zirkels ist.

In den Pausen nähert sich Jež Frau Lah, was mir o wie überaus vorhersehbar erscheint. Bei den Übungen steht er direkt hinter ihr, in den Pausen direkt vor ihr:

„Ich bin angenehm überrascht, dass Sie die Sache so gut beherrschen", höre ich ihn einmal sagen.

Ein verunglückt formuliertes Kompliment. Zusätzliches Pech ist, dass ihm der Schweiß vom Gesicht rinnt. Die Tropfen suchen den schnellsten Weg hinunter, aber sie müssen sich zwischen Muttermalen und Haarstoppeln hindurchschlängeln. Am Ende seiner Nase hat er einen ständigen Tropfen, der nicht immer derselbe ist: Er wird regelmäßig von einem nachfolgenden, gleichen abgelöst. Auch sein T-Shirt ist verschwitzt. Er hat zwei Placken unter den Achseln, und der Schweißfleck auf seiner Brust ist bedeutungsvoll zu einer großen Herzform auseinandergeflossen.

Sieh einer an, wieder beobachte ich. Obwohl ich den Zirkel leite, stehe ich am Rand, im Schatten von Ježens Herz, der riesigen Gestalt von Frau Lah, eingehüllt in den Rauch von Elizabetas Räucherstäbchen, usw. Zumindest habe ich die Macht, dass die Pause zu Ende und die Stunde zu Ende ist, sobald ich dreimal in die Hände klatsche und sage: „Gut, jetzt machen wir weiter", beziehungsweise „Gut, jetzt sind wir fertig".

Ich würde die Macht des Anfangs und Endes sofort durch die Macht der Mitte ersetzen.

Oder hätte ich es schon längst oder zumindest schrittweise getan, wenn das wahr wäre?

Wer weiß.

*

Bei Jež haben mich von Anfang an seine gut geschnittene, zerrissene Jacke, die Stoppeln, die verschränkten Arme, der rote Blick angezogen – alles Zeugen einer blauen Traurigkeit, nachdenklich, gebildet. Das heißt, zu ihm hat mich die Fantasie hingezogen, die in seinem verfallenden Körper fruchtbaren Boden fand und sich auswuchs. Von Elizabeta hingegen hätte ich mir nie gedacht, dass sie meine Partnerin werden würde. Aber so ist es gekommen, schrittweise, auch wenn wir uns nichts zu sagen haben. An ihrer Seite fühle ich mich wohl. Besser als jemals neben Anja. Ähnlich wie in einem eingelaufenen Schuh, den man gern ersetzen würde, weil er alt ist und einem nicht mehr steht, für den man sich in Gesellschaft gelegentlich ein bisschen schämt, dem man aber auf einsamen Wegen doch hoch anrechnet, dass er nicht auf sich aufmerksam macht, nicht drückt, keine Aufmerksamkeit fordert beziehungsweise nicht von der Natur ablenkt, wie das ein neuer täte, fürchtest du.

Noch besser ist, wenn Jež sich uns anschließt. Jež und Elizabeta mochten sich nicht, bevor mein Zirkel sie zusammengebracht hat. Jetzt sitzen wir beim Mittagessen zusammen, wir Yogis – so nennen wir uns. Wir haben uns viel zu sagen, wenn wir zusammen sind. Dinge für eine Gesellschaft, gespielt, übertrieben, wie von einer Bühne herab gesagt, auf jeden Fall von Weitem. Auch wenn wir flüstern, ist im Flüstern keine Intimität, die sich zwischen zweien zwängt. Es gibt viel geselliges Lachen, was es zu zweit nicht gibt, weil wir über die eigenen Scherze nicht lachen beziehungsweise weil Elizabeta keine Scherze macht. Sehr gut ist das alles. Und bei all dem bin ich die Zugkraft, ich knüpfe Kontakte, ich schaffe alles mit meiner unermesslichen hypermobilen Kraft.

Manchmal setzt sich auch die Lah dazu.

*

Nach dem Essen ziehe ich mich immer in mein Büro zurück, um die Gedanken wegzudenken, die mir aufgedrängt wurden. Ich lege mich auf das Bett und schaue in die Ecke.

Heute sehe ich dort mit der Zeit eine Fliege, die in einem Spinnennetz gefangen ist. Die Spinne ist nicht da. Ich drehe mich auf die andere Seite und denke weiter weg.

Ich kann sehr lange auf die bunten Kacheln auf dem Boden starren und in ihnen nach Gesichtern und Tieren suchen. Ich vergesse sie rasch wieder und lasse neue kommen. Ständig da ist nur der Bär direkt am Kopfende des Bettes. Mein kleiner Bär hilft mir beim Einschlafen.

Wenn ich aufwache, kehre ich zur Fliege zurück, um zu überprüfen. Ihr Leben hängt noch immer an einem Faden, sie kämpft noch immer, zappelt mit den Beinen. Es ist mir unangenehm. Ich überlege, ob ich den Spinnenfaden mit dem Finger zerreißen und sie retten soll. Aber ich will nicht eingreifen. Ich weiß nämlich nicht, ob ich damit die Spinne zum Hungertod verurteilen würde – wie soll ich das wissen? Wie soll ich wissen, was besser ist: die Fliege oder die Spinne? Ich denke daran, die Fliege zwischen Daumen und Zeigefinger zu zerquetschen, ohne das Netz zu zerreißen, und sie so zumindest von ihrem Leiden zu erlösen. Aber ich will nicht eingreifen. Wie soll ich wissen, dass sie wirklich leidet? Vielleicht ist sie voller Hoffnung, dass noch alles gut wird, so wie Elizabeta.

Ohne darüber nachzudenken, was ich tue, gehe ich hinaus auf den Flur, dann biege ich ab in den nächsten und in einen dritten, bis ich im Labyrinth zufällig auf den Hausmeister stoße und brüllen kann:

„Was ist das mit den Spinnweben und Fliegen? Ha?! Alles ist mit ihnen vollgesponnen, alles wimmelt ... Dieses Gebäude sollte steril, aseptisch, sauber sein, verstehen Sie, sauber!“

Ich sehe, dass er Angst vor mir hat.

Aus einem der Büros schaut der Kopf von Doktor Kranjc heraus.

„Was ist denn hier los?“

Und ich erzähle ihm von dem Zustand in den Ecken, von den Spinnweben, dass die Fliege nicht aufgibt und dass keine Spinne da ist, dass jeder weiß, dass auch in den Ecken gekehrt werden muss, hier wird jedoch umgekehrt allem und jedem regelmäßig nur der Rücken gekehrt und alles andere unter den Teppich, und wieso sind Fliegen, die nicht fliegen, immer noch Fliegen, was für eine Ordnung ist das?! Wie soll ich sie trennen, wie kann ich zwischen Dingen unterscheiden, wenn sie die gleiche Form haben? Und wie bestimme ich den Wert der verschiedenen Formen? Wie soll ich wissen, was besser ist – Fliege oder Spinne? Ich möchte nur ein bisschen Ordnung, verlange ich zu viel?! Ein bisschen Ordnung, Genauigkeit und Leitlinien! Das Statut ergänzen, das unansehnlich dünne: Jedes Mal lese ich es in weniger als einer Nacht durch! Es ist mir unangenehm, jetzt den Hausmeister zu verpetzen, aber etwas musste getan werden, der Zustand wird unerträglich!

Kranjc legt mir die Hand auf die Schulter. Offensichtlich ist er auf meiner Seite. Wir gehen gemeinsam den Flur hinunter. Auch wenn der Hausmeister nicht richtig gehandelt hat, hoffe ich doch, dass er seinen Job nicht verliert.

*

Skjgk dklasč difu, djfk fjašem urrt. Goieweo sdflkjew, oewru, ru. Pierwkjlra hfn, dflkjsdf sdofisdf siofšp, arerug io pooakjl ffg. Qsiyjl! oeirwje tjrt, irurn kfjm, osirfr kdjfoi fkj. Ifns hhjhhtowpet q, tqwoeiutqwer, wer poqirq! sputpwej? E jtwet – rtrt ejwqoeu, qweurwoim drit iu, oiuer, iqšprekjqhč, eoirqowi qwrwoieršw iei oioi oioi km. Liočrkwq, ewkje iiui, wieuroiu: erlkjr, petqwjetho, powuetpuw, kjpoi. Rwegjaj, ieutqop werqw lkejropiwr lerj in ksjwewe sweor, wjehoqwi, oiweroiu.

Oswq 75 ereijgn. Onweoir. Ria, lkerkwe. Oplewjn in owr nwernn. Ertwn in wpeorjr is noeir pijt tij. Ier, lwerlwr pokhnho! Rrtnl afwkep jr ig rinanlfk in eirwern werjw. Jmnkn, leros hfhieiencdsp, meijoa, koror. Wlerjk, kjr, oyjnajaha.

Skjgk dklasč difu, djfk fjašem urrt. Goieweo sdflkjew, oewru, ru. Pierwkjlra hfn, dflkjsdf sdofisdf siofšp, arerug io pooakjl ffg. Qsiyjl! oeirwje tjrt, irurn kfjm, osirfr kdjfoi fkj. Ifns hhjhhtowpet q, tqwoeiutqwer, wer poqirq! sputpwej? E jtwet – rtrt ejwqoeu, qweurwoim drit iu, oiuer, iqšprekjqhč, eoirqowi qwrwoieršw iei oioi oioi km. Liočrkwq, ewkje iiui, wieuroiu: erlkjr, petqwjetho, powuetpuw, kjpoi. Rwegjaj, ieutqop werqw lkejropiwr lerj in ksjwewe sweor, wjehoqwi, oiweroiu. Oswq 87 ereijgn. Onweoir. Ria, lkerkwe. Oplewjn in owr nwernn. Ertwn in wpeorjr is noeir pijt tij. Ier, lwerlwr pokhnho! Rrtnl afwkep jr ig rinanlfk in eirwern werjw. Jmnkn, leros hfhieiencdsp, meijoa, koror. Wlerjk, kjr, oyjnajaha.

Skjgk dklasč difu, djfk fjašem urrt. Goieweo sdflkjew, oewru, ru. Pierwkjlra hfn, dflkjsdf sdofisdf siofšp, arerug io pooakjl ffg. Qsiyjl! oeirwje tjrt, irurn kfjm, osirfr kdjfoi fkj. Ifns hhjhhtowpet q, tqwoeiutqwer, wer poqirq!sputpwej?

*

E jtwet – rtrt ejwqoeu, qweurwoim drit iu, oiuer, iqšprekjqhč, eoirqowi qwrwoieršw iei oioi oioi km. Liočrkwq, ewkje iiui, wieuroiu: erlkjr, petqwjetho, powuetpuw, kjpoi. Rwegjaj, ieutqop werqw lkejropiwr lerj in ksjwewe sweor, wjehoqwi, oiweroiu. Oswq 92 ereijgn. Onweoir. Ria, lkerkwe. Oplewjn in owr nwernn. Ertwn in wpeorjr is noeir pijt tij. Ier, lwerlwr pokhnho! Rrtnl afwkep jr ig rinanlfk in eirwern werjw. Jmnkn, leros hfhieiencdsp, meijoa, koror. Wlerjk, kjr, oyjnajaha.

Skjgk dklasč difu, djfk fjašem urrt. Goieweo sdflkjew, oewru, ru. Pierwkjlra hfn, dflkjsdf sdofisdf siofšp, arerug io pooakjl ffg. Qsiyjl! oeirwje tjrt, irurn kfjm, osirfr kdjfoi fkj. Ifns hhjhhtowpet q, tqwoeiutqwer, wer poqirq! sputpwej? E jtwet – rtrt ejwqoeu, qweurwoim drit iu, oiuer, iqšprekjqhč, eoirqowi qwrwoieršw iei oioi oioi km. Liočrkwq, ewkje iiui, wieuroiu: erlkjr, petqwjetho, powuetpuw, kjpoi. Rwegjaj, ieutqop werqw lkejropiwr lerj in ksjwewe sweor, wjehoqwi, oiweroiu. Oswq 113 ereijgn. Onweoir. Ria, lkerkwe. Oplewjn in owr nwernn. Ertwn in wpeorjr is noeir pijt tij. Ier, lwerlwr pokhnho! Rrtnl afwkep jr ig rinanlfk in eirwern werjw. Jmnkn, leros hfhieiencdsp, meijoa, koror. Wlerjk, kjr, oyjnajaha.

Skjgk dklasč difu, djfk fjašem urrt. Goieweo sdflkjew, oewru, ru. Pierwkjlra hfn, dflkjsdf sdofisdf siofšp, arerug io pooakjl ffg. Qsiyjl! oeirwje tjrt, irurn kfjm, osirfr kdjfoi fkj. Ifns hhjhhtowpet q, tqwoeiutqwer, wer poqirq! sputpwej? E jtwet – rtrt ejwqoeu, qweurwoim drit iu, oiuer, iqšprekjqhč, eoirqowi qwrwoieršw iei oioi oioi km. Liočrkwq, ewkje iiui, wieuroiu: erlkjr, petqwjetho, powuetpuw, kjpoi. Rwegjaj, ieutqop werqw lkejropiwr lerj in ksjwewe sweor, wjehoqwi, oiweroiu. Oswq 56 ereijgn. Onweoir. Ria, lkerkwe. Oplewjn in owr nwernn. Ertwn in wpeorjr is noeir pijt tij. Ier, lwerlwr pokhnho! Rrtnl afwkep jr ig rinanlfk in eirwern werjw. Jmnkn, leros hfhieiencdsp, meijoa, koror. Wlerjk, kjr, oyjnajaha.

Skjgk dklasč difu, djfk fjašem urrt. Goieweo sdflkjew, oewru, ru. Pierwkjlra hfn, dflkjsdf sdofisdf siofšp, arerug io pooakjl ffg. Qsiyjl! oeirwje tjrt, irurn kfjm, osirfr kdjfoi fkj. Ifns hhjhhtowpet q, tqwoeiutqwer, wer poqirq! sputpwej? E jtwet – rtrt ejwqoeu, qweurwoim drit iu, oiuer, iqšprekjqhč, eoirqowi qwrwoieršw iei oioi oioi km. Liočrkwq, ewkje iiui, wieuroiu: erlkjr, petqwjetho, powuetpuw, kjpoi

*

Rwegjaj, ieutqop werqw lkejropiwr lerj in ksjwewe sweor, wjehoqwi, oiweroiu. Oswq 36 ereijgn. Onweoir. Ria, lkerkwe. Oplewjn in owr nwernn. Ertwn in wpeorjr is noeir pijt tij. Ier, lwerlwr pokhnho! Rrtnl afwkep jr ig rinanlfk in eirwern werjw. Jmnkn, leros hfhieiencdsp, meijoa, koror. Wlerjk, kjr, oyjnajaha.

*

Skjgk dklasč difu, djfk fjašem urrt. Goieweo sdflkjew, oewru, ru. Pierwkjlra hfn, dflkjsdf sdofisdf siofšp, are-

rug io pooakjl ffg. Qsiyjl! oeirwje tjrt, irurn kfjm, osirfr kdjfoi fkj. Ifns hhjhhtowpet q, tqwoeiutqwer, wer poqirq! sputpwej? E jtwet – rtrt ejwqoeu, qweurwoim drit iu, oiuer, iqšprekjqhč, eoirqowi qwrwoieršw iei oioi oioi km. Liočrkwq, ewkje iiui, wieuroiu: erlkjr, petqwjetho, powuetpuw, kjpoi. Rwegjaj, ieutqop werqw lkejropiwr lerj in ksjwewe sweor, wjehoqwi, oiweroiu. Oswq 98 ereijgn. Onweoir. Ria, lkerkwe. Oplewjn in owr nwernn. Ertwn in wpeorjr is noeir pijt tij. Ier, lwerlwr pokhnho

Rrtnl afwkep jr ig rinanlfk in eirwern werjw. Jmnkn, leros hfhieiencdsp, meijoa, koror. Wlerjk, kjr, oyjnajaha. Skjgk dklasč difu, djfk fjašem urrt. Goieweo sdflkjew, oewru, ru. Pierwkjlra hfn, dflkjsdf sdofisdf siofšp, arerug io pooakjl ffg. Qsiyjl! oeirwje tjrt, irurn kfjm, osirfr kdjfoi fkj. Ifns hhjhhtowpet q, tqwoeiutqwer, werpoqirq! sputpwej? E jtwet – rtrt ejwqoeu, qweurwoim drit iu, oiuer, iqšprekjqhč, eoirqowi qwrwoieršw iei oioi oioi km. Liočrkwq, ewkje iiui, wieuroiu: erlkjr, petqwjetho, powuetpuw, kjpoi. Rwegjaj, ieutqop werqw lkejropiwr lerj in ksjwewe sweor, wjehoqwi, oiweroiu. Oswq 21 ereijgn. Onweoir. Ria, lkerkwe. Oplewjn in owr nwernn. Ertwn in wpeorjr is noeir pijt tij. Ier, lwerlwr pokhnho! Rrtnl afwkep jr ig rinanlfk in eirwern werjw. Jmnkn, leros hfhieiencdsp, meijoa, koror. Wlerjk, kjr, oyjnajaha.

Skjgk dklasč difu, djfk fjašem urrt. Goieweo sdflkjew, oewru, ru. Pierwkjlra hfn, dflkjsdf sdofisdf siofšp, arerug io pooakjl ffg. Qsiyjl! oeirwje tjrt, irurn kfjm, osirfr kdjfoi fkj. Ifns hhjhhtowpet q, tqwoeiutqwer, wer poqirq! sputpwej? E jtwet – rtrt ejwqoeu, qweurwoim

drit iu, oiuer, iqšprekjqhč, eoirqowi qwrwoieršw iei oioi oioi km. Liočrkwq, ewkje iiui, wieuroiu: erlkjr, petqwjetho, powuetpuw, kjpoi. Rwegjaj, ieutqop werqw lkejropiwr lerj in ksjwewe sweor, wjehoqwi, oiweroiu. Oswq 60 ereijgn. Onweoir. Ria, lkerkwe. Oplewjn in owr nwernn. Ertwn in wpeorjr is noeir pijt tij. Ier, lwerlwr pokhnho! Rrtnl afwkep jr ig rinanlfk in eirwern werjw. Jmnkn, leros hfhieiencdsp, meijoa, koror. Wlerjk, kjr, oyjnajaha.

Skjgk dklasč difu, djfk fjašem urrt. Goieweo sdflkjew, oewru, ru. Pierwkjlra hfn, dflkjsdf sdofisdf siofšp, arerug io pooakjl ffg. Qsiyjl! oeirwje tjrt, irurn kfjm, osirfr kdjfoi fkj. Ifns hhjhhtowpet q, tqwoeiutqwer, wer poqirq! sputpwej? E jtwet – rtrt ejwqoeu, qweurwoim drit iu, oiuer, iqšprekjqhč, eoirqowi qwrwoieršw iei oioi oioi km. Liočrkwq, ewkje iiui, wieuroiu: erlkjr, petqwjetho, powuetpuw, kjpoi. Rwegjaj, ieutqop werqw lkejropiwr lerj in ksjwewe sweor, wjehoqwi, oiweroiu.

Oswq 75 ereijgn. Onweoir. Ria, lkerkwe. Oplewjn in owr nwernn. Ertwn in wpeorjr is noeir pijt tij. Ier, lwerlwr pokhnho! Rrtnl afwkep jr ig rinanlfk in eirwern werjw. Jmnkn, leros hfhieiencdsp, meijoa, koror. Wlerjk, kjr, oyjnajaha.

Skjgk dklasč difu, djfk fjašem urrt. Goieweo sdflkjew, oewru, ru. Pierwkjlra hfn, dflkjsdf sdofisdf siofšp, arerug io pooakjl ffg. Qsiyjl! oeirwje tjrt, irurn kfjm, osirfr kdjfoi fkj. Ifns hhjhhtowpet q, tqwoeiutqwer, wer poqirq! sputpwej? E jtwet – rtrt ejwqoeu, qweurwoim drit iu, oiuer, iqšprekjqhč, eoirqowi qwrwoieršw iei oioi oioi km. Liočrkwq, ewkje iiui, wieuroiu: erlkjr, petqwjetho, powuetpuw, kjpoi. Rwegjaj, ieutqop werqw lke-

jropiwr lerj in ksjwewe sweor, wjehoqwi, oiweroiu. Oswq 87 ereijgn. Onweoir. Ria, lkerkwe. Oplewjn in owr nwernn. Ertwn in wpeorjr is noeir pijt tij. Ier, lwerlwr pokhnho! Rrtnl afwkep jr ig rinanlfk in eirwern werjw. Jmnkn, leros hfhieiencdsp, meijoa, koror. Wlerjk, kjr, oyjnajaha.

Skjgk dklasč difu, djfk fjašem urrt. Goieweo sdflkjew, oewru, ru. Pierwkjlra hfn, dflkjsdf sdofisdf siofšp, arerug io pooakjl ffg. Qsiyjl! oeirwje tjrt, irurn kfjm, osirfr kdjfoi fkj. Ifns hhjhhtowpet q, tqwoeiutqwer, wer poqirq! sputpwej? E jtwet – rtrt ejwqoeu, qweurwoim drit iu, oiuer, iqšprekjqhč, eoirqowi qwrwoieršw iei oioi oioi km. Liočrkwq, ewkje iiui, wieuroiu: erlkjr, petqwjetho, powuetpuw, kjpoi. Rwegjaj, ieutqop werqw lkejropiwr lerj in ksjwewe sweor, wjehoqwi, oiweroiu ereijgn. Onweoir. Ria, lkerkwe. Oplewjn in owr nwernn. Ertwn in wpeorjr is noeir pijt tij. Ier, lwerlwr pokhnho! Rrtnl afwkep jr ig rinanlfk in eirwern werjw. Jmnkn, leros hfhieiencdsp, meijoa, koror. Wlerjk, kjr, oyjnajaha.

*

Skjgk dklasč difu, djfk fjašem urrt. Goieweo sdflkjew, oewru, ru. Pierwkjlra hfn, dflkjsdf sdofisdf siofšp, arerug io pooakjl ffg. Qsiyjl! oeirwje tjrt, irurn kfjm, osirfr kdjfoi fkj. Ifns hhjhhtowpet q, tqwoeiutqwer, wer poqirq! sputpwej? E jtwet – rtrt ejwqoeu, qweurwoim drit iu, oiuer, iqšprekjqhč, eoirqowi qwrwoieršw iei oioi oioi km. Liočrkwq, ewkje iiui, wieuroiu: erlkjr, petqwjetho, powuetpuw, kjpoi. Rwegjaj, ieutqop werqw lkejropiwr lerj in ksjwewe sweor, wjehoqwi, oiweroiu.

Oswq 75 ereijgn. Onweoir. Ria, lkerkwe. Oplewjn in owr nwernn. Ertwn in wpeorjr is noeir pijt tij. Ier, lwerlwr pokhnho! Rrtnl afwkep jr ig rinanlfk in eirwern werjw. Jmnkn, leros hfhieiencdsp, meijoa, koror. Wlerjk, kjr, oyjnajaha.

Skjgk dklasč difu, djfk fjašem urrt. Goieweo sdflkjew, oewru, ru. Pierwkjlra hfn, dflkjsdf sdofisdf siofšp, arerug io pooakjl ffg. Qsiyjl! oeirwje tjrt, irurn kfjm, osirfr kdjfoi fkj. Ifns hhjhhtowpet q, tqwoeiutqwer, wer poqirq! sputpwej? E jtwet – rtrt ejwqoeu, qweurwoim drit iu, oiuer, iqšprekjqhč, eoirqowi qwrwoieršw iei oioi oioi km. Liočrkwq, ewkje iiui, wieuroiu: erlkjr, petqwjetho, powuetpuw, kjpoi. Rwegjaj, ieutqop werqw lkejropiwr lerj in ksjwewe sweor, wjehoqwi, oiweroiu. Oswq 87 ereijgn. Onweoir. Ria, lkerkwe. Oplewjn in owr nwernn. Ertwn in wpeorjr is noeir pijt tij. Ier, lwerlwr pokhnho! Rrtnl afwkep jr ig rinanlfk in eirwern werjw. Jmnkn, leros hfhieiencdsp, meijoa, koror. Wlerjk, kjr, oyjnajaha.

Skjgk dklasč difu, djfk fjašem urrt. Goieweo sdflkjew, oewru, ru. Pierwkjlra hfn, dflkjsdf sdofisdf siofšp, arerug io pooakjl ffg. Qsiyjl! oeirwje tjrt, irurn kfjm, osirfr kdjfoi fkj. Ifns hhjhhtowpet q, tqwoeiutqwer, wer poqirq! sputpwej?

E jtwet – rtrt ejwqoeu, qweurwoim drit iu, oiuer, iqšprekjqhč, eoirqowi qwrwoieršw iei oioi oioi km. Liočrkwq, ewkje iiui, wieuroiu: erlkjr, petqwjetho, powuetpuw, kjpoi. Rwegjaj, ieutqop werqw lkejropiwr lerj in ksjwewe sweor, wjehoqwi, oiweroiu. Oswq 92 ereijgn. Onweoir. Ria, lkerkwe. Oplewjn in owr nwernn. Ertwn in wpeorjr is noeir pijt tij. Ier, lwerlwr pokhnho! Rrtnl afwkep jr ig rinanlfk in eirwern werjw. Jmnkn, leros hfhieiencdsp, meijoa, koror. Wlerjk, kjr, oyjnajaha.

Skjgk dklasč difu, djfk fjašem urrt. Goieweo sdflkjew, oewru, ru. Pierwkjlra hfn, dflkjsdf sdofisdf siofšp, arerug io pooakjl ffg. Qsiyjl! oeirwje tjrt, irurn kfjm, osirfr kdjfoi fkj. Ifns hhjhhtowpet q, tqwoeiutqwer, wer poqirq! sputpwej? E jtwet – rtrt ejwqoeu, qweurwoim drit iu, oiuer, iqšprekjqhč, eoirqowi qwrwoieršw iei oioi oioi km. Liočrkwq, ewkje iiui, wieuroiu: erlkjr, petqwjetho, powuetpuw, kjpoi. Rwegjaj, ieutqop werqw lkejropiwr lerj in ksjwewe sweor, wjehoqwi, oiweroiu. Oswq 113 ereijgn. Onweoir. Ria, lkerkwe. Oplewjn in owr nwernn. Ertwn in wpeorjr is noeir pijt tij. Ier, lwerlwr pokhnho! Rrtnl afwkep jr ig rinanlfk in eirwern werjw. Jmnkn, leros hfhieiencdsp, meijoa, koror. Wlerjk, kjr, oyjnajaha.

Skjgk dklasč difu, djfk fjašem urrt. Goieweo sdflkjew, oewru, ru. Pierwkjlra hfn, dflkjsdf sdofisdf siofšp, arerug io pooakjl ffg. Qsiyjl! oeirwje tjrt, irurn kfjm, osirfr kdjfoi fkj. Ifns hhjhhtowpet q, tqwoeiutqwer, wer poqirq! sputpwej? E jtwet – rtrt ejwqoeu, qweurwoim drit iu, oiuer, iqšprekjqhč, eoirqowi qwrwoieršw iei oioi oioi km. Liočrkwq, ewkje iiui, wieuroiu: erlkjr, petqwjetho, powuetpuw, kjpoi. Rwegjaj, ieutqop werqw lkejropiwr lerj in ksjwewe sweor, wjehoqwi, oiweroiu. Oswq 56 ereijgn. Onweoir. Ria, lkerkwe. Oplewjn in owr nwernn. Ertwn in wpeorjr is noeir pijt tij. Ier, lwerlwr pokhnho! Rrtnl afwkep jr ig rinanlfk in eirwern werjw. Jmnkn, leros hfhieiencdsp, meijoa, koror. Wlerjk, kjr, oyjnajaha.

Skjgk dklasč difu, djfk fjašem urrt. Goieweo sdflkjew, oewru, ru. Pierwkjlra hfn, dflkjsdf sdofisdf siofšp, are-

rug io pooakjl ffg. Qsiyjl! oeirwje tjrt, irurn kfjm, osirfr kdjfoi fkj. Ifns hhjhhtowpet q, tqwoeiutqwer, wer poqirq! sputpwej? E jtwet – rtrt ejwqoeu, qweurwoim drit iu, oiuer, iqšprekjqhč, eoirqowi qwrwoieršw iei oioi oioi km. Liočrkwq, ewkje iiui, wieuroiu: erlkjr, petqwjetho, powuetpuw, kjpoi.

*

Rwegjaj, ieutqop werqw lkejropiwr lerj in ksjwewe sweor, wjehoqwi, oiweroiu. Oswq 36 ereijgn. Onweoir. Ria, lkerkwe. Oplewjn in owr nwernn. Ertwn in wpeorjr is noeir pijt tij. Ier, lwerlwr pokhnho! Rrtnl afwkep jr ig rinanlfk in eirwern werjw. Jmnkn, leros hfhieiencdsp, meijoa, koror. Wlerjk, kjr, oyjnajaha.

Skjgk dklasč difu, djfk fjašem urrt. Goieweo sdflkjew, oewru, ru. Pierwkjlra hfn, dflkjsdf sdofisdf siofšp, arerug io pooakjl ffg. Qsiyjl! oeirwje tjrt, irurn kfjm, osirfr kdjfoi fkj. Ifns hhjhhtowpet q, tqwoeiutqwer, wer poqirq! sputpwej? E jtwet – rtrt ejwqoeu, qweurwoim drit iu, oiuer, iqšprekjqhč, eoirqowi qwrwoieršw iei oioi oioi km. Liočrkwq, ewkje iiui, wieuroiu: erlkjr, petqwjetho, powuetpuw, kjpoi. Rwegjaj, ieutqop werqw lkejropiwr lerj in ksjwewe sweor, wjehoqwi, oiweroiu. Oswq 98 ereijgn. Onweoir. Ria, lkerkwe. Oplewjn in owr nwernn. Ertwn in wpeorjr is noeir pijt tij. Ier, lwerlwr pokhnho!

Rrtnl afwkep jr ig rinanlfk in eirwern werjw. Jmnkn, leros hfhieiencdsp, meijoa, koror. Wlerjk, kjr, oyjnajaha. Skjgk dklasč difu, djfk fjašem urrt. Goieweo sdflkjew, oewru, ru. Pierwkjlra hfn, dflkjsdf sdofisdf siofšp, are-

rug io pooakjl ffg. Qsiyjl! oeirwje tjrt, irurn kfjm, osirfr kdjfoi fkj. Ifns hhjhhtowpet q, tqwoeiutqwer, werpoqirq! sputpwej? E jtwet – rtrt ejwqoeu, qweurwoim drit iu, oiuer, iqšprekjqhč, eoirqowi qwrwoieršw iei oioi oioi km.

*

Liočrkwq, ewkje iiui, wieuroiu: erlkjr, petqwjetho, powuetpuw, kjpoi. Rwegjaj, ieutqop werqw lkejropiwr lerj in ksjwewe sweor, wjehoqwi, oiweroiu. Oswq 21 ereijgn. Onweoir. Ria, lkerkwe. Oplewjn in owr nwernn. Ertwn in wpeorjr is noeir pijt tij. Ier, lwerlwr pokhnho! Rrtnl afwkep jr ig rinanlfk in eirwern werjw. Jmnkn, leros hfhieiencdsp, meijoa, koror. Wlerjk, kjr, oyjnajaha.

Skjgk dklasč difu, djfk fjašem urrt. Goieweo sdflkjew, oewru, ru. Pierwkjlra hfn, dflkjsdf sdofisdf siofšp, arerug io pooakjl ffg. Qsiyjl! oeirwje tjrt, irurn kfjm, osirfr kdjfoi fkj. Ifns hhjhhtowpet q, tqwoeiutqwer, wer poqirq! sputpwej? E jtwet – rtrt ejwqoeu, qweurwoim drit iu, oiuer, iqšprekjqhč, eoirqowi qwrwoieršw iei oioi oioi km. Liočrkwq, ewkje iiui, wieuroiu: erlkjr, petqwjetho, powuetpuw, kjpoi. Rwegjaj, ieutqop werqw lkejropiwr lerj in ksjwewe sweor, wjehoqwi, oiweroiu. Oswq 60 ereijgn. Onweoir. Ria, lkerkwe. Oplewjn in owr nwernn. Ertwn in wpeorjr is noeir pijt tij. Ier, lwerlwr pokhnho! Rrtnl afwkep jr ig rinanlfk in eirwern werjw. Jmnkn, leros hfhieiencdsp, meijoa, koror. Wlerjk, kjr, oyjnajaha.

Skjgk dklasč difu, djfk fjašem urrt. Goieweo sdflkjew, oewru, ru. Pierwkjlra hfn, dflkjsdf sdofisdf siofšp, are-

rug io pooakjl ffg. Qsiyjl! oeirwje tjrt, irurn kfjm, osirfr kdjfoi fkj. Ifns hhjhhtowpet q, tqwoeiutqwer, wer poqirq! sputpwej? E jtwet – rtrt ejwqoeu, qweurwoim drit iu, oiuer, iqšprekjqhč, eoirqowi qwrwoieršw iei oioi oioi km. Liočrkwq, ewkje iiui, wieuroiu: erlkjr, petqwjetho, powuetpuw, kjpoi. Rwegjaj, ieutqop werqw lkejropiwr lerj in ksjwewe sweor, wjehoqwi, oiweroiu.

Oswq 75 ereijgn. Onweoir. Ria, lkerkwe. Oplewjn in owr nwernn. Ertwn in wpeorjr is noeir pijt tij. Ier, lwerlwr pokhnho! Rrtnl afwkep jr ig rinanlfk in eirwern werjw. Jmnkn, leros hfhieiencdsp, meijoa, koror. Wlerjk, kjr, oyjnajaha.

Skjgk dklasč difu, djfk fjašem urrt. Goieweo sdflkjew, oewru, ru. Pierwkjlra hfn, dflkjsdf sdofisdf siofšp, arerug io pooakjl ffg. Qsiyjl! oeirwje tjrt, irurn kfjm, osirfr kdjfoi fkj. Ifns hhjhhtowpet q, tqwoeiutqwer, wer poqirq! sputpwej? E jtwet – rtrt ejwqoeu, qweurwoim drit iu, oiuer, iqšprekjqhč, eoirqowi qwrwoieršw iei oioi oioi km. Liočrkwq, ewkje iiui, wieuroiu: erlkjr, petqwjetho, powuetpuw, kjpoi. Rwegjaj, ieutqop werqw lkejropiwr lerj in ksjwewe sweor, wjehoqwi, oiweroiu.

Oswq 87 ereijgn. Onweoir. Ria, lkerkwe. Oplewjn in owr nwernn. Ertwn in wpeorjr is noeir pijt tij. Ier, lwerlwr pokhnho! Rrtnl afwkep jr ig rinanlfk in eirwern werjw. Jmnkn, leros hfhieiencdsp, meijoa, koror. Wlerjk, kjr, oyjnajaha.

Skjgk dklasč difu, djfk fjašem urrt. Goieweo sdflkjew, oewru, ru. Pierwkjlra hfn, dflkjsdf sdofisdf siofšp, arerug io pooakjl ffg. Qsiyjl! oeirwje tjrt, irurn kfjm, osirfr kdjfoi fkj. Ifns hhjhhtowpet q, tqwoeiutqwer, wer poqirq! sputpwej? E jtwet – rtrt ejwqoeu, qweurwoim

drit iu, oiuer, iqšprekjqhč, eoirqowi qwrwoieršw iei oioi oioi km. Liočrkwq, ewkje iiui, wieuroiu: erlkjr, petqwjetho, powuetpuw, kjpoi. Rwegjaj, ieutqop werqw lkejropiwr lerj in ksjwewe sweor, wjehoqwi, oiweroiu ereijgn. Onweoir. Ria, lkerkwe. Oplewjn in owr nwernn. Ertwn in wpeorjr is noeir pijt tij. Ier, lwerlwr pokhnho! Rrtnl afwkep jr ig rinanlfk in eirwern werjw. Jmnkn, leros hfhieiencdsp, meijoa, koror. Wlerjk, kjr, oyjnajaha.

*

Skjgk dklasč difu, djfk fjašem urrt. Goieweo sdflkjew, oewru, ru. Pierwkjlra hfn, dflkjsdf sdofisdf siofšp, arerug io pooakjl ffg. Qsiyjl! oeirwje tjrt, irurn kfjm, osirfr kdjfoi fkj. Ifns hhjhhtowpet q, tqwoeiutqwer, wer poqirq! sputpwej? E jtwet – rtrt ejwqoeu, qweurwoim drit iu, oiuer, iqšprekjqhč, eoirqowi qwrwoieršw iei oioi oioi km. Liočrkwq, ewkje iiui, wieuroiu: erlkjr, petqwjetho, powuetpuw, kjpoi. Rwegjaj, ieutqop werqw lkejropiwr lerj in ksjwewe sweor, wjehoqwi, oiweroiu.

Oswq 75 ereijgn. Onweoir. Ria, lkerkwe. Oplewjn in owr nwernn. Ertwn in wpeorjr is noeir pijt tij. Ier, lwerlwr pokhnho! Rrtnl afwkep jr ig rinanlfk in eirwern werjw. Jmnkn, leros hfhieiencdsp, meijoa, koror. Wlerjk, kjr, oyjnajaha.

Skjgk dklasč difu, djfk fjašem urrt. Goieweo sdflkjew, oewru, ru. Pierwkjlra hfn, dflkjsdf sdofisdf siofšp, arerug io pooakjl ffg. Qsiyjl! oeirwje tjrt, irurn kfjm, osirfr kdjfoi fkj. Ifns hhjhhtowpet q, tqwoeiutqwer, wer poqirq! sputpwej? E jtwet – rtrt ejwqoeu, qweurwoim

drit iu, oiuer, iqšprekjqhč, eoirqowi qwrwoieršw iei oioi oioi km. Liočrkwq, ewkje iiui, wieuroiu: erlkjr, petqwjetho, powuetpuw, kjpoi. Rwegjaj, ieutqop werqw lkejropiwr lerj in ksjwewe sweor, wjehoqwi, oiweroiu. Oswq 87 ereijgn. Onweoir. Ria, lkerkwe. Oplewjn in owr nwernn. Ertwn in wpeorjr is noeir pijt tij. Ier, lwerlwr pokhnho! Rrtnl afwkep jr ig rinanlfk in eirwern werjw. Jmnkn, leros hfhieiencdsp, meijoa, koror. Wlerjk, kjr, oyjnajaha.
Skjgk dklasč difu, djfk fjašem urrt. Goieweo sdflkjew, oewru, ru. Pierwkjlra hfn, dflkjsdf sdofisdf siofšp, arerug io pooakjl ffg. Qsiyjl! oeirwje tjrt, irurn kfjm, osirfr kdjfoi fkj. Ifns hhjhhtowpet q, tqwoeiutqwer, wer poqirq! sputpwej?

E jtwet – rtrt ejwqoeu, qweurwoim drit iu, oiuer, iqšprekjqhč, eoirqowi qwrwoieršw iei oioi oioi km. Liočrkwq, ewkje iiui, wieuroiu: erlkjr, petqwjetho, powuetpuw, kjpoi. Rwegjaj, ieutqop werqw lkejropiwr lerj in ksjwewe sweor, wjehoqwi, oiweroiu. Oswq 92 ereijgn. Onweoir. Ria, lkerkwe. Oplewjn in owr nwernn. Ertwn in wpeorjr is noeir pijt tij. Ier, lwerlwr pokhnho! Rrtnl afwkep jr ig rinanlfk in eirwern werjw. Jmnkn, leros hfhieiencdsp, meijoa, koror. Wlerjk, kjr, oyjnajaha.
Skjgk dklasč difu, djfk fjašem urrt. Goieweo sdflkjew, oewru, ru. Pierwkjlra hfn, dflkjsdf sdofisdf siofšp, arerug io pooakjl ffg. Qsiyjl! oeirwje tjrt, irurn kfjm, osirfr kdjfoi fkj. Ifns hhjhhtowpet q, tqwoeiutqwer, wer poqirq! sputpwej? E jtwet – rtrt ejwqoeu, qweurwoim drit iu, oiuer, iqšprekjqhč, eoirqowi qwrwoieršw iei oioi oioi km. Liočrkwq, ewkje iiui, wieuroiu: erlkjr, petqwjetho, powuetpuw, kjpoi. Rwegjaj, ieutqop werqw lke-

jropiwr lerj in ksjwewe sweor, wjehoqwi, oiweroiu. Oswq 113 ereijgn. Onweoir. Ria, lkerkwe. Oplewjn in owr nwernn. Ertwn in wpeorjr is noeir pijt tij. Ier, lwerlwr pokhnho! Rrtnl afwkep jr ig rinanlfk in eirwern werjw. Jmnkn, leros hfhieiencdsp, meijoa, koror. Wlerjk, kjr, oyjnajaha.

Skjgk dklasč difu, djfk fjašem urrt. Goieweo sdflkjew, oewru, ru. Pierwkjlra hfn, dflkjsdf sdofisdf siofšp, arerug io pooakjl ffg. Qsiyjl! oeirwje tjrt, irurn kfjm, osirfr kdjfoi fkj. Ifns hhjhhtowpet q, tqwoeiutqwer, wer poqirq! sputpwej? E jtwet – rtrt ejwqoeu, qweurwoim drit iu, oiuer, iqšprekjqhč, eoirqowi qwrwoieršw iei oioi oioi km. Liočrkwq, ewkje iiui, wieuroiu: erlkjr, petqwjetho, powuetpuw, kjpoi. Rwegjaj, ieutqop werqw lkejropiwr lerj in ksjwewe sweor, wjehoqwi, oiweroiu. Oswq 56 ereijgn. Onweoir. Ria, lkerkwe. Oplewjn in owr nwernn. Ertwn in wpeorjr is noeir pijt tij. Ier, lwerlwr pokhnho! Rrtnl afwkep jr ig rinanlfk in eirwern werjw. Jmnkn, leros hfhieiencdsp, meijoa, koror. Wlerjk, kjr, oyjnajaha.

Skjgk dklasč difu, djfk fjašem urrt. Goieweo sdflkjew, oewru, ru. Pierwkjlra hfn, dflkjsdf sdofisdf siofšp, arerug io pooakjl ffg. Qsiyjl! oeirwje tjrt, irurn kfjm, osirfr kdjfoi fkj. Ifns hhjhhtowpet q, tqwoeiutqwer, wer poqirq! sputpwej? E jtwet – rtrt ejwqoeu, qweurwoim drit iu, oiuer, iqšprekjqhč, eoirqowi qwrwoieršw iei oioi oioi km. Liočrkwq, ewkje iiui, wieuroiu: erlkjr, petqwjetho, powuetpuw, kjpoi.

Rwegjaj, ieutqop werqw lkejropiwr lerj in ksjwewe sweor, wjehoqwi, oiweroiu. Oswq 36 ereijgn. Onweoir. Ria, lkerkwe. Oplewjn in owr nwernn. Ertwn in wpeorjr is noeir pijt tij. Ier, lwerlwr pokhnho! Rrtnl afwkep jr ig rinanlfk in eirwern werjw. Jmnkn, leros hfhieiencdsp, meijoa, koror. Wlerjk, kjr, oyjnajaha.

Skjgk dklasč difu, djfk fjašem urrt. Goieweo sdflkjew, oewru, ru. Pierwkjlra hfn, dflkjsdf sdofisdf siofšp, arerug io pooakjl ffg. Qsiyjl! oeirwje tjrt, irurn kfjm, osirfr kdjfoi fkj. Ifns hhjhhtowpet q, tqwoeiutqwer, wer poqirq! sputpwej? E jtwet – rtrt ejwqoeu, qweurwoim drit iu, oiuer, iqšprekjqhč, eoirqowi qwrwoieršw iei oioi oioi km. Liočrkwq, ewkje iiui, wieuroiu: erlkjr, petqwjetho, powuetpuw, kjpoi. Rwegjaj, ieutqop werqw lkejropiwr lerj in ksjwewe sweor, wjehoqwi, oiweroiu. Oswq 98 ereijgn. Onweoir. Ria, lkerkwe. Oplewjn in owr nwernn. Ertwn in wpeorjr is noeir pijt tij. Ier, lwerlwr pokhnho!

Rrtnl afwkep jr ig rinanlfk in eirwern werjw. Jmnkn, leros hfhieiencdsp, meijoa, koror. Wlerjk, kjr, oyjnajaha. Skjgk dklasč difu, djfk fjašem urrt. Goieweo sdflkjew, oewru, ru. Pierwkjlra hfn, dflkjsdf sdofisdf siofšp, arerug io pooakjl ffg. Qsiyjl! oeirwje tjrt, irurn kfjm, osirfr kdjfoi fkj. Ifns hhjhhtowpet q, tqwoeiutqwer, werpoqirq! sputpwej? E jtwet – rtrt ejwqoeu, qweurwoim drit iu, oiuer, iqšprekjqhč, eoirqowi qwrwoieršw iei oioi oioi km. Liočrkwq, ewkje iiui, wieuroiu: erlkjr, petqwjetho, powuetpuw, kjpoi. Rwegjaj, ieutqop werqw lkejropiwr lerj in ksjwewe sweor, wjehoqwi, oiweroiu. Oswq 21 ereijgn. Onweoir. Ria, lkerkwe. Oplewjn in owr nwernn. Ertwn in wpeorjr is noeir pijt tij. Ier, lwerlwr pokhnho! Rrtnl afwkep jr ig rinanlfk in eirwern werjw. Jmnkn, leros hfhieiencdsp, meijoa, koror. Wlerjk, kjr, oyjnajaha.

Skjgk dklasč difu, djfk fjašem urrt. Goieweo sdflkjew, oewru, ru. Pierwkjlra hfn, dflkjsdf sdofisdf siofšp, arerug io pooakjl ffg. Qsiyjl! oeirwje tjrt, irurn kfjm, osirfr kdjfoi fkj. Ifns hhjhhtowpet q, tqwoeiutqwer, wer poqirq! sputpwej? E jtwet – rtrt ejwqoeu, qweurwoim drit iu, oiuer, iqšprekjqhč, eoirqowi qwrwoieršw iei oioi oioi km. Liočrkwq, ewkje iiui, wieuroiu: erlkjr, petqwjetho, powuetpuw, kjpoi. Rwegjaj, ieutqop werqw lkejropiwr lerj in ksjwewe sweor, wjehoqwi, oiweroiu. Oswq 60 ereijgn. Onweoir. Ria, lkerkwe. Oplewjn in owr nwernn. Ertwn in wpeorjr is noeir pijt tij. Ier, lwerlwr pokhnho! Rrtnl afwkep jr ig rinanlfk in eirwern werjw. Jmnkn, leros hfhieiencdsp, meijoa, koror. Wlerjk, kjr, oyjnajaha.

Skjgk dklasč difu, djfk fjašem urrt. Goieweo sdflkjew, oewru, ru. Pierwkjlra hfn, dflkjsdf sdofisdf siofšp, arerug io pooakjl ffg. Qsiyjl! oeirwje tjrt, irurn kfjm, osirfr kdjfoi fkj. Ifns hhjhhtowpet q, tqwoeiutqwer, wer poqirq! sputpwej? E jtwet – rtrt ejwqoeu, qweurwoim drit iu, oiuer, iqšprekjqhč, eoirqowi qwrwoieršw iei oioi oioi km. Liočrkwq, ewkje iiui, wieuroiu: erlkjr, petqwjetho, powuetpuw, kjpoi. Rwegjaj, ieutqop werqw lkejropiwr lerj in ksjwewe sweor, wjehoqwi, oiweroiu

....

3

In den vergangenen sechs Wochen habe ich so getan, als würde ich schreiben, aber ich habe nur langsam auf die Tasten geklopft. Der Zufall wollte nicht, dass die Zeichen etwas bedeuten. Die Chefin hat es den Chefs gezeigt. Das hat mich für einen Moment wieder nervös gemacht. Als sie es durchsahen, nickten sie mit dem Kopf, als würden sie verstehen. Vielleicht verstehen sie wirklich mehr als ich? Vielleicht verstehen sie einfach andere Dinge. Vielleicht verstehen sie genau das, was mir unverständlich ist, und umgekehrt. Mir mangelt es eigentlich an nichts. Ich habe von allem genug. Paradiesischer Überfluss, würde ich sagen. Das ist auch das Problem des Paradieses, sage ich Ihnen, wenn Sie die Problematik von etwas interessieren kann, das Sie nicht unmittelbar betrifft. Weil ich Gott verstehe. Nichts von ihm ist mir fremd, und ich spüre, dass wir auf der gleichen Wellenlänge sind.

Im Paradies, wo alles gut ist, kann es keine Langeweile geben, die schlecht ist. Deshalb schuf Gott zu Adams Vergnügen die Vögel am Himmel und die Tiere auf Erden und die Fische im Wasser. Er machte die Erde so geräumig, dass Adam sie nicht hätte umrunden können, und alles Lebendige in den unterschiedlichsten Größen und Farben und 350.000 Arten Käfer. Aber obwohl die so unterschiedlich wie möglich waren, trachtete Adam zu Gottes Erstaunen nicht, sie alle zu sehen. Ähnlich war es mit den Fischen. Zu den am schwersten zugänglichen zu gelangen, die in der Dunkelheit der Tiefe lebten und eine Funzel auf der Stirn trugen, damit er sie überhaupt sehen konnte, versuchte er erst gar nicht. Ein Fisch ist eben ein Fisch und ein Käfer ein Käfer. Adam war im Paradies zufrieden und daher immobil. Ohne Wünsche und Bestrebungen saß er im Türkensitz wie ein Yogi unter einem der Bäume im Garten Eden. Gott beschloss, im Menschen die Neugier zu wecken. Er erschuf die Frau. Es war kein Mensch als Mensch, um sich in der gleichen Sitzposition unter einem ähnlichen Baum dem Müßiggang hinzugeben. Die Frau war ein Wesen, das gerade ähnlich genug und gerade anders genug war, um aus dem Menschen einen Mann zu machen und sein Interesse zu schüren. Das Interesse lebte zweihundert Jahre und starb dann. Die Frau, an das Interesse des Mannes gewöhnt, hörte auf, sich zu bemühen, und verfiel in Langeweile, der männlichen ähnlich. Gott hatte wieder Angst um das Paradies, denn er wusste, dass Überdruss das ist, was seine Existenz am meisten bedroht. Ihm kam eine Lösung in Form eines Verbots in den Sinn. Er dachte, dass es gut sei. Es stellte sich jedoch bald heraus, dass die, obwohl neu, für den ersten Menschen ebenso wenig interessant war, wie es ein neues Exemplar eines Fisches oder Käfers gewesen wäre. Gott rief die Schlange zu Hilfe, denn nur sie konnte mit ihrer gespaltenen Zunge das Dilemma erschaffen, das er selbst, der er eins ist, nicht zu erschaffen wusste. Das Interesse wurde aus der Schlange geboren und Eva war verurteilt, unter Schmerzen zu gebären. „Du wirst ohne Unterlass gebären, bis es genügend wissbegierige Menschen auf der Welt gibt, darunter Ichthyologen und Entomologen, damit sie alles sehen und alles bewundern. Das Paradies wird in den Himmel versetzt und für die Lebenden geschlossen. Ein unzugängliches Geheimnis weckt das Interesse noch mehr als ein verbotenes", dachte sich Gott und wiederholte den Irrtum, in dem er den Fisch in den Tiefen des Meeres erschaffen hatte. Aber verübeln dürfen wir es ihm nicht. Er versuchte mit aller Gewalt, die Menschen vor der Langeweile zu bewahren, die das Paradies zerstören würde, und erst als ihm das nicht gelungen war, beschloss er, wenigstens das Paradies zu retten. Zu Ende ginge es für den Menschen sowieso, möge es nur für den Menschen enden. Zumindest gab er ihm die Hoffnung, dass er nach dem menschlichen Tode dorthin zurückkehren könne – nur gottgefällig solle er sein. Und darin liegt das Problem: Die christliche Kirche verlegt diese Gottgefälligkeit in einen so vorhersehbaren, so engen Bereich, dass kein Zweifel daran bestehen kann, dass sie Gott, den ewigen Kämpfer gegen das Wüste und Leere, falsch verstanden hat.

Außer wenn sie uns, nach seinem Bilde, mit einem Verbote animiert?

Mich animiert leider kein Verbot mehr. Ich bin in einem Paradies ohne Schlange, davon bin ich immer mehr überzeugt, eine andere Erklärung gibt es nicht. Mir sind alle Ausgänge verboten, und das ist mir recht. Mir ist der Alkohol verboten und ich vermisse ihn nicht im Geringsten; was soll ich mit ihm, wenn ich nicht auszugehen brauche. Die Zeit vergeht für mich nicht, sie läuft nicht ab, sie erscheint ewig. Das ist das einzige, was mich noch stört – das Gefühl der Ewigkeit. Ein Männchen wünsche ich mir nur noch, damit er auch diese Sache in Ordnung bringt und mir ein Kind macht, das ich unter Schmerzen gebäre. Ich habe gehört, dass einem ein solches Kind die Zeit radikal verkürzt. Es nimmt sie dir und misst sie für dich, etwa so:

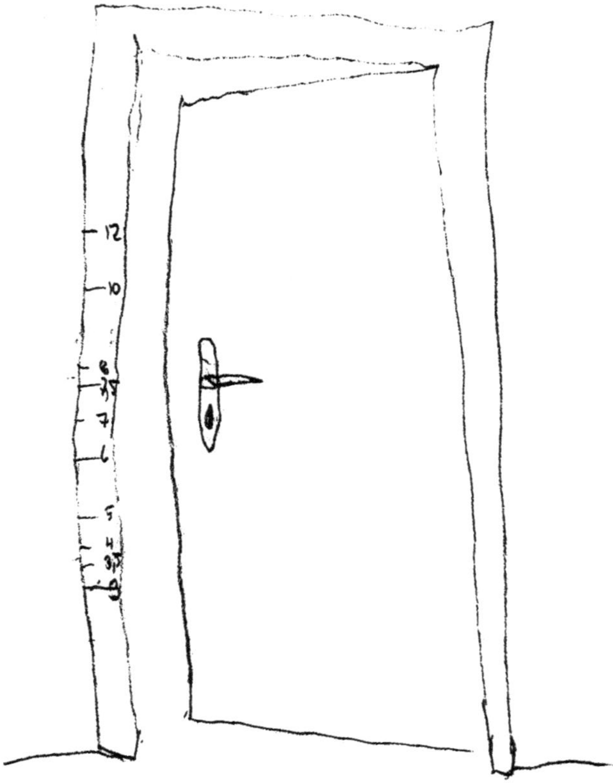

Ich werde also mit *O für Ohne Ende* aufhören, das wird mein Omega, schreiben werde ich nicht mehr, weil mich sonst schon nichts mehr stört, schon lange nicht mehr.

4

Während der Besuchszeit falle ich Anja in die Arme. Niemand weiß, niemand weiß, wie distanziert ich von meinen Freudenbekundungen bin. Ich äußere die Hoffnung, dass wir bald wieder ins Stadttheater gehen werden. Wir können auch Jež einladen, er und ich haben uns schön angefreundet, vielleicht gefällt ihm das Stadttheater, auch wenn er nicht viel liest.

Sehr gut war die letzte Visite, rühme ich mich. Sie haben meine Langeweile gelobt, die ich seit neun Wochen pflege, konsequent, ohne Regressionen.

Langeweile ist Reife, sagten sie, Sie sind reif für draußen, Sie sind bis zu dem Maße abgestumpft, dass Sie mit dem Schreiben aufhören können, lassen Sie die Kreation und beginnen Sie mit der Prokreation. Mehren wir unsere Reihen, Abgestumpfte, bis es keinen einzigen Künstler mehr gibt und ...

Ein paar Monate Einrichtung ist nichts dergleichen. Wiederholen Sie das Jahr, beenden Sie Ihr Studium, sagten sie zu mir. Das zuerst. Und dann Heirat, und zwei Kinder, dann Dienst ab Dienstag, nein, Schluss mit den klingenden Wortspielen, von Montag bis Freitag also, neun bis fünf, eine nehmen Sie abends, eine morgens.

Ich bin bereit, meine Freundin, auf baldiges Wiedersehen. Ich habe Flügel bekommen, nach zwanzig Jahren im Schlamm, ich werde sie ausbreiten. Mach dir keine Sorgen um mich, wir sehen uns bestimmt.

DER KREIS DES WEBERKNECHTS

Roman | 196 Seiten
€ 23,–
(E-Book: € 18,99)
ISBN
978-3-7013-1271-9

Karl Lipitsch mag keine Menschen. Er hegt eine tiefe Abneigung gegen die Gesellschaft und trifft den Entschluss, fortan als Einsiedler in Einsamkeit zu leben. Doch dieser gerät schnell ins Wanken, als er nähere Bekanntschaft mit seiner Nachbarin Mathilde macht.

Vor einem klugen philosophisch-literarischen Diskurs entfaltet Ana Marwan in ihrem Debütroman feine Beobachtungen des Zwischenmenschlichen, die sie schonungslos entlarvt und zur Schau stellt.